灰烬之下

[英]简·艾萨克 著
赵炜 译

时代文艺出版社

图书在版编目（CIP）数据

灰烬之下 / (英) 简 · 艾萨克著；赵炜译.—长春：时代文艺出版社，2020.5
(杰克曼探案集)
书名原文: Beneath the Ashes

ISBN 978-7-5387-6235-8

Ⅰ. ①灰… Ⅱ. ①简… ②赵… Ⅲ. ①侦探小说－英国－现代 Ⅳ. ①I561.45

中国版本图书馆CIP数据核字（2019）第278480号

出 品 人　陈　琛
产品总监　邓淑杰
责任编辑　曾艳纯
装帧设计　孙　利
排版制作　隋淑凤

灰烬之下

[英] 简 · 艾萨克 著　赵炜 译

出版发行 / 时代文艺出版社
地址 / 长春市福祉大路5788号　龙腾国际大厦A座15层　邮编 / 130118
总编办 / 0431-81629751　发行部 / 0431-81629755　北京开发部 / 010-63108163
官方微博 / weibo.com / tlapress　天猫旗舰店 / sdwycbsgf.tmall.com
印刷 / 三河市万龙印装有限公司
开本 / 880mm × 1230mm　1 / 16　字数 / 201千字　印张 / 18.75　印数 / 4000
版次 / 2020年5月第1版　印次 / 2020年5月第1次印刷　定价 / 48.00元

图书如有印装错误　请寄回印厂调换

序 章

当她从车里爬出来时，冰凉的空气刺痛了她的脚踝。她原地转身。太阳正缩进后面的田野里，微光笼罩在地平线上。一轮新月向下照耀着，在银色的天空中炫耀着它的优越、尊贵。

警笛在远处呼啸。

她离开时车门砰的一声关上。紧接着地面上一阵沙沙声，就像一只鸟在它的巢里被打扰到了一样。她又停下来，环顾四周。空气静止而干净，四周空旷无物。

警报器的音量上升了一个分贝，警车越来越近了。

咸咸的眼泪在她的脸颊滑落，留下一道泪痕。她走到了小路上，刀柄紧紧地握在手中。光线影影绰绰的。树枝在路中间上方的天空中交织着，相互缠绕，仿佛形成了一个天然隧道。

她过去来过很多次。观察着，等待着，希望能看到他们。

白天，这一地区经常有人光顾：遛狗的人，前往附近高尔夫球场的球手，夏天拿着毯子和野餐篮坐在教堂庭院里的家庭，在前面不平坦的地面上踢足球的孩子们，用卫衣做成临时的球门柱。这一想法使她泪流满面，她原本也可以有这样的回忆。

门上的闩锁很牢固。她不得不用力扭动才能把它抬起来。

她把铰链挂在大门上，去了教堂墓地。

警报器越来越响，仿佛刺破了她周围的天空。但她没有回头。

草的边缘从她的凉鞋的缝隙中钻进来，在她大步走过时，扎在她的皮肤上。她一只脚踩到了一块坚硬的泥块上，微微摇晃着，继续前进绕到了教堂的后面。这里泥土松软，覆盖着这些新堆起的坟墓。

有什么东西在她身边的灌木丛中窜动。她转过身来，在半黑暗中眯起眼睛看着。一切都很平静。

她又看了看山下，然后左右周边。空无一物。

汽笛被发动机的隆隆声和刹车的吱吱声所取代。

她再次往山下看了看，四处寻找，绝望地咬着嘴唇。

用力关闭车门的砰砰声，接着人的喊叫声传来。

她又环顾四周，更着急地寻找着。

最后她找到了。坟墓上杂草丛生，花也老了，枯萎了。但金色的字体依然很显眼。脚步声越来越近，势头越来越大。大门吱吱作响。

她抚摸着大理石，跪下，用刀指着她的腹部，发出一声震耳欲聋的哀号。

1

一周前。

当督察[1]威尔·杰克曼从A46路掉头，沿着沃里克郡乡村的后巷行驶时，头顶的树缝里闪现着斑驳的阳光。他摇下车窗，阵阵的晨风中夹杂着强烈的浓烟和新鲜露水的味道。他享受着空旷的道路，汽车在曲折的路面上驶过，平缓地转弯，不时减速，穿过沿途排列的画册般的村落石屋和茅草屋。

他踩刹车，在阿登·格拉夫顿郊外追上一名骑马者，路过一块牌子，上面写着“只通向埃弗尔村”，拐过一个弯，从山上滑下，然后向左急转弯。在山谷里，烟更浓了，风轻柔地从东面吹来，周围的田野笼罩着一层朦胧的薄雾。远处，一簇簇灰色的青烟在一个砖砌的谷仓上方围绕着，就像晴朗的蓝天中厚厚的云彩一样。越来越近了，他关上窗户，把车停在路边，一排汽车聚集在两辆消防车后面，挡住了车道。

---

① 英国警察警衔由高到低：警察局长（Chief Constable），副警察局长（Deputy Chief Constable），助理警察局长（Assistant Chief Constable），总警司（Chief Superintendent），警司（Superintendent），总督察（Chief Inspector），督察（Inspector），巡佐（Sergeant），警员（Constable）。

杰克曼打开后备厢，用力拉开拉链。他找到一套工作服，边穿边扫视周围的乡村。乡村一直蔓延到了山谷的中心，低矮的田野被一排茂密的树木和灌木包围着，把周围村庄的景色遮住了。查威尔哈姆雷特是四个老农场主的农舍的集合地，距离他大约有四分之一英里远。他拉上拉链，把车锁上。他把逮捕证出示给警戒线上的穿制服的警官看。这时他听到发动机发出低沉的嗡嗡声，车轮在凹凸不平的地面上嘎吱作响。门咔嗒一声开了，他转过身来。

“早上好，先生。”安妮·戴维斯巡佐从车里爬出来，匆匆忙忙地过来，微笑着问候。

杰克曼向她丈夫约翰挥手，看着他把车开回车道。“原来今天早上有私人司机服务啊。”他说，“有些人待遇真不错。”

“这是我们唯一能让孩子睡着觉的方法了。”

杰克曼苦笑着说:“还在换牙期吗？”

“说起来都难以置信，我们都是轮班睡觉。今晚约翰要去参加一个训练班。”她把太阳镜推到头上，把从马尾辫上脱下来的几缕黑色卷发往后捋，几缕碎发在微风中飞来飞去。

他们沿着小路朝着一个谷仓走去，谷仓就在小路旁边。消防队员们成群结队地走在一起，有些人在收拾设备，有些人则仔细检查周围的环境。穿白衣服的犯罪现场调查人员拿着公文包在谷仓里走来走去。有一男一女穿着蓝色工作服，背对着门站在门口，就写字夹板上的几张纸讨论着。当他们靠近时，这名妇女转过身来，让她的同事脱下衣服，协助另一名消防队员，费力地把最后一根消防水带卷起来。她绽开笑容，露出洁白的牙齿。“威尔，很高兴再次见到你。”

“萨拉，”杰克曼笑了笑，“没想到我们和你是一个班组。”他伸出一只手，她紧紧地抓住杰克曼的手，使劲握了握，然后杰克曼把她介绍给戴维斯。

“我们的女儿过去常去同一家体育俱乐部，”萨拉对戴维斯说，咧着嘴笑着，“杰克曼探长过去常和他们比赛。”

“我相信。”戴维斯挑了挑眉。

“西莉亚还在坚持跑步吗？”萨拉问。

“已经算不上严格意义上的训练了。她在南安普敦学习海洋生物学。玛莎怎么样？”

“在谢菲尔德忙微生物学。一直忙着工作，没时间玩耍。或者这只是她对我的说辞而已。”

杰克曼点点头，然后转向谷仓。“关于案件，我们都已经了解了哪些消息？”

“我们接到切尔韦尔哈姆雷特一位居民的电话。”萨拉停了一下，头指向地平线上的农舍，“大约凌晨两点，巴克顿夫人说她被烟呛醒了。她朝窗外看去，认出了火的来源，马上给我们打了电话。”戴维斯从夹克里面拿出一本笔记本，开始在萨拉继续说的时候匆匆记下细节。“我们二十分钟内到达的。花了一段时间控制了火势，可能是因为有助燃剂。”

“我们已经很确定这是蓄意纵火了吗？”

萨拉点了点头。“看起来是这样。这些谷仓里有几辆车。我们的几个警官在对面的树篱里发现了一个丢弃的汽油帽。我们到达时，谷仓两端的门都锁上了，这是个木质结构谷仓。我们在四点半左右进入的，当时我们可以确定这些木质结构在构造上是安全的。尸体是在一些落下的碎片下发现的。”

他们跟着她走过前门，穿过谷仓的一侧和后面的一对双开门，潮湿的煤烟覆盖着每一寸地砖，地板轻微被染色，让人感觉仿佛进入了一个黑暗的洞穴。当他们绕过三辆烧毁的汽车时，萨拉指出了汽油盖被移走的地方。

他们继续往前走，穿过远处的一个角落，一个身穿白色工作服的男人跪在那里，检查着什么。一股熟悉的气味抓住了杰克曼的鼻孔。他深深地吸了一口，试图鉴别出到底是什么味道，但却失败了。

“早上好，麦克。”杰克曼边说边向他走过去。

麦克·奥利弗医生向上瞥了一眼，用手腕后部把眼镜往上推了推，然后点了点头。“你怎么样？”

“很好，谢谢。你来得很快啊。”

“嗯，我从小生活在这一片。”他说话带着浓重的格拉斯哥口音。他坐了回去，转过身来面对他们。杰克曼清楚地看到了地板上烧焦的尸体残骸。它被平放在前面，双臂放在头上，遮住了脸。

杰克曼弯下腰，靠得更近了。从躯干的大小来看，他猜测这是一个已经发育完全的成年人，但没有任何迹象表明性别或年龄。他转过身来，抬头看着消防队员。“你还没有移动过尸体吧？”

萨拉摇了摇头。“只移走了尸体上的木板。”

杰克曼回头看了看病理学家。“有没有什么初步的想法？”

麦克叹了口气。“根据骨盆和胸腔的形状，我可以告诉你这是一个成年男性。看起来他要么被击倒，要么甚至先被杀后被放在了这里。”

“你为什么这么说？”

“看看他躺的位置。”麦克指着门，“如果他还活着，死于火焰或烟雾中，应该会在门口看到他，尸体的姿势应该是他好像正要爬出来似的。目前看不到任何明显的死因。当然，后期尸体放到桌子上检查的时候，我会知道更多的。”

杰克曼站了起来。一滴水滴落下，落在他的肩膀上。他打量了一圈。尸体在离前门几米的地方。角落里有一排金属架子，熔化成不规则的形状。它们也许是办公室或车间的残骸。他转过身来，眼睛盯着停在远端的三辆车的外壳。它们几乎被烧毁了，尽管从弯曲的保险杠和长长的引擎盖上，杰克曼可以看出它们是某种老式汽车。他朝他们点了点头。“有没有可能是这其中一辆起火的？可能是电气故障？”

“不太可能。”萨拉说。“不过，他们的燃料肯定会增强火势。”

“这个仓库只放这几辆车的话太大了。这里有没有什么其他的东西？”

“目前没有。通常情况下，我们可能会在每年的这个时候看到干草或稻草，但小块的稻草通常会随着烟雾漂浮起来，我们还没有看到任何证据证明这里有稻草。后面有个发电机。”

谷仓远端的门被猛地推开，杰克曼几乎可以看到外面发电机的一角。他转向戴维斯：“找个人到外面谷仓的周围走走，怎么样？我们需要检查所有可能的进入谷仓的入口。”

当他盯着后门时，有两个犯罪现场调查人员正好步履蹒跚地走过去。一个拿着一副担架，另一个拿着一个绿色的尸体袋。麦克挥手示意他们过去。

杰克曼皱着眉头说：“你是要用担架吗？”

麦克点点头。“尸体很脆弱。我要尽可能地保护它。”

杰克曼看着他们戴着手套，钩住烧焦的遗体外壳。尸体看起来很僵硬，右臂粘在头的一侧。一个带摄像头的犯罪现场调查人员在向前走，拍照记录下每一个动作。他们轻轻地把它转移到担架上，拍了更多的照片。就在他们快要把尸体抬到目标地点的时候，其中一个人站起来的时候滑了一跤，失去了平衡，向后倒了下去。另一个人伸出双臂去扶同伴，同时也放开了尸体。最后尸体轻微地颠了几下。有一瞬间，杰克曼认为尸体可能会散架。令他们吃惊的是，它翻了过来，露出了一条牛仔裤、一件深色衬衫、前臂内侧的皮肤和一张脸，虽然发际线周围烧焦起泡，但还完全可以看见，右侧脸颊紧贴着手臂。

麦克冲上前去，确定了受害者是稳定的。一抬头看到他们惊讶的脸。“人们在火灾中被烧成灰烬是一种常见的误解。人通常会蜷缩起来保护自己。或者至少没有暴露在外的四肢会受到保护，比如手臂或者肚子内侧。”

“火焰也会比较高，越过低矮的物体，或者只是掠过物体的顶部。”萨拉说，“从屋顶上掉下来的木材可能会对他有所保护。”

“至少这能让辨认尸体变得更容易一些。”杰克曼说。

当他们离开谷仓时，清新的微风吹来，让休憩时间更加舒适。杰克曼看到火灾报告人靠近时，萨拉把火灾报告工作移交给了戴维斯。他们在此的设置总让他有点儿不安。他又闻到了那种味道，迅速地笑了笑，对犯罪现场调查人员说：“你能确认一下发电机上有没有指纹吗？”犯罪现场调查人员点点头，继续工作。

他们向萨拉道别，然后回到杰克曼的萨博车里。“谁是这个谷仓的主人？”他问戴维斯。

“不确定。”她指向东北方向的道路。“最近的农场是劳顿农场，如果我没记错的话。”

“我们需要去见见他们。”

2

她脸下的地板很硬，而且是湿的。南希睁开眼睛，眨了几下。一束束阳光射在地板上。她的头剧痛无比。有好一会儿，她一动不动地躺在那儿，眼睛眯着，等待着疼痛减轻。她能感觉到液体的存在。不，她正躺在液体里。

她扭动着张开双臂，却因右膝疼痛而抽搐了一下。与此同时她将右膝向前拉，并将自己推到一个坐着的姿态。空气中弥漫着一股奇怪的金属味。她尽量睁大眼睛。这一次光线没有那么耀眼。最终眼睛找到了焦点，但是依然很痛。

地板上的一小摊血吸引了她的眼球，她本能地把手举到了头的左侧。感觉有点儿硬，血液已经凝结了。她把手放在嘴边擦了擦，低下头，以为能看到更多的血，但只有唾液，她自己唾液的残留物。

昨晚的黑衣服粘在她的大腿上。她躺在这儿多久了？当她强迫自己的身体站起来时，另一种疼痛仿佛穿透了她的脑袋。接着一阵恶心，她摇晃着，靠着厨房的一边休息了一会儿。她大口地深呼吸，一次又一次。最后她终于觉得房间不像是在旋转了的时候，开始环顾起四周。

南希认出了埃文厨房的松木橱柜。水池旁边放着一个酒杯。她试图回想着，但仿佛陷入了迷雾之中。她闭上眼睛。她在厨房里笑着，手里拿着一杯酒。她突然睁开眼睛，回头看了看地板。一双黑色的细高跟鞋分散在瓷砖上。绿色的长筒雨靴在门边，沾满泥浆，旁边是玻璃碎片。南希抬头一看，后门的玻璃窗坏了，玻璃碎片散落在地板上。她困惑地盯着它们看了一会儿。埃文在哪里？

思绪瞬间倒回。鱼馆的橡木横梁和昏暗的灯光里，她坐在埃文对面，膝盖上放着一张黄色的餐巾。超大酒杯在桌子上叮当作响。她记得他们吃着牛排，后来摇摇晃晃地走到夜色中。还想起酒吧停车场的模糊图像，埃文卡车的嗡嗡声。

她小心翼翼地移动。虽然头还是晕，但这次不太强烈。她等着头晕的劲儿过去，走出厨房，到了走廊停了下来，寻找电视的声音、埃文的音乐和花园里的狗，但最终什么都没有。

“埃文？”

这个呼唤让狗在外面的狗窝里狂吠了起来。她犹豫了一下。它们需要被放出来，但她还是首先需要找到埃文。

南希穿过铺着木地板的走廊，走进客厅。花窗帘开着，一堆乱七八糟的垫子被挤到沙发后面。她往餐厅匆匆一瞥，发现餐厅也是空的。她慢慢爬上楼梯，费力地用手指使劲拽着漆过的栏杆，狗还在吠叫。她从窗口瞥了一眼车道上的卡车，然后朝房子后面埃文的卧室走去。被子被拉过，枕头也鼓了起来。她坐在床边，一边揉着被子，一边吸气，但并没闻到一种新鲜的、运动性的沐浴露的味道，那是埃文的味道。她找到了一堆衣服和他的鞋子，除此之外还是一无所获。“埃文？”

她的声音被狗吠声湮没了。这没理由啊。她从床头柜上拿起电话，拨了他的号码，每响一次铃声，就用脚拍一下地板，直到电话转到语音信箱。

当她走到浴室时，一块地板在她脚下吱吱作响。狗终于安静下来了。她照了照镜子，开始检查自己的身上。她左眼上挂着一块深色的瘀伤，中间有一块深红色的伤痕。它刺痛得厉害，看起来需要缝针。几缕头发被凝结的血液缠住了，她试图把它们拔出来时，抽搐了一下。她疲惫不堪。

“头部受伤。不能睡觉。需要看医生。”她脑子里想着。地板就延伸到了她跟前，仿佛请她休息会儿，就一会儿。在她感到能量一点点从腿上消失殆尽，仿佛迫使她倒下之前，她坚持了几秒钟。有一阵子，她觉得自己像在漂浮。“集中注意力。我叫南希·法拉第。我在埃文住的农舍里”。但是，即使这些话飘在她的脑海里，却仍然闪现出了另外两个问题。我怎么会倒在地上？埃文到底在哪儿？

* * *

“我先闻到的是那股味道。我的鼻子好像被烟味包围了。”

戴维斯礼貌地对希拉·巴克顿微笑。他们在她小厨房中间的松木圆桌旁坐了半个多小时。希拉深深地吸了一口气，挺直了背。很明显，这次采访她一生中最激动人心的事情之一，而且她也不着急开始她的陈述。

这间屋子位于农舍的前面，坐落在四个河畔之一，其中包括谢韦尔哈姆雷特，并且俯瞰着开阔的乡村。杰克曼匆匆地瞥了一眼杯子底部的茶渣，然后从紧闭的格子窗向外望去，他能看到远处的谷仓。

“发生这件事的时候是什么时候？”戴维斯问。

希拉向后靠在椅子上，双手交叉放在肚子上。“凌晨两点左右，我总是在这个时候醒来，通常起来泡杯茶。”

房间里充满了猫叫的声音。希拉站起来，打开侧门。她是个身材高大魁梧的女人。一只斑纹猫溜进来并把自己弄伤了，缩在她的脚踝边。“你好，蒂莉。”她说。她弯下腰来，把它抱起来，穿过椅子。把猫放在膝盖上时，它发出很大的咕噜声。

杰克曼朝戴维斯看了一眼。猫歪着头想引起希拉的注意。“具体发生了什么？”

希拉抓了抓猫的后脑勺。“我的卧室就在前面。烟的味道太浓了，一开始我以为是附近的一个农舍。我马上跳起来去看。我一到窗前，就可以看到火焰燃烧着，就像是一座高耸的地狱。消防车也花了一段时间才到…”

“你还看到什么了吗？”杰克曼问。

她瞥了他一眼，显然对他的打断很恼火。“你什么意思？”

“有没有车辆经过前面的这条路？”

她摇了摇头。“我记得没有，只是消防车来了。”她的眼睛睁得大大的，“你觉得这是蓄意纵火吗？”

杰克曼对她的问题置之不理。他已经和新闻办公室通了话，并安排在当天上午晚些时候向媒体发表声明，公布在谷仓发现的尸体的信息，并呼吁寻找目击者。他能想象希拉发现信息宝藏时脸上的表情。“还有人和你住在这里吗？”他问。

“没了，我已经离婚三十多年了。以前住在斯特拉特福德[①]我儿子家附近。搬到这里……”她看了一眼窗户，然后又看了杰克曼，“差不多是九年前的事了。当我听说这房子出租时，我忍不住租下来了。这地方真漂亮。”

“你的邻居呢？”

“隔壁的雷和珍妮在希腊度假一周了。住在三号的是克里斯和蒂姆，最后是老吉姆。”

“你知道谷仓属于哪个农场吗？”

“当然知道，是厄普顿农场，归罗尼和珍妮·劳顿拥有，但

---

① 斯特拉特福德位于英格兰沃里克郡，是莎士比亚的故乡。

是他们现在不在，正在澳大利亚旅游。他们不是真正的农民，不像我小时候那样，他们心不在这上面。”她不以为然地摇头说。“我们当地的农民才不会放着这边的事业不管，到世界另一头闲逛一年。”

杰克曼叹了口气，回头看了一眼窗外。从这里看去，田野对面的谷仓景色相当好。可以看到来来往往的人群和车辆，尤其是当你闲来无事的时候。

“他们不在的时候，谁在为他们管理农场？”戴维斯问。

“我听说他叫埃文·贝克，在农场工作了几年，但自从劳顿一家离开后，我很少见到他。他有一些奇怪的习惯。”

“你什么意思？”

“这个季节大部分的田地里都种满了油菜。”她轻蔑地嗅了嗅。“这对我的花粉热有好处。他似乎都是天黑之后开始工作。”

“收割吗？”

“所有的一切工作吧，灯和机器一直亮到凌晨，真是没教养。”

3

尖叫声吵醒了南希。她挣扎着抬起眼皮，惊讶地发现自己蜷缩在浴垫上。她慢慢地往前坐了坐，揉了揉额头，碰到了一些血痂的边缘，皱起了眉头。

她把脚从屁股下抽出来时，垫子皱了起来。长时间久坐，血液循环不畅，脚又冷又麻木没有力气。“埃文？”她喊道。

没有回应。她等了一会儿，又叫了一声。思忖道：“他在哪里？”

南希慢慢地站起来，握住水槽的边缘，使自己站稳。她眼睛上方的伤疤像红色的嘴唇起皱了。结痂的血顺着她的脸颊流到左耳。她的嘴唇中间裂开了。

她滑开药柜的镜子门，往里面看。底部的架子上放满了两包已经胀包了的扑热息痛颗粒和一盒膏药。一桶妮维雅和一盆棉絮堆在上面。旁边是一瓶剃须泡沫。她关上门，从纸卷上取下一些卫生纸，放在水龙头下面，开始擦洗自己的脸颊。血已经结痂了，有些地方必须要揭下来，就像从皮肤上撕下一块膏药一样，然后最终全部撕掉。她试图清理伤口，但当疼痛太剧烈时，她放弃了，而是把她金色的头发放到一边遮住伤口。伤口需要缝针。她走进卧室，本能地抚平了被子上的皱褶，因为埃文不喜欢。当她把耳环放在一边，或者把衣服放在地板上时，他就会嘟囔着不开心，哪怕耳环是整齐地排放在一起。她站着的时候，一股疼痛从她的腰部传来。

远处传来急促的抓挠的声音，是狗。它们一定在爬来爬去，试图从狗窝里出来。她把手伸进衣柜，把埃文的一件羊毛衫披在肩上，朝楼梯走去。当她走到楼梯底部时，抓挠声被汪汪的叫声所代替。她穿过厨房里的地砖，避开仍散落在地板上的玻璃，拿起埃文的长筒雨靴，把每一个都倒过来，确认没有玻璃片之后把脚塞了进去。

吠叫声提高了一个等级。当她伸手去拿把手时，另一个声音传到了她的耳朵：敲门声。有人在门口。

*　　*　　*

杰克曼放下拳头，正要放弃，这时一个年轻女人出现了。她的头发乱蓬蓬的，看上去苍白而疲惫。

杰克曼做了自我介绍。“我们在找劳顿夫妇。”他说。

“他们不在这儿。”女孩走得更近了，低声说话。

“你那儿看起来很痛。”戴维斯说，瞥了一眼女人额头上的伤口。

女孩不理她，把目光从一个侦探转到另一个侦探身上。“这里的一切都是怎么回事？”

杰克曼笑了笑。“你是？”

“南希·法拉第。”

“你也住在这里吗？”

南希摇了摇头。“不，我和我男朋友埃文昨晚住在一起。”她停了一下，深深地吸了一口气。“他住在这里。”

杰克曼抬头看了一眼双开门的红砖房子，里面有大扇窗框，可以看到外面长长的车道。房子后面有一块宽阔的草坪，给人留下了一个地面宽敞的印象。一点儿不像是印在邮票上的斯特拉特福德镇的那些漂亮花园。他转向南希：“埃文在家吗？”

“不在家。”

“他现在在哪里？”

那女人的脸看起来很困惑。“我不知道。”

杰克曼还没来得及问更多的问题，远处的大声犬吠声就又传了过来。几乎立刻又有一次吼叫声相呼应。南希回头看了看。“我要把狗放出来。”

她示意他们跟着她在房子的边上转过去。当他们走过后门时，散落的玻璃碎片在他们脚下嘎吱作响。戴维斯斜视着杰克曼，扬了扬眉。

“这里发生了什么？”戴维斯问。

南希转过身来，停下来看了看门，又站起来看他们。“我不知道。”她打开一扇大门，门在身后关上，来到一个铺好的露台边上的一个木屋前。锁一打开，两只猎犬就跳了出来。狗绕着她的脚跳了一会儿，她抚摸了它们，然后两只狗就跑去了花园。

杰克曼等着她回来，关上她身后的门，然后又开口了。“你在这出什么事儿了吗？”南希把手放在鼻梁上想了一会儿。她深吸了一口气，回头看了看他们。“其实，我自己完全不知道。”“你是自己来的吗？”戴维斯说。

南希回头看了看门，立刻被框边的玻璃弄得目瞪口呆。早晨的阳光从他们身上反射回来，一种万花筒般的色彩在他们身上闪烁。她摇摇晃晃地向后倒。

“小心。”戴维斯说，他们都向前冲去，杰克曼伸出一只胳膊，但还是没来得及，南希撞上了砖墙。她皱起了眉头，举起一只手去摸额头上的伤疤，这条伤疤刚才碰到了墙面，立刻又磕破了，红色的血液沿着她的太阳穴边滴下来。

“我觉得你需要坐下来。”戴维斯说，“你和我一起去车上好吗？”

戴维斯把手放在南希的背上，带着她绕过房子的侧面。杰克曼等到他们看不见了，才从口袋里拿出一副橡胶手套带上，然后走进了房子。

他把手按在冰冷的水壶上，抬头看了一眼后门旁边的钥匙架，那里有几把钥匙并排挂着。杰克曼知道现在有很多窃贼会找车钥匙，但打碎玻璃的人似乎对偷车不感兴趣。除了门旁边的地板上散落的玻璃碎片外，房间看上去几乎没有被翻动，中间的瓦片上看起来像有几滴血。

他走进一个敞开的走廊，经过一面镶着金边的长镜子，低下头走过第一扇门。那是一个公用设施房间。几件外套挂在远处墙上的一个架子上，尽头的门半开着，露出一个马桶和洗手盆。他退后，用指尖推开隔壁的门，是一个客厅，里面摆满了看起来既昂贵又老旧的家具。隔壁房间角落里的东西引起了他的注意。他绕着超大餐桌走到角落里的一个橡木橱柜前。门的铰链挂着，露出另一个藏在里面的橱柜，是一个枪柜。在锁被撬开的地方，金属被弄弯了或已经成了碎片，而里面是空的。

杰克曼慢慢爬上楼梯，依次打开每扇门，数着共有五间卧室和两间浴室。大多数卧室都有霉味，天花板上挂着蜘蛛网，缠绕在灯具上。除了其中一间浴室的皱垫子上有几个红点外，没有什么东西看起来有问题。

杰克曼在后落地窗前停了下来，瞥了一眼后院里杂乱无章地布置着的一排农机，然后进了最后一间卧室。这里的空气更清新，主要是因为有一扇小窗户半开着。一件浴袍挂在门后。

要么是使用这个房间的人过于讲究整洁，要么他们很少待在这里。他打开衣柜。一头的栏杆上挂着几条裤子，旁边是一排衬衫；针织套衫和工装裤沿顶部整齐地堆放着。

他走到床头柜前，拿起一张镶框的情侣合影，照片里的两个人手挽着手，他认出南希金色的长发和她娇小的身躯。仔细地打量她旁边的那个男人，他有一头金发，笑容灿烂，眼睛像烟花一样明亮。杰克曼不确定是不是之前在谷仓看到的受害者。

当他跨过玻璃回到外面的时候，太阳已经消失了，被更多的云朵包围着。他摘下手套，快速地打了几个电话，然后又绕到房子的前面，瞥了一眼后门破碎的玻璃窗。

*　　*　　*

“你感觉怎么样？”

南希坐在没有标记的警车后面，抬头凝视着警探的绿色眼睛。他脱下夹克，把那件白衬衫的袖子往上推，袖子一直伸到胸前。他的黑头发急需剪掉，垂到眼睛里，但他的外貌粗犷大方。“我觉得我现在没事了。”她说，“只是觉得有点儿头晕。”

一条三角形的晾衣绳躺在房子另一边的草坪上。它在微风中轻轻地转动，发出吱吱声。“你为什么不告诉我发生了什么事？”他说。

南希扭动着裙子的下摆，为她仍穿着昨晚的衣服感到尴尬。新的伤口刺痛了她，尽管世界不再在她周围摇晃，她的头仍然感到沉重。她眨了眨眼，思路变得有点儿清晰。“你在这里干什么？”她问。

杰克曼看着戴维斯撕开一块棉花垫递给她。他说:“我们正在调查昨晚在下面的谷田里那个谷仓发生的火灾。”他指向树篱。“在那里发现了一具尸体。把这个放在伤口上，轻轻地按压。”

南希把垫子按在额头上，皱起了眉头。“在黑莓树丛附近？”

“对。你知道什么吗？”

南希点点头。“它叫低地谷仓，属于农场。我记得他们把它租出去了。埃文可以告诉你更多信息。”

“我在哪里能找到他？”

南希摇了摇头。“我不知道其他的了。今天早上我醒来时他不在。我试着给他打电话，但他没接。”她转过身来，透过挡风玻璃望着他们周围铺着碎石的车道。“他应该离得不远，他的卡车还在这儿。”

杰克曼紧盯着停在房子尽头的路虎。“他还有别的车吗？”

“没有了，房主离开时卖掉了车，留着它也没用。埃文几乎做什么都用卡车。”

“你上次见到他是什么时候？”

南希犹豫了一会儿，绝望地试图回忆起隐藏在她脑海中的那些微不足道的记忆碎片。她解释了他们昨晚在威克斯福德的鱼馆里吃东西，依稀地记得他们一起喝了几杯酒。

“你说你没有和埃文住在这里？”

“没有，但我昨晚不得不回到这里，就留下来了。”当她在座位上不舒服地移动时，她穿着的雨衣仍然吱吱作响。“我有时会住在这儿。”她突然捕捉住一个一瞬而逝的想法。她转过头，碰到了侦探的目光。“别告诉我你觉得谷仓的那个人是埃文。”

“我们没有理由这么想。”杰克曼回答。“尸体的身份还没有确认。但我们想找到埃文。”

南希把手放在胸前。

“他可能和别的什么人在一起吗？”

她茫然地摇了摇头。

“来吧，你为什么不告诉我一点儿关于他的事呢？”侦探温和地说，“昨晚他的心情怎么样？”

南希使劲按着头部，希望记忆的齿轮能再转动一下：“还好吧……我觉得。”

“你们没有起争执吗？”

她回想起房子，自己在地板上醒来，后门的破碎玻璃。“我不记得了。”

“你们交往多久了？”

“昨天快三个月了。昨晚是一个纪念日。”南希详细地说起早上她是如何在地板上醒来寻找埃文的。甚至在她说这些话的时候，她也意识到这些话听起来是多么的粗略和不确定。但尽管她努力了，她还是无法回忆起昨晚的事。一阵恐惧笼罩着她。“别告诉我是有人闯入了带走了埃文。”

“我们现在没有理由这么想。但是后门的玻璃坏了。你能想到任何想伤害你的人吗？”

南希慢慢摇了摇头。

“好吧，我需要关于他的描述。如果你有的话，还需要最近的照片。你有他的手机号码吗？”

南希张开嘴想说话，但她的话被兴奋的叫声湮没了，紧接着是一个缓慢的引擎驶来的声音。她把手伸进口袋，拿出手机，按了一下按钮，然后把它递了过来。

当救护车停在他们旁边时，车轮下面的碎石嘎吱作响。

南希看着一个医护人员跳了出来。“怎么了？”她问。

“我们需要让你检查一下。”杰克曼说，“你额头上的伤口需要注意。”

4

戴维斯把从南希手机里获得的埃文·贝克的图片摊在桌子上。其中大多数都是模糊的，遥远的镜头，并且埃文的头也背对着镜头。排成一排的照片显示，他中等身高，比南希高几英寸，腿长，身体短。一丝不苟的头发衬托出古铜色的肤色和狡黠的笑容。她把一个棕色信封里的东西倒了出来，是从不同角度拍摄的受害者在谷仓里的照片，并把它们分类，直到她找到了正面，并把它们放在从南希那里获得的照片旁边。

他们的眼睛从一张照片移到另一张照片。受害者的头上还留着几缕头发，但很难看清原来的颜色。尽管受害者的眼睛是闭着的，但杰克曼认为他可以看到鼻子轮廓和下巴轮廓模糊的相似之处。

戴维斯拿起一个，仔细看了看。“看那个。”她指着从南希那里得到的一张照片。埃文左眼旁边有一个褐色的斑点。那是在他太阳穴的一角，在许多照片上都没有这个斑点，就好像他已经习惯了用某种方式倾斜他的头来避免它的出现。他们都仔细观察着这些受害者的照片。

“看。”戴维斯的手向前一指。

杰克曼跟着她的手指，几乎可以辨认出照片边缘的一颗大痣。他把这两张照片放在一起比较。“可能是我们要找的人。身高匹配，但我们需要正式确认身份。”

他的电话在他旁边的桌子上嗡嗡响。贾纳斯突然出现在屏幕上。

戴维斯瞥了一眼电话，把照片收集起来，匆匆地退了出去。

就在语音信箱响起之前，已经第五次响铃了，杰克曼接了电话。“早上好，女士。”

主管艾莉森·贾纳斯并没有在问候打趣上浪费时间。“听说你那儿有一具尸体？”

她对凶杀案的冷漠态度使杰克曼大吃一惊。“今天早上在一个烧毁的谷仓里发现了一具男子的尸体。”他说。他继续向她汇报迄今为止的调查情况。“我们的首要任务是正式确认尸体的身份。我们已经开始调查埃文·贝克的背景了，他目前失踪了。我们也会仔细调查一下他的女友。”

“最初的判断是什么？”

“很难说。女朋友在华威医院，脑震荡。似乎有人闯入房间，但显然没有车辆被抢走。枪柜看起来像是被突袭了，但是主人不在，所以我们需要检查枪支许可证，确定主人不在的时候是否还有枪支存放在那里。有可能他们撞见了一个窃贼行窃。我在等法医的分析，希望深入研究他们的背景后能够发现一些东西。”

“好的，威尔。发表一份媒体声明，呼吁在酒吧内外的证人出来作证。如果他们之间或与其他人发生争吵，总会有人看到。中情局赖利仍在塞舌尔晒太阳，佩维尔在大都会的一个审查小组正忙着。你得拿下这个案子。”她停顿了一下。“这将是你下周晋升委员会的不错的证明。当然，这是假设你很快能破这个案子。”

杰克曼屏住呼吸说：“我现在把关于调查的一系列设置安排在了罗瑟街警局，一切都准备好了。”目前是在莱明顿的部队总部使用他们现成的“凶杀勘查室”（专案室），这是管理层向贾纳斯建议的。但杰克曼讨厌专案室。他更喜欢接近现场的调查，这样他们就可以勘查地面信息，与当地人交谈，跟案发地附近的联系更紧密。

令他吃惊的是，他听到了沉重的叹息。“好吧。爱丽丝怎么样？”一提到这个话题，他突然想到妻子，突然思绪就扯到了跟案件无关的事情上。“我已经有一段时间没有问过她了。她怎么样了？”

杰克曼把头向后仰。他妻子的头像卡在他们福特福克斯的车顶和仪表板之间，头像的样子在他面前一闪而过。十二个多月过去了，他对那件事仍然记忆犹新，好像是昨天发生的一样。“老样子。”他说。

“好吧。如果你还需要帮助就告诉我，我按照你的情况来。”

她所指的“帮助”是他参加的一系列强制性咨询会议，这是六个月前警队同意他重返工作岗位的一部分。在事故中，他的妻子的脑底动脉受损，使她处于严重的闭锁综合征状态。她的身体已经停止了活动，但她的大脑仍有可能像以前一样活跃。

时不时，他的思绪会闪到过去，而这时的爱丽丝的样子又在折磨他。他会想到她和他们的拉布拉多埃里克在田野里跋涉；她看着她心爱的美国肥皂剧，在厨房里烤着东西。再多的咨询也不能使之前的那一切更讨人喜欢。

他对贾纳斯说了感谢，刚要挂断电话，她又开口了。她说：“我还需要跟你谈谈别的事情，或者更确切地说是某个人。”

“谁？”

“卡米拉·汉森。”

“我应该知道那是谁吗？”

“侦缉总督察汉森，前培训和发展主管。”

“从没见过她。”

电话线里传来不满的啧啧声。“嗯，你需要了解她。她今天要去斯特拉特福德上一门课，我把你的手机号码给了她。她能帮你准备下周的面试。她在泰晤士河谷工作，很了解那个地区，能够帮助您掌握所有需要提及的关键词和该说的话。”

杰克曼用空出来的手揉了揉眼睛。这是他现在最不需要的。“我不确定我会有时间……”

“那就腾出时间。你会觉得很有用的。”

电话挂断了。杰克曼瞥了一眼事故室。电话已经开始响了，表明有人在谈论那场火灾。他伸手去拿他的策略日志，开始规划他的初步调查策略。

当他终于从笔记中抽身查看了一下时间的时候，是上午九点三十分。他打开抽屉，取出一条海军领带，站在那里，把它绕起来，拧成一个结，然后用手指梳理他的头发。没几分钟，他又开始在脖子上打领带。他解开了领子，把领带往下拉，戴维斯把头靠在门框上。“哦，看起来非常好，长官。你刚才和上级对话怎么样？”

杰克曼做了个鬼脸。“我们在中情局局长回来之前有一个星期的时间解决这个案子。”

“这能激励每个人把所有停止的工作继续做起来。”

杰克曼笑了。保罗·赖利去年作为一名新晋升的中情局局长加入了团队。作为一名自认是职业警察的他，却更专注于如何给上级留下深刻印象，并发表闪光新闻声明，而不是让自己干脏活累活。这个人，没有做任何能让自己受到团队欢迎的事。“至少你不是嫁给他的人。”

“天哪。”戴维斯说，“我才不要嫁给他，那我得先杀了他。”她笑着说。“在你发表新闻声明之前，你有时间做简报吗？”

“当然，给我几分钟时间。”杰克曼等着她退出去之后，然后开始在桌上收集笔记。并不是戴维斯打扰了他的工作，是他还没有告诉戴维斯即将到来的面试，而且已经开始觉得如鲠在喉，无法开口了。如果他成功了，那就意味着马上就要搬到泰晤士河谷的团队去了。他不知道为什么没有说。这开始本是一个很好的主意，他没想到会在这个过程中自己能走得这么远，尤其是在爱丽丝出事后他一直不在团队里面。两周前的一天早上，他收到了这封信，就把它装进了口袋里，一心想把这好消息告诉大家。但那天戴维斯休息了，她的孩子生病了。他本想等她回来告诉她，几乎有好几次都想说了，但时机总是不太对。

杰克曼笑了。戴维斯和她的丈夫约翰是他和爱丽丝的好朋友，他们晚上经常在一起烧烤。她可能是他曾经合作过的最好、最可靠的警长，她能在最黑暗的时刻还保持幽默，这会让人觉得身心放松。他现在透过玻璃窗看着她。玻璃窗把他的办公室和事故室隔开了。她在笑，轻推一位同事。她发现他在看她，眨了眨眼。杰克曼之前是被留着任职沃里克郡部队一个委员会的，虽然公告还没来，但已经看起来希望渺茫了。而现在这个机会意味着他将管理自己的凶杀小组，而不需要像赖利这样的人插手政治游戏。如果能顺利调过去就简直太好了。但随着面试日期越来越近，他开始意识到，如果他通过面试，他会多么想念这里的每个人。

*　　　*　　　*

杰克曼盯着木板，上面满是从不同角度拍摄的烧毁谷仓的照片。他的眼睛盯着受害者。他向前倾身，把南希和埃文的照片放在它们旁边，画了一条线把照片连在一起，然后转过身来面对着分散在他周围的几个围成半圆形的侦探和支持人员。“到目前为止，我们知道谷仓归厄普顿农场所有，所有者罗尼和珍妮·劳顿远在澳大利亚。从我们获得的照片中，我们怀疑受害者可能是埃文·贝克，他是一名农场工人，在主人不在的时候一直在家守着，目前失踪。他的女朋友南希·法拉第今天早上我们到达的时候，还在农舍。我们发现有可能闯入的迹象：后门的玻璃坏了，她的头明显受伤。她现在在沃里克全科门诊，疑似头部受伤和脑震荡。警探罗素和她在一起，所以希望我们很快能从她那里得到更多的信息。”

“南希今天早上没能告诉我们多少信息。”杰克曼继续说，“很明显，他们昨晚去了威克斯福德的鱼馆吃饭。她模模糊糊地记得今天早上埃文和他一起离开酒吧，但她是独自一人在农舍的厨房地板上醒来。中间发生的事儿，她什么都不记得了。”

“他们起了争执吗？不小心扔了东西打碎了玻璃？”

杰克曼听到了安德鲁·基恩的话，他斜靠在临时事故室的侧壁上，他那件芥末色的衬衫被他的肚子撑了起来。

“这也是可能的。”杰克曼考虑了一下厨房的入口回答道。“但是后门的玻璃大部分都溅到了厨房里，表明是从外面被打碎的。南希声称她在厨房的地板上醒来。那里有血迹。我们会检查一下，确保与她的描述相符。”

“那就是有人闯入，把南希打昏了，然后绑架了埃文？”

“我认为这是更有可能的。枪柜是空的。好像有人用撬棍或类似的东西撬开了它。我们正试图联系房主，但与此同时，你能不能查一下，看看他们是否有枪支许可证？”

“除了枪支，还少了什么吗？”戴维斯问。

“院子里还停着很多农机。”杰克曼说，“尽管厨房里挂着所有的钥匙，路虎还是没有动过。房子的其余部分看起来相对完好。”

“也许他们到家时正好遇到一个窃贼行窃？不管是谁，这个窃贼偷了枪，拿走了谷仓的钥匙，”基恩说，“或者是女朋友策划的闯入？”

“如果她有那样的技术能给自己的头部那样的一击，她都可以凭此找到工作了。”杰克曼回答说，“当然，除非有人帮她。我们现在不能排除任何可能性，但我们需要确立作案动机和手段。犯罪现场调查小组仍在检查谷仓和周围地区；另一个小组在农舍。我们去看看他们挖到了些什么。”他看着对面的戴维斯，“网上有什么消息吗？”

“没有埃文的消息。他目前对于我们来讲还属于未知。有点儿关于南希的情报。多年来，她的母亲谢丽尔·法拉第因在商店行窃和一些小盗窃罪被定罪。没什么太严重的罪名，她从来没有扩展到其他区域。谢丽尔是个有名的酒鬼，所以我想行窃是为了经济上的独立。南希是由外祖母抚养长大的。外祖母去世后，谢丽尔搬来和女儿住在一起。”

“我记得谢丽尔，”基恩按着他的太阳穴说，“前几年我们不得不从大马路上把她送回家，当时我是警队应急小组的。”

“可能是看到警员的反应。”戴维斯说。

当大家笑的时候，基恩假装惊讶地做了个鬼脸。“南希被列为她的联系人。”基恩继续说，“一个很好的孩子，她总是觉得自己有点儿对不起她妈妈。”

杰克曼点点头表示感谢。“好吧，我们已经确认了这个谷仓归劳顿家族所有，所以埃文和南希也可以随时进入。我们要对南希·法拉第和埃文·贝克做一些背景调查，包括工作经历，朋友，家人。查下他们的电话记录，检查警察的摄像头是否在过去几周内看到他们的车辆。我们还需要让直升机飞起来拍摄一些空中照片，尤其突出田地到谷仓的所有入口。”

远处的电话响了。杰克曼恼火地瞥了一眼，转向戴维斯，“我们需要采访谢韦尔哈姆雷特的其他居民，看看他们是否看到或听到什么，以及昨晚在酒吧的每个人，以确定埃文和南希的朋友和亲密伙伴是谁，并看看是否有人记得他们在那里。”

他的表显示是上午十点。“我要去见媒体呼吁一下有没有证人能出来作证。做好准备，大约一小时后，会有大量电话打进来。”

目光转向基恩，基恩正在和电话里的人进行生动的交谈。他把听筒放回原处，抬起头来。“犯罪现场调查小组在农舍找到了一本护照和一堆埃文·贝克的工资单，还有他的电话。”

“太好了。”杰克曼说。“检查他昨天以来的电话记录，然后去就业和养老金部门，看看他们能否通过他的保险记录追踪到任何家人信息。我们需要有人给我们做正式的尸体身份鉴定，尤其是如果现在南希还在医院。还要和停尸房谈谈，确保他们只做初步检查。在确认他身份之前，我们不希望他们把尸体已经切割成碎片了。”

5

南希坐在床上，茫然地盯着窗外。在墨蓝色天空的映衬下，一对黑鸟在屋顶上飞来飞去。散落的树叶在风里呼啸，仿佛积聚着什么力量，然而她一点儿感觉都没有。这间小医院的房间里空气仿佛凝结，非常沉闷，只有一张床和一把塑料椅子放在两边。

她伸了伸背部。医院发的长袍的接缝处擦伤了她的皮肤。早晨发生的事情让人觉得很离奇，她感觉就好像她一直在远处看着自己。救护车抵达厄普顿庄园后，紧跟着来了一位身材娇小、头发金黄的侦探，她自己介绍说："请叫我凯瑟琳·罗素。"她陪同南希去了医院。当他们到达时，她取下了一长条医院用的纸卷，把它放在地板上，在医生给她做检查之前，让南希站在卷纸上脱下衣服。南希看着她把衣服包在医院的卷纸里，放在棕色纸袋里，贴上标签。"只是谨慎一点儿。"侦探解释说。

南希的母亲坐在床边的座位上坐立不安着，椅子腿在擦得发亮的地板上吱吱作响。尼古丁的浓烈的恶臭包围着她，就像一个尼古丁泡泡在这个狭小的空间里被挤压一样。

南希被拉来拉去和戳来戳去了一整天。医院灯光在她的眼睛里闪烁着，但她的大脑里仍是一团迷雾。一切对她来讲都不合理，完全讲不通。那天早上在谷仓里发现的那具尸体，像钟摆一样，在她脑海里荡来荡去。不是埃文。不可能。但尽管她试图抹去这个想法，但这个想法还是会自己回来。“埃文在哪里？”

她重新想了想他们的第一次见面。那个星期一下午，她独自一人在饭店里，他走进来问去图书馆的路。她马上就能看出他比她大，而且更成熟。他向她微笑了一下，她立刻就觉得呼吸都要停止了。他们开始谈论书籍，她还没反应过来，他们就在谈论《第二十二条军规》中的台词，分享他们最喜欢的作家了。他喜欢迈克尔·康纳利，她喜欢杰弗里·迪弗。他的举止令人着迷，非常从容不迫。当她出去给他找地图的时候，她觉得她认识他已经几个月了，而不是几个小时。直到他离开饭店后，她才发现他在收银台旁的便笺簿上草草写下的电话号码。

她一直等到晚上才给他打电话，内心有一半期待这是个没用的号码。当他在电话铃响起第二声就接了的时候，她很惊讶。这是她今年早些时候和男朋友分手后第一次感到兴奋，感觉很好。不过，当埃文建议他们在威克斯福德的鱼店第一次约会时，她很失望。她住在斯特拉特福德市中心附近，只去过几家乡村酒吧。她最常去的地方通常是斯特拉特福德镇的酒吧和俱乐部，那里有便宜的饮料和跳舞的音乐。威克斯福德的往返路程几乎有二十英里，汽油的价格实在是不值。直到最后一分钟，她几乎改变了主意。但是他发了一系列迷人又甜美的短信，而她周三晚上的确没什么安排。

她一走进酒吧，就认出了他，他穿着一件白色的开领衬衫坐在靠近尽头的凳子上，露出了他金色的皮肤。

他给了她一个歪歪的笑容，照亮了他的脸，她立刻心如打鼓。她没想到他会如此温柔，如此关心她的生活，如此细心。他们离开时天气很冷。她颤抖着，裸露的胳膊上露出了鸡皮疙瘩。他取下他的羊毛上衣，把它包在她的肩膀上，轻轻地吻了吻她的脸颊，说她这样必须再见他一次才能把羊毛上衣还给他了。她开车回家时，沉浸在他刚洗过澡的气味中，一种温暖的感觉在她体内打转。

在接下来的几个星期和几个月里，他们大部分时间都在发短信和聊天，一周见几次面，都很紧张。她本来想多聚一聚的，但他在农场里有很多工作要做，这似乎让他整天待在外面。她很尊重他。他不是一个健谈的人，但他很体贴，给她买了礼物，让她觉得很特别。

她胸部一阵剧痛。

火。侦探们不停地问她谷仓是做什么用的。在他们建立关系的最初几个星期里，她和埃文很多次坐在农场的路虎里，做过很多次巡查、喂牛的工作。一开始，在阳光下沿着乡间小路颠簸是令人兴奋的。但这种新奇感很快就消失了，尤其是当雨水弄脏了窗户，地面也变得泥泞的时候。但她从未去过谷仓。

侦探凯瑟琳询问了她，和她之前在农舍问过的问题一样，并把这些问题汇编成一份声明。“声明”这个词引起了一股毫无根据的内疚。她回想起那天早上厨房门的碎玻璃。她没有做错什么。是她醒来时在地板上流血。但恐惧不断戳痛她。“昨晚到底发生了什么？”如果她能记住就好了。

电话铃声把南希从思绪中拉了出来。她眨了眨眼，往前坐了坐，侦探说了句“抱歉”，站起来离开了房间。

一定有消息。她盯着门，希望侦探回来，一双瘦骨嶙峋的手圈在她的前臂周围，抱住她。

“你没事吧，亲爱的？”

南希转过身来面对她母亲：“我很好。”但她并不好。她的头又沉重又模糊，肚子里面也在翻腾。

她躺回枕头里，苦思冥想。也许火与埃文无关。也许他是在某个地方被困住了，以后还会坐在卡车里出现在她的门口，脸上带着那个坏坏的笑容，然后说：“想出去玩一晚吗？”她的生活将再次完整起来。他们会享受更多的夜晚，在草坪上野餐，一起遛狗。

门上的门闩松开了，咔嗒一声门开了。南希伸长脖子，使劲听侦探的声音。但任何声音都被走廊里的骚动湮没了：有一个病人尖叫着，还有试图安抚的声音。她先要辨别出这些声音，但它们融合成远处的嘈杂声。

她母亲不停地抠指甲周围的皮，这使她开始感到内疚。“谢丽尔，你为什么不去抽烟呢？”她说，“我知道你想要烟。”

她母亲一听到她的名字就不寒而栗。“妈妈”让人联想到一个女人牵着孩子的手，带他们去学校，一天结束时站在门口迎接他们，给他们煮茶，睡前给他们读故事的形象。谢丽尔会第一个承认，她自己从来没有做过这些事。

她清了清喉咙，在临别时为了打破沉默的尴尬说道：“我要等侦探回来吗？以防万一？”

以防万一，以防万一埃文死了。她母亲从来不知道怎么和人打交道。南希深吸了一口气，努力保持声音稳定："不，真的。我会没事的。你也只是需要几分钟而已。"她用尽所有感情轻拍着谢丽尔的手说。

谢丽尔抓起椅子边上的黑色皮包，拿出一包登喜路和一个绿色塑料打火机。"那好吧。"她拿着这些冲出房间。"我马上就回来。"

南希把头靠在枕头上，门在她身后砰地关上。谢丽尔没有香烟就会很颓废，和南希一起坐在这间屋子里，那些她所依赖的舒适感被剥夺了。

思绪再一次回到从前：她站在小学操场上，和别的孩子排成一条线，旁边是跳房子的标志和彩色的攀爬架，等着一天结束时会被老师收回去。别的孩子的母亲都非常年轻，面色清秀，笑容灿烂，衣着鲜艳。有些孩子走近时，马尾辫蹦蹦跳跳。南希的祖母脸上带着同样的微笑，使她容光焕发。但她穿的衣服已经过时了，走路时腿因为关节炎而一瘸一拐。南希不是唯一一个被她母亲以外的人接走的人。她班上的另一个男孩有一个在伦敦工作的母亲，一个儿童看护把他接走了，但是他妈妈仍然参加家长晚会和学校音乐会。南希小时候很难理解她母亲年轻时的茫然缺席。到了十几岁时，她对谢丽尔偶尔来访深表不满，家里的椅子上摆满了空瓶子，烟灰缸溢了出来，空气中弥漫着浓重的酒臭味。

奇怪的是，埃文的看法不同。他对她母亲的情况有更多的同情，并向南希强调这是一种瘾疾。谢丽尔需要帮助和治疗，就像这家医院的其他病人一样，在过去的几个月里，南希试图变得更宽容，好埋下种子，让这段关系慢慢发展起来。埃文是那样敏锐，他对人很了解，总试图帮助他们。

开门的声音把她拉回到了现实。她抬头看见凯瑟琳。

当靠近床边时，侦探的嘴微微向上翘起。

“你找到他了吗？”南希屏住呼吸问。

“还没有。”

“那尸体呢？”她问，声音战战兢兢的。“你知道谷仓里到底发生了什么吗？”

“我们正在调查这件事，正在确认身份。请尽量保持冷静，注意休息。我会尽我所能在最短的时间里给你更多消息的。”

远处传来一阵雷声。

鸟儿惊慌失措地拍打翅膀，飞离屋顶。南希看着他们消失在空中。她闭上眼睛，尽力回忆起前天晚上的事。但是，她思绪一片混乱，最终都消散成一团虚无的云。

6

杰克曼弯下腰，把手机充电器插到桌子后面，这时一声敲门声引起了他的注意。基恩的脸露了出来，他的嘴张得大大的，露出了两颗门牙之间的一个大裂口。“只是告诉你一下，长官。我们追踪了埃文·贝克的姐姐。汉普郡警察已经出动去拜访她了。她住在南安普敦，早上要来做正式身份鉴定。”

“很好。她能告诉我们更多关于埃文的事吗？”

基恩摇了摇头。

“可能现在还处于震惊中。”杰克曼说。“也许明天能从她那里得到更多的消息。”

“我有点儿怀疑。采访的侦探说她声称六年没见过埃文了。我们查过埃文的电话，他从昨天起就没打过电话。最后一条短信是下午五点发给南希的。”

基恩离开房间后，杰克曼转动着椅子，凝视着窗户下面的停车场。电话上没有任何记录证实了埃文·贝克可能就是受害者的猜测。但令他震惊的是关于埃文的信息的匮乏。他似乎是非常清白的一个人：没有警察记录，档案中也没有什么信息。他们做了正常的筛查，到目前为止，除了一个远方姐姐外，还没有找到任何熟识他的人。他到底真的是一个很私密的人，还是有什么要隐瞒的？

他转过身来，漫不经心地透过百叶窗的板条凝视着。当他的眼睛聚焦时，他可以看到案件侦查室简直是一个活动的蜂巢，大量媒体的电话嗡嗡作响。杰克曼喜欢处理一个新案件，发现线索，把事件拼凑起来的兴奋感。这使他想起了早些年他在大都会谋杀案小组的日子。一年有一百多起谋杀案发生，这个部门一直忙得不可开交。沃里克郡的谋杀案少一点儿，但当他们每次这样工作起来的时候，都很兴奋。他会和大家齐心协力，加班加点，有时候做一些不可避免的跑腿的活儿。

电话打断了他的思绪有一条来自罗素的短信。

“南希因头部受伤被留院过夜。”

他咬着嘴唇的一边。南希和埃文很亲近。即使她不记得星期天晚上发生了什么，也许她现在感觉好点儿了，能够向他们提供有关他的朋友和当地的背景资料，以便推断出埃文的生活模式。

他按了一下按钮，打了回去。“你好，凯瑟琳，谢谢你的留言。那里怎么样了？”

“由于头部受伤，他们要让她整夜待在屋里观察。”

“你认为她准备好给受害者做身份鉴定了吗？”

接着是短暂的沉默。“我不确定。她现在还是很困惑。”

“对昨晚发生的事情有什么更深入的了解吗？”

“没什么。我一直想了解一下他的背景，但她也很不清楚，似乎对他的家人也一无所知。”

当杰克曼结束通话时，他的电话又响了，是病理学家麦克·奥利弗。他没有浪费时间做介绍，直接说：“有关于身份的消息吗？”

“我们找到了他的一个姐姐。她明天早上来。你准备工作进展如何？”

杰克曼听到背景中有纸张的沙沙声。

“我们已经做了他的手和指甲的检查。它们烧得太厉害了，无法把具体的图像打印出来。他的后脑勺有一条裂缝，可能是他的死因。”

“会不会是因为椽子倒塌砸到他身上导致的？”

“不确定。看起来更像是目标非常明确的一击，深的，与钝器一致。如果这还不足以杀死他，那也很可能会把他击倒。他的身体前部也有瘀伤。”

“你认为他在向谁挑衅，要打一架吗？”

麦克犹豫了一下。“不确定。它不像我们通常在受害者手臂上发现的防御性瘀伤。伤口更集中于他的躯干，就仿佛被从高空抛落下来一样。可能是当他被放在谷仓里的时候，有什么东西掉下来砸到了他身上。”

杰克曼抬头看到戴维斯穿过专案室朝他走来。她兴高采烈，在房间里叫喊着什么，满脸通红。“谢谢，麦克。”他挂断了电话，几乎和她同时走到门口，然后拉开了门。“怎么了？”

“楼下前厅的那个讨厌的家伙声称是谷仓里汽车的主人，要求只和负责调查的人说话。”

*　　*　　*

埃蒙·本威尔是一个中年男子，面色黝黑，有非常突出的喉结，在杰克曼介绍自己的时候，身体来回摇晃。他大步走进会见室，显然受到了他们周围环境的影响而紧张。“这是怎么了？”

“对不起，这是我能找到的唯一的空余房间。”杰克曼说。

“所以我没有被录音吗？”

“除非你想被录音。”

他下巴的肌肉动了一下。“我什么时候才能把车要回来？”

杰克曼坐下来，请埃蒙坐在对面的空椅子上，然后才开口说话。“这是一起谋杀案调查，本威尔先生。汽车停在尸体被发现的现场，所以必须接受法医检查。”

“这需要多长时间？”

“现在一切还不好说。目前我们的首要任务是查明发生了什么。犯罪现场的一切都需要仔细检查。”

埃蒙把头向后一仰。“你们认为他们用过我的车吗？”

杰克曼耸了耸肩：“我现在还不能说。”

“你至少能告诉我它们怎么样了吗？他们在新闻上说发生了火灾。”

“我可以确认的是谷仓着火了。尸体距离车辆有点儿距离，但确实车辆有一些损坏。我能说的就这些。”

埃蒙坐在前面，双手抱着头。

“具体是什么样的车？”杰克曼问。

“典型的美国车。”

“我相信你有车险能覆盖你的损失。”

埃蒙抬起头，怀疑地看着。

“你有车险吧？”杰克曼问到。

“当然。但保险公司并不会给我一辆一样的车。克尔维特L88是一个特别的版本……我花了好几年才找到这辆车。”他的额头上积满了汗珠。

杰克曼在说话前打量了埃蒙一番，问：“你认识埃文·贝克多久了？”

“今年早些时候我在鱼馆里第一次见到他。我每周去那里几次，放松一下。”他低下头来。“最近我有一些婚姻问题。我和妻子分居了。我搬走了，没有地方存放汽车。当我告诉房东时，他建议我去找埃文，看看农场是否有地方存放。”

“那晚之前你和埃文·贝克谈过吗？”

他摇了摇头。

“我见过他独自坐在酒吧的尽头，总是埋头读书。很少和任何人说话。”

“你提出这个想法之后发生了什么？”

“一开始他很不情愿。他说他决定不了，他只是照看这个家。当我说只是一小段时间，我会付钱给他时，他高兴起来了。”

“你付了多少钱？”

“一个月四十镑。似乎直到昨天出事前，一切都还不错。”

“你是怎么给他钱的？”杰克曼问。

“我从我的公司中设置了直接借记。”

“你的公司是？”

“钢制造。我在蒂莫西桥公路上有一家工厂。”

“你现在住在哪里？”

“我在圣彼得大街租了一套公寓。离工作的地方很近，但只是暂时的，只是一个在我们解决财务问题之前，能让我孩子过来并且住下的地方。那时我也有计划要把车取回来另外安排个合适的地方存储。”

“你去过谷仓吗？”

“偶尔，没有我本来想去的次数那么多。自三月份以来，这些车就一直存放在那里，我可能目前也就开了六次车。我们工作太忙了，有一阵子没时间开出去兜风了。”

“你怎么进的谷仓呢？”

“我必须联系埃文。他在那里和我会面，打开谷仓的锁，并且确保我回来时他也会在。”

“他没给你钥匙？”

他耸了耸肩。“想都不要想，他没这个权利。我已经很感激能有地方存放我的车了。”

“你在那里见过其他人吗？”

“不，路上基本都是空旷没人的。如果你不是去谷仓，你就不会去那儿。”

“发电机是做什么用的？”

埃蒙耸耸肩。“也许他想在冬天给车加温，以防车停止工作。他不怎么说话。”

杰克曼看了他一会儿。尽管紧张，他的肢体语言还是比较开放的。他看起来很诚实，像在说实话。

“你对埃文了解多少？”

“就像我说的，我在酒吧里看到他。偶尔去谷仓。就这些。”

“你去过农舍吗？或者见过他女朋友吗？”

“我从没去过农场。没那个必要。我见过他的女朋友，我记得他们叫她南希。埃文有时会带她去酒吧。”

“他们相处得怎么样？”

“你什么意思？”

“他们经常起争执，还是看起来相处得很高兴？”

“没看到过他们吵架，但我的确也不留意这个。他们只是酒吧里的其他人而已。”

“埃文的朋友、熟人、家人呢？”

“他似乎有点儿独来独往。除了他女朋友，我没见过他和其他人说话。”

杰克曼停止询问，身体向前倾。“周一，8 月 9 日星期天晚上十点到次日凌晨三点之间，你在哪里？”

埃蒙看起来很气愤。“我星期天工作，早晚班。怎么了？”

杰克曼直接忽视了埃蒙的质问。他们保持着沉默。

埃蒙继续说：“我们现在有一个很大的工作要做，有一个处罚条款。过去几周，我几乎都在工厂里度过，周末也一样。”

“你有证人吗？”

“我的人星期天都没来。而且我走路回家的。所以，对，我没有证人。”他随后一字一顿地问道。“你该不会认为谷仓里的尸体是埃文吧？”

“是吗？”杰克曼回答。

“当媒体报道这件事时，他们只是说了一个男人。”

“我们还在等待受害者的正式身份确认，但埃文的确失踪了。你能给我描述一下他的身高和体重吗？”

“上帝啊！”埃蒙看起来很吃惊。他花了一会儿才恢复过来。“呃，金发，平均身高。挺瘦的。”

“我需要具体的细节。”

“什么？”

“汽车的品牌和注册号。你和埃文说话的日期，去谷仓和把车开走的日期。你知道有谁想伤害埃文吗？”杰克曼问。

埃蒙摇了摇头，先前的任何好战情绪现在都消失了。“就像我说的，我真的根本不了解他。”

* * *

侦探站了起来，道歉说要去女士洗手间。空荡荡的房间让人感到无比的孤独。焦虑折磨着南希的胸膛，她现在最需要的是埃文。

她在脑海中想象着谷仓。她只知道发生了火灾。有人死了。懊恼感几乎将她吞噬。

门咔嗒一声开了。她满怀希望地抬起眼睛，当一张熟悉的脸闪进来时，南希脸上露出了欣慰的微笑。

“南希，怎么了？”年轻女子冲到床边，温柔地拥抱着她。她慢慢往后撤了一下，看到南希额头上的伤口。“哎呀，看起来很痛。”

有她最好的朋友在这里真是太令人欣慰了。自从九年前他们一起上中学以来，她就认识贝卡。

南希望着她的朋友，感觉像是有轨电车在她的额头聚集着碾压过一样。“你有没有听到什么消息……关于埃文的？”

贝卡慢慢摇了摇头。“你还好吗？”

“我不知道，很累，我的头很重。你打电话给他了吗？”

“我打了，留了个口信，别担心。他们做检查了吗？”

“他们除了做测试和‘观察’就不会做别的了。”

“至少他们在照顾你。发生了这么可怕的事情。”

“我担心的是他，贝卡，谷仓里的尸体。他们什么都不告诉我，但埃文不见了。我肯定他们认为尸体是埃文。”

贝卡拍拍她的手臂。“别这样，你千万不能这样想。”

贝卡的黑发被编成一条长长的法国式辫子，垂在左肩上。南希一边说话，一边看着她的手指头在头发的尾端绕来绕去。贝卡老是乱弄头发。尽管她们的巴士从镇上的完全相反的方向开出，但每天早上两个女孩都会在学校门口碰面，贝卡总是在等朋友的时候不是正在给自己整理头发就是重新给自己整理头发。南希很好奇，如果不是贝卡和她一起在贝卡母亲的店里工作，后来又一起租住花店上面那套公寓的话，贝卡当初是否还会跟着她去花店。贝卡其实本来更适合理发店的工作的。

贝卡抓起角落里的塑料椅子。她把它拖过来坐下时，椅子擦过地板。“谢丽尔来过吗？我一听到消息就给她打电话。”

“她刚才在这里。”

贝卡扬起浓浓的眉毛。“怎么了？”

南希尽可能地回忆起那些事件，鸟儿们又回到了屋顶上，在她视线的角落里的毛毡上飞来飞去。

“真是个噩梦。你觉得你会在这里待多久？”

“我不知道，我快疯了。”

“好吧，听着，别担心工作。你需要多久就是多久。在你准备好回来之前，我们可以替你做你的那部分工作。”

“谢谢。你给我弄到电话了吗？我不敢相信警察想要我的电话。他们到底对我电话的什么感兴趣？”

贝卡把手伸进包里。“在手机店隔壁工作确实有一些好处。”

她拿出一部白色的三星手机。“我算在公司的账上了。有备用的还是比较方便的。我已经输入了我和妈妈的电话号码，还有谢丽尔的电话号码，你自己可以输入剩下的人的。你开始用的时候才会计费，但是在你把你的手机要回来之前，它够你用的了。”

“谢谢，你简直是救世主。今天商店怎么样？”

“今天很安静，谢天谢地。但听我说，妈妈说过要你别担心，你的健康更重要。”

“你听到什么消息了吗？我是说什么新闻？”

贝卡皱着眉头，压低了声音。“从商店收音机里听到了，妈妈打开了收音机。他们说发生了火灾，发现了一具尸体。”

“还有？”

“消防检查员仍在调查，他们怀疑是纵火。”

7

杰克曼沿着弯弯曲曲的车道走到布鲁姆山疗养院，然后停了下来。太阳已经落了，红砖砌成的疗养院的正面是格鲁吉亚风格，此刻被蒙上了阴影。他穿过入口，停了一下，和接待员聊了几句话，在访客登记册上签字，然后走进休息室。

“他来了，爱丽丝。”克里斯蒂娜走近时，带着温柔的爱尔兰口音，脸上带着温暖的微笑。她拍拍身边病人的前臂，然后自己站了起来。

杰克曼回给了克里斯蒂娜微笑，弯下腰去拥抱她身边的女人。他在她额头上吻了一下，然后站了起来。“今天过得怎么样？”他问。

他妻子呆滞的眼睛凝视着空地。

克里斯蒂娜说：“一切都很好，是不是？你今天下午看了《消失的女孩》，对不对？”

爱丽丝的开襟羊毛衫挂在肩上，证明了她最近几个月瘦了。当克里斯蒂娜忙着检查把她绑在椅子上的带子时，他站了起来，在她的腿上塞了一条轻便的毯子。“晚上很适合你散步。”她说，“你一定要去看看玫瑰园。现在很漂亮。”

杰克曼对她表示感谢，握住轮椅的把手，推着妻子穿过门口，穿过门厅，顺着斜坡进入花园，他把毯子拉到一边，露出妻子光秃秃的小腿，松开她的头发，当他们穿过停车场时，微风可以吹起几缕头发。

埃里克，一只四岁大的棕色的拉布拉多狗，在后座上跳来跳去，使得车辆在靠近时微微摇晃。杰克曼停下来确认周围没有人，然后把狗放了。他跳下车，绕着轮椅转了两圈，每次都会舔爱丽丝的手指。

“冷静点儿，伙计。”杰克曼说，拍了拍埃里克的背。埃里克把轮椅推到主屋的后面，穿过草坪，向前冲去。此处房产的后面可以看到周围起伏的沃里克郡乡村令人叹为观止的景色。

他把爱丽丝推进花园。这个花园被分为一个草本植物园、一个玫瑰园和一个草坪区，每一个都被修剪整齐的矮女贞树篱隔开。

埃里克在前面小跑着，杰克曼推着爱丽丝在每个花园里轮流着转来转去，给她指着盛开的鲜花。杰克曼本人并不是园丁，但这个地区在整个夏季都被精心种植，提供不同的品种，他学会了欣赏这些变化。对他来说，爱丽丝也看到了这些变化，她知道自己周围发生了什么，这一点很重要。他们在金银花旁边停了一会儿，呼吸着新鲜的香味，然后进入了玫瑰园。

唯一能听到的声音是车轮发出的轻柔的咔嗒声和埃里克的呼吸声。他向爱丽丝讲述了这个案子，谷仓里的尸体，对早先的询问感到的沮丧，以及最终感觉到的一天的紧张气氛的渐渐消失。在过去的一年里，他已经习惯了爱丽丝的沉默，自己去填补了谈话中的空白，尽管这仍然让他感到空洞。他想念她在屋里走来走去的时候唱歌的声音；当她躺在书房的地板上听巴赫的时候，那种安静的感觉。闭上眼睛，他还能看到她事故发生前的样子，在厨房里和女儿聊着天。在家里的每个角落，每个缝隙里都能看到她。

部分的他还是紧紧抓住一线希望，希望有一天会有一个眼神的移动，一个微笑的轮廓，一些恢复的火花。但时间越长，恢复的可能性就越小。他之前兴高采烈的妻子可能会在这种可怜的状态下结束生命，这一想法使她悲惨的死亡更加难以忍受。

杰克曼的手机嗡嗡响。他把它从口袋里拿出来，刷开屏幕，调出短信。

“嗨，威尔，我是卡米拉·汉森。艾莉森·贾纳斯给了我你面试的电话号码。我整个星期都在斯特拉特福德。有空的时候给我打个电话。”

杰克曼在心里叹息着，在继续散步之前把手机放进了口袋。

他把车停在玫瑰园的长椅旁，坐在妻子旁边。埃里克从灌木丛后面出现，躺在他们旁边，舌头垂向一边。这里的空气比较凉。杰克曼把毯子拉回爱丽丝的腿上，塞进两边。他们坐在一朵古老的英国玫瑰旁边，巨大的花头的边缘是棕色的，颜色微淡，刚好过了最佳开放的状态。杰克曼身体前倾，吸气，让香味在他的鼻子里流淌。香味很新鲜，围绕着他。他心不在焉地摘下花，把它举到他妻子的鼻子前。

谷仓里的气味渗入了他的脑海。很刺激，很熟悉。即使透过烟雾，也能清楚地感觉到它。当他们静静地坐着的时候，他想到了后面的发电机，可能是像埃蒙建议的那样，用来在冬天保持汽车的温暖。他的思绪在谷仓和烧焦的汽车残骸周围转来转去，突然想到了一个念头。他没有看到任何暖气片。没有暖气系统，发电机就不能在冬天给汽车取暖。

他坐在前面，在脑子里把案件过了一遍，却怎么也梳理不通。

8

杰克曼抓起咖啡杯，爬出了车。太阳升起，田野慢慢地露了出来。除了一对鸟儿在附近的树上拍打着翅膀，早早地从它们的窝里爬起来，以及远处猫头鹰低低的鸣叫之外，一切都很安静。

站在谷仓门口的穿制服的警官看着他翻过蓝白相间的警用胶带，显得很惊讶。杰克曼认出她是斯特拉特福德车站应急响应小组的一个年轻人，他走近时笑了。“嗨，谢莉。我给你拿了杯咖啡。”他说着把纸杯递给她。

她拿着它，把盖子拿下来，眼睛闪闪发光。“谢谢你，警官。你怎么这么早就来了。”

杰克曼凝视着伸展在他面前的菜籽地。他一瞬间想起希拉·巴克顿和她的过敏症。犯罪现场整夜不停地向他逼近，使得他无法睡觉。他一次又一次地在脑子里翻来覆去地想这个案件，但有一个问题在他脑子里被挑了出来：为什么要花一大笔钱把发电机安装到一个偏僻的谷仓里？他说：“我想再看看周围的情况。犯罪现场调查小组什么时候结束工作的？”

当她吹着咖啡的顶部时，刘海飘动着。“他们大约晚上八点半离开的。那时天黑了，他们给所有东西拍了照，录了像。”

“你来这儿多久了？”

她看了一眼手表。“七点来人替我们，简直等不及了。”

杰克曼会心地笑了。连续几年在最寒冷的12月看守伦敦东部一家制造厂的记忆萦绕在他的脑海中。他在不到六个月前就加入了大都会警察局，即使是训练期间驻扎在北极的前海军陆战队员也冻僵了，到轮班结束时几乎感觉不到自己的脚了。

他离开谢莉，在谷仓外面走来走去，不时停下来看看周围的田地，寻找凶手可能使用的其他路线。航空照片没有显示出任何马道、特定的路径，或在围栏或树篱旁的断口。从他站的地方，他甚至看不到獾的路线。他在发电机旁边停了下来。它是无声的。从这里他可以看到谢韦尔·哈姆雷特小镇，这是唯一一个可以看到谷仓的地方。

他回到正门的时候光线变得明亮起来。他把门打开，在里面走来走去。今天早上室内看起来更大了。他绕过汽车的边缘。有一股泥土般的潮湿，夹杂着烧焦的金属味。杰克曼试着去辨别气味。当他再次闻到它的时候，他开始怀疑他是否应该早就想到了，是麝香的香味。

他走到角落里小屋的残骸旁。除了一些金属支架外，几乎什么都没有了。这些金属支架在某些地方熔化并弯曲了，但奇迹般地仍然固定在墙上。当他站在那里看着它时，有什么东西使他困惑。早些时候，他曾假设这片区域在火灾发生前就被封闭起来，用作某种办公室，但却缺少任何电气设备或办公桌的残骸。

杰克曼在周围走动，他不知道自己在找什么，他知道之前他的团队已经对它进行了检查和复查，但有些事情感觉不太对劲。病理学家很确定受害者死后才被安置在这里，但杰克曼不明白为什么他的尸体会被留在他照看的谷仓里。

他在入口处站了一会儿，向铁轨望去。警官坐在一个翻过来的板条箱上，手里抱着咖啡杯，凝视着外面阴暗的乡村。尽管谷仓的门是两端都开着的，但这是唯一的汽车入口。这条小路又长又弯，离公路大约四分之一英里，离农舍几百码远。除了作为通往附近村庄的直通路线，底部的道路很少使用。凶手一定花了一段时间才找到这个偏僻的地方。但是为什么要找这么多麻烦呢？他们并不想把他的尸体藏起来，因为火焰会立即引起人们的注意。

杰克曼试图从凶手的角度思考。南希说她记得的最后一件事是他们离开了酒吧，也许他们回来后打扰了别人。或者有人悄悄逼近他们，打碎了后门的玻璃进入的。当然，一个人闯入并制伏他们两个是有点儿困难。当然，不排除有不止一个罪犯。

昨天晚上发生的最后一件事是收到了埃文·贝克的银行账单。再加上他的电话记录，他们从星期天晚上就找不到他有电话活动，这强化了受害者是埃文的设想。杰克曼用一只手从门上自上而下地抚摸，铁锈的胀包拉拽着他的橡胶手套。门的开度几乎与谷仓两端的宽度和高度一致。凶手本可以打开它们，把一辆车倒进来，在点火前把尸体放下。埃文不是肌肉发达的人，但即使有人帮忙，也要费点儿劲把他拖到车厢里去。也许这就是为什么他的尸体摆在前面，离入口那么近。

他看了看尸体所在的地板处，又回头看了看入口。他想得越多，就越觉得这是最有可能的解释。埃文的尸体离汽车大约十五米。杰克曼走到车旁边，绕过第一辆车的边缘。他继续前进。他走过最后一辆车，回到入口，突然有什么东西碰到了他的鞋尖。他往后退了一步，低下头。一个小小的水泥边骄傲地立着。他把脚擦过地板，擦去了一些煤烟。不是水泥边。这是一条混凝土线，某种东西的边缘。

杰克曼从口袋里拿出手电筒，照亮了整个区域，他的脚擦过地板，移开了碎片，他的行动加快了。他喊过来穿制服的警员。

谢莉冲了进来。“这是什么？”她立刻顺着他的眼神往下看，“那是什么？”

“它看起来像某种门。”杰克曼说。他弯下腰，把更多的煤烟和碎片从接合处推开。门稍微凹了一下，一端有一个平把手。他用手指钩住把手，试图把金属向后撬。它有些地方变形熔化了。汗珠顺着他的背流了下来，但尽管他努力拉拽，门还是一动不动。

“你觉得下面是什么？”谢莉问。

“不知道，但我们得进去，就现在。”

* * *

杰克曼站在外面，瞥了一眼手表。差不多是早上六点三十分。幸好周末以来天气一直很暖和。雷声已经仿佛威胁了他们好几次，但雨还没下，泥泞的小路很挤。但是，天空明亮了一段时间之后，现在被一片片乌云覆盖，像是威胁着人们会有新一轮降雨。

他听到一辆汽车低沉的嗡嗡声，当它靠近时声音变得更大，他立刻转过身来，看见一辆消防车隆隆地驶上车道。谢莉一直在谷仓边走来走去，来来回回加入他的工作。杰克曼等着他们停车，和跳出来的消防队员们互相问候打趣。两个消防队员自我介绍：罗布和卡尔。之前已经接到了罗布和卡尔的电话简报。

“你想让我们在开始之前等一下你们的犯罪现场调查小组吗？”罗布问。

杰克曼匆匆朝小路上瞥了一眼。他让谢莉用她戴着的摄像机记录下这个区域，他现在不能浪费时间。“不用了，我们得快点儿，以防有人被困在下面。你有刀具吗？”

罗布点了点头，等着他的同事从卡车上取下圆盘切割器，跟着杰克曼进了谷仓。“这是一扇被火烧扭曲的金属门。”他说，“我在门把上放了一些展示袋，以防留下指纹。”

罗布点点头。“我们会在门周围切一下，看看能不能把门拉开，这就不会对下面任何东西有损害。”

“谢谢。”

刀盘的轰鸣声填满了谷仓。不一会儿它就穿透了金属。不到二十秒，就在门的四周开了一个口子，把门拉开了。

那熟悉的气味立刻弥漫在他们周围的空气中，现在更刺鼻了。消防队员们做了个鬼脸，站了起来。杰克曼捂住鼻子，弯下腰来，用手电筒照了照下面的空间。

9

那天早上晚些时候，戴维斯冲进房间时，脸上一片茫然。贾纳斯在讲话过程中停顿了一下，抬起眼睛，皱了皱眉头，然后转身回到房间，继续说话。“我们发现了一个新的调查方向。”她的眼神滑向杰克曼，“也许你能给大家补充一下最新消息。”

杰克曼分享了那天早上早些时候发生的事情。“谷仓下面有一个隐藏的房间，大约十二米长，五米宽。看起来它被用来种植大麻。我们需要让法医小组快速检查，然后搜索小组才能用切割设备，用合适的方式打开它。这样我们就可以很好地了解耕种的状态了。”

“这就解释了今天早上食堂里那些不满的犯罪现场调查人员了。”基恩窃笑说，“他们不喜欢任何人弄乱他们的现场。”

杰克曼翻了个白眼。“我们别无选择，在地下房间很可能有别人。让 DNA 测试快一点儿，好吗？”他对戴维斯说。“我们需要知道被害人是谁。其中一些植物正准备收割。很可能它们不是第一批作物，但他一定对它们有所了解。有来自查威尔哈姆雷特小镇其他居民的消息吗？”

“无论是在星期天还是最近，没有人注意到任何异常情况。

他们似乎不太善于观察。”基恩说。

杰克曼能想到线人好奇的表情。“派人出去和希拉·巴克顿再谈一次，好吗？她似乎对一般的来来往往的车辆和人很感兴趣，也许还记得在火灾前几周发生的一些重要事情。”

他转身回到房间。“有来自媒体的消息吗？”

“还没什么。”罗素说，“都是在浪费时间。对鱼馆的调查得到的早期反馈表明他们是一对幸福的情侣，在星期天晚上会非常浪漫，没有人发生过争执。”

“被害人的生活习惯呢？”杰克曼问。

“我们查了他的银行记录。”基恩说。“每个月他的账户都会收到一些定期付款，其中一个看起来像他的薪水；他的电话是直接借记的，他每隔一段时间取款，似乎主要是现金。没什么值得我们注意的。我们会接下来查看他手机上的号码，账单上的条目。犯罪现场调查小组还在他衣柜底部的一个盒子里发现了一些大钞。”

戴维斯轻轻地吹了一声口哨。“听起来像是毒品钱。”

“能找到农场主吗？”

她摇了摇头。“他们仍然开着露营车在澳大利亚周边地区行驶。我们已经和女儿谈过了，她最后一次电话活动是周日阿德莱德打来的电话。”

“没有手机、iPad？”

“显然，他们是崇尚自然，重温他们的青春。二十年前没有手机，他们利用网吧与主要城镇的亲戚保持联系，我们已经给他们发了邮件，要求他们紧急联系我们。”

“我们去申请检查他们的银行账户，包括个人账户和商业账户。”杰克曼说。“看看有没有大量的现金注入，有没有任何迹象表明他们可能参与其中。”他转身回到主厅。“今天早上我要戴维斯和基恩在犯罪现场监督挖掘工作。犯罪现场调查小组将在搜索小组进入之前移除车辆。我们希望破坏达到最小。”

“我要去医院见罗素。我们让受害人的姐姐来确认身份，所以我们稍后会和你一起去。”

贾纳斯站着说：“对，我们把这个系紧一点儿，谷仓里的每个人都要穿连体工作服，就这样。”

杰克曼看着贾纳斯以她一贯敷衍的方式匆匆赶往她的下一次会面，然后回到了他的办公室。他刚在桌上收拾文件，戴维斯就拿着两杯咖啡冲了进来。她似乎仍然心慌意乱，她伸出手递给他一个杯子。

“一切都还好吗？”

“不好意思，这是一个典型的有事件发生时候的早晨。”

“约翰还没回家？”

“是的，他的课程今晚结束。他今晚应该会晚点儿回来，谢天谢地。我妈妈远在塞浦路斯。我们安排了我婆婆来帮助我们照顾这个小家伙，但那个女人没有紧迫感。”

“我的理解就是你还没有找到托儿所，所以？”

戴维斯扑通一声坐在对面的椅子上，嘴角发出长长的叹息。“我们去看了看。”她从杰克曼的方向看向窗外。“哎，我不知道，约翰还太小”。她犹豫了一下，好像这个问题太难了似的。“你呢？西莉亚什么时候去瑞典？”

杰克曼笑了。当他的女儿西莉亚被选为在瑞典进行的为期六周实地考察的十二名学生中的一员时，他为此感到非常骄傲。这是她课程中的一个特殊项目。“这个周末。她星期四回来收拾行李。”

“很高兴在她走之前有几天你们能在一起。”

“我可不确定，她要带男朋友回家。”

“现在就变得更有趣了。”

* * *

杰克曼避开了堵住了电梯的入口的一家人，爬上了楼梯，来到了神经科。他一走出走廊，就看到了凯瑟琳·罗素的姜黄色头发绑在一个圆发髻上，发髻在她点头时上下起伏，一部手机粘在她的耳朵上。她结束了电话，转过身来，微笑着向他走近。

“早上好，凯瑟琳。今天早上我们的病人怎么样？”

“很累很困惑。她先做了一次 CAT 扫描，据我所知，没有发现什么，但有些事情不太对劲。”

“你什么意思？”

“她不吃东西。”

“可能还处于震惊中。”

“可能吧。但看起来像是因为别的，一些我拿不准的东西。她不停地问埃文，这是可以理解的，然后看起来很迷茫。”

南希坐在床边，穿着牛仔裤和红色 T 恤。杰克曼跟着罗素走进房间时，她抬起头来。她的头发向后梳，露出苍白憔悴的脸。他开始自我介绍。

“你昨天到农舍来了。”南希说。

杰克曼点点头。“你今天早上感觉怎么样？”

“还好吧。”她犹豫了一下问到，“你们给尸体做身份确认了吗？”

“今天早上会有人来，随后我们应该会知道更多的信息。”

“你找到埃文了吗？”她问，声音很脆。

“还没有，你能回答一些问题吗？”

当他再次问起埃文失踪那天晚上的事时，她茫然地盯着他。他仔细地看着她重复说她什么都不知道，什么都不记得。有一次，她闭上眼睛，仿佛愿意让自己的大脑动起来。他改变了策略，问起谷仓的事，她重复说她从来没有去过那里。

“慢慢来。”杰克曼说。

但是，尽管给她足够的休息，她仍然没有想起来什么新的消息。一个护士推开门，端着一盘豆子和吐司递给南希。“给那个饥饿的病人的。”她说。

罗素微笑着看着南希盯着她腿上的盘子。“如果你吃点儿东西，你会感觉好一点儿的。”

南希看了一会儿叉子，然后笨拙地把它举起，又放下了。她看起来好像想哭似的。“我不饿。”她一边说，一边把托盘里的食物推开。

杰克曼意识到有人挤在她身边是多么的令人害怕，于是站起身来，示意罗素和他一起出去。

“我们先走了，好让你吃饭。”他说，“如果你记得任何事情，任何事情，无论它看起来多么微不足道，请找我们。你有我们的号码。”

他在走廊里看见一张熟悉的脸，然后迅速离开房间去追她。“露西！”

那女人转过身来，对着眼镜顶皱了一下眉头，然后她的嘴就咧成了一个露齿的笑。“威尔，很高兴见到你。”她穿过走廊，深情地拥抱了他。“已经有一段时间没见了。”

杰克曼介绍了罗素，两个女人互相点头示意。“我以为你在考文垂。”他说。

“被重组了，我现在负责两个医院的神经病学，需要来回跑，”她皱了皱鼻子，“但我不太介意。埃里克怎么样？”

“像以前一样活蹦乱跳的，你的呢？”

“还是个噩梦。我一直在想我应该带它再培训一下，但可能不会有什么不同。什么风把你吹到这儿了？”

“工作啊。”杰克曼把头指向南希的房间。露西的脸上立刻展现出理解了的表情。

“事实上，你也许能帮忙。”

“嗯，我不能像你所知道的那样讨论案件细节，但如果是整体的话……”

“当然。”

当杰克曼串一遍南希版本的星期天晚上时间的时候，他们都走过去坐在对面的椅子上。

“很明显，如果她能记起导致她男朋友失踪的任何事情，这将会对我们帮助极大。”

"我想他们已经进行了毒理学检查，测试酒精含量和是否有药物存在？"

罗素点点头。

"他们给她结果的时候我和她在一起，没有任何毒品痕迹。她承认她在周日晚上喝酒，但他们没有发现她体内有过量的酒精。"

杰克曼说："我周一早上在她被正式纳入案件人物前见过她。那时她看起来很清醒。"

"但她有时脑子很空，也很模糊。"罗素说，"好像她真的不知道发生了什么事。"

医生深吸了一口气。"如果她做了一次脑部的扫描，并且大脑没有明显的损伤的话，那么听起来她好像是患了脑震荡引起的暂时性失忆症。在这种情况下，一些患者可能会恢复失去的记忆，而另一些患者可能不会。这取决于损伤的程度和瘀伤的位置，恐怕只有时间才能证明。"

杰克曼耸了耸肩膀。"她是头部前面受伤，这个信息有帮助吗？"

"额叶可能有瘀伤，"她说，"在这种情况下，一些患者经常经历记忆丧失，有时他们的认知能力也会受到影响。"

"你是什么意思？"

"他们完成日常任务的能力，在极端情况下，这些能力可能指的是基本的卫生能力，洗漱、刷牙、穿衣服。如果伤势较轻，则更可能是间歇性的，比如影响系鞋带、换床单或泡茶能力。他们说话还是会很连贯，但会忘记任务中的关键过程，或者把它们弄混。"

杰克曼回忆起南希在食物端上来时，茫然的脸盯着面前的叉子。“在这种情况下会发生什么？”

“需要召集专门的脑损伤小组，他们会进行一些测试来评估认知理解水平，并帮助他们重新学习怎么完成一项任务。脑损伤的恢复取决于损坏程度。”

“这听起来很费时。”

“恐怕神经学里没有什么速效疗法。我觉得你可能比大多数人更了解这一点。”露西轻轻地碰了碰他的前臂，“我要上车了，向爱丽丝表达我的爱意。”她站在那儿，向罗素瞥了一眼。“很高兴见到你。”

他看着她走下走廊，对她的效率心怀感激。没有太多戏剧性事件，没有尴尬的问题。只是想到了，简短地提到了他的妻子而已。

罗素的电话响了，她离开去接电话。杰克曼坐了下来，在脑子里过了一遍南希关于星期天的并不完整的叙述。闯入的人对南希似乎并不感兴趣。她不住在那里，所以也许他们没想到会见到她。尽管他不能排除她和别人一起合作以摆脱埃文的可能性。但她身上的某些东西，藏在她眼神之后的一些东西，使他不安。很难说关于她失忆，她是否说了实情，不管这是头部受伤的结果，还是她掩饰事情的真相。

身材娇小的女人绝对不可能把埃文的身体抬进谷仓，前提是在没有其他人帮助的情况下，并且为什么她要这么做呢，除非她发现了毒品或者以某种方式卷入其中？

罗素沿着走廊走路的脚步声使他回到了当下。她以一个角度握着自己的手机，跟杰克曼说道：“是基恩。他已经确认有三支猎枪注册在农场名下。”

“也许能解释这次非法闯入。”杰克曼说，

“但是为什么要带埃文去谷仓？要在农舍杀他很容易。”他停顿了一下，“到车站去，让现场的情报员去检查他们的情报联系人吧，我们需要在其他人使用这些武器之前找到它们。”

10

贝卡的母亲凯伦透过后视镜往车的后面看了一眼。“你在后面没事吧？”

贝卡立刻从她母亲旁边的座位上转过身来，伸长脖子，把手按在南希的身上。“我们很快就回家。”

南希微微一笑，这是她现在能力范围内能做的。

汽车在红灯处停了下来。发动机的声音更大了，打破了他们坐着不动时候的寂静。南希转过身，望向窗外。一个穿西装的男人从他身边冲了过去，胳膊下夹着一个文件夹。两个女人走出咖啡馆，在阳光下欢笑。一个骑着带有荧光灯的自行车的人放慢速度，停在他们旁边。斯特拉特福德镇的人们正在忙着自己的事情，幸好他们没有意识到她的世界正在被撕裂。

她盯着骑自行车的人看。她左肩上松松地挂着一个书包，当她从口袋里拿出一个手机，拨通电话，和另一端的人生动活泼地聊天时，一缕黑发从她的头盔下面露了出来。这种正常生活的情景吸引了南希。在那一刻，她觉得自己渴望能骑车，在上班的路上和她的同伴聊天，安排稍后晚一点儿见一位朋友，而不是从医院回来，那么困惑和疲惫，等待着她的男朋友是否被杀的消息。

在贝卡昨天提到纵火事件后，她脑子里来来回回产生了无数的想法。谷仓里的尸体是死于某种事故，还是被谋杀的?

她怒视着窗外，胸中愤怒越积越多。她不明白他们怎么能像什么都没发生一样继续下去。她想摇下车窗，大喊："一个男人死了，可能是被谋杀了。"然而这个想法让她退缩了。

在过去的二十四个小时里，从警察告诉她尸体的那一刻起，她就陷入了一个漩涡中：意识到周围的声音在响，但她的感觉似乎已经麻木。

侦探说他们在等身份确认。

身份确认……她紧抓住这个词不放。这就意味着他们也不能确定，他们没有要求她参与其中，这是一个好迹象。

"千万别是埃文。"

她想起了三年前失去祖母的情景。没有什么能使她准备好忍受那种空洞的孤独感，那种孤独感折磨着她的内心，在那之后的几天甚至几周里让她变得生不如死。她周围的世界仍然继续车水马龙，却忘记了她的痛苦。

她记得她被带走时的愤怒和怨恨。但这是不同的，埃文正处于人生的黄金时期，不久就要计划安顿下来，拥有自己的家庭。某个人在某个地方将这种打算从埃文身上或者他们两个身上剥夺了，这是不可理喻的。

“不可能是埃文。”

骑自行车的人把她的电话装进了口袋。交通灯变了。汽车往前行驶时，泪水急剧地冲出了南希的眼睛，模糊了她的视线。

埃文·贝克的姐姐莎伦是一个身材矮小，长得像马的女人，颧骨尖削，一头脏脏的金色头发垂在背上。她丈夫陪着她。他说话轻声细语的，自称西蒙，身高肯定超过六英尺五英寸了。杰克曼想要找相关人谈话已经很久了。

杰克曼把他们领进停尸房的等候室。“谢谢你们能来。”他说，“需要我给你们一杯茶或咖啡吗？”

他们都摇了摇头。西蒙回答说：“我们很早就到了，来之前在服务处停了一下。”

杰克曼示意他们坐下。“我知道这对你来说是一个困难的时刻，但在我们进去之前我需要问你一些问题。”

杰克曼停顿了一下。西蒙把手放在他妻子的胳膊上。“你能向我们描述一下你弟弟吗？”

莎伦看上去很困惑。“我以为你很确定是他。”

“我们在他的地址发现了一张工资单，但我们仍然需要确定身份。他脸上有什么明显的特征吗？”

莎伦眨了眨眼，迅速看向她的丈夫。“我不知道……就像我昨天告诉侦探的那样，我好几年没见他了。”

杰克曼缓和了一下语气。“受害者经历了火灾。”莎伦倒吸一口气，把手放在嘴上。杰克曼给了她一点儿时间让她冷静下来。“他的一部分身体已经被烧伤了，但他的面部特征仍然完好。我要带你去一个房间，你会看到他，请你确认他是否是你的弟弟。只有在你完全确定的情况下，才能说是。”

他带着他们走出房间，沿着走廊，穿过一扇通向半个房间的门，中间用一面有机玻璃屏风隔开。在屏幕的另一边是一辆推车，上面盖着一张白色的被单，被单明显是一个人的轮廓。这房间看起来很干净。

莎伦转向杰克曼。“我们怎么进去？”

“恐怕不行。尸体仍需接受全面的法医检查。我们不得不透过这面玻璃屏风观察他，以避免交叉污染。抱歉。”

他看她向前走过去。手推车几乎在可接触距离内。罗素穿着白色的连体罩衫走进外面的房间。一个连领帽被拉过来罩住她的头，医用靴子套住了她自己的鞋子。她朝着手推车走去，瞥了他们一眼，然后又掀开被单，露出一个绿色的尸体袋的侧面。拉链的边缘被拉开。一条白色的被单缠绕在受害者的头上，覆盖着烧焦的发际线和起泡的耳朵。

埃文的姐姐靠得更近了。她丈夫把手放在她的肩上。

“你能确认一下……”

她转身，阻止他说下去。“不是。”

“什么？”

“我是说不是，那不是我弟弟。”

杰克曼一开口，她的脸就更坚定了。

“你非常确定吗？”

“当然。埃文额头上有一道疤。他七岁的时候，把一张玻璃桌子拉倒在了自己身上。我永远不会忘记的，因为圣诞节那天我们在急诊室度过了整个下午。”

“他会不会做过手术祛除了伤疤？”

“尸体甚至不像他。”她说，“埃文的头很方正，我小时候就经常取笑他。而且他也更高些。”

杰克曼对罗素示意说他们结束了，然后带着这对夫妇回到等候区。

现在，莎伦坐了下来，把手伸进包里，拿出一瓶水，大口喝了一口，用手背擦过嘴，然后递给丈夫。她的脸明显变得苍白了。“我想知道的是，探长，是什么让你认为那是我的弟弟？你一定是很确定才会把我拉来。”

“因为受害者使用的是他的社保号码，埃文的护照也在那里找到了。”

“你是怎么找到我的？”

“通过社保号码，我们追查了出生日期。他是那天唯一出生的埃文·贝克，所以我们通过出生、死亡和婚姻来追踪下一个幸存的成年人。这是例行的警察工作。”

她咬着嘴唇，仔细考虑着这个问题。

“你上次见到你弟弟是什么时候？”杰克曼问。

她瞥了一眼罗素，罗素把她的笔记本从包里拿出来打开。“大约六年前，我们不是很亲近。”

“你还记得当时的情况吗？”

她避开视线，说话的时候声音仿佛很遥远。“那是我父母结婚三十周年纪念日。他们在南安普敦的家里举行了一个聚会。他迟到了，喝醉了，在休息室里吐了。虽然很尴尬，但是意料之中的。”她抬起眼睛说，“我弟弟是我们家唯一的男孩，探长。我父母给了他一切：名牌运动套装，出国旅行，一辆车。这是永远不够的。”她笑着对自己说。“我妹妹和我常开玩笑说，当他喝茶吃牛排时，我们只会得到汉堡。”

“你妹妹？”

莎伦沉默了一会儿。“克拉拉，她比我小两岁。三年前，她和我父母在一次长途汽车事故中丧生。”

罗素说：“很抱歉。”

莎伦从一个侦探看向另一个侦探。“那是很久以前的事了。”

杰克曼等了一会儿才再次开口：“你父母死前有没有和埃文保持联系？”

“我不确定，但我不觉得，他们出事后，我试图找到他，亲自告诉他我们是唯一剩下的人。是那时候我发现他住在泰国。他和一个很久以前回来的朋友一起飞到那里的，把他留在了北部地区的清迈的一家旅馆里。我花了很长时间找寻地址、附近的旅馆，试图找到他。我们甚至亲自去了那里。我找到了他住过的旅馆，但没人知道他搬到哪里去了，也不知道他出了什么事。当你旅行时，你是不会给出下一站你想去哪儿的。”她深吸了一口气。“这让人很困扰。我在这里有工作，生活。最后不得不放弃搜索，回家。但我一直在想，有一天他是否会穿过这扇门回家，他是否知道我们找过他。”

杰克曼发现，她丈夫紧握着她的手，指关节发白。

“不管怎样，他们还活着的时候他就不去打扰他们了，那他们死后他为什么还要去打扰他们呢？”他们静静地坐了一会儿，直到她再次开口，“令我困扰的是，如果那个人声称自己是埃文，用他的社保号码，他的出生日期，这对我的亲弟弟意味着什么？”

“你有没有向警方报告过他失踪的事？”罗素问。

“不，就像我说的，我们不是很亲近，他本就可以去任何地方，我没有理由认为他会受到伤害，直到现在。”

杰克曼找了个借口离开了房间，沿着走廊走回去，他脑子里闪过一个问题：如果太平间里的那个人不是埃文·贝克，那他是谁？

11

杰克曼等着灯变亮，继续行路，把斯特拉特福德镇抛在身后。早晨的挫折将他吞噬。就在他认为他们正在通过身份认证取得进展的时候，这件事发生了。现在他们有了新的进展，却有了额外的疑问，就是真正的埃文·贝克在哪里？为什么受害者在用他的身份？此外，查出死者的身份也变得更加复杂。他要求做一个紧急的DNA测试，但现在被积压了，天知道需要多长时间。

汽车播放巴赫的乐曲的时候，他把音量提高了，驾车穿过沃里克郡乡村来到厄普顿庄园。这条风景优美的路线和丰富的古典音乐的结合通常会使他平静下来，但今天早上发生的事情占据了他的思绪，让他几乎什么也没听到。

他的手机响了，他接了。音乐立刻停止了，被戴维斯的泰恩赛德口音打断了。“你好，身份确认的事情怎么了？”

“不怎么好。”杰克曼说。“她坚信受害者不是她的弟弟，或者肯定不是埃文·贝克。死者使用的是埃文的社保号。我们正在检查她弟弟几年前做过的一项牙科手术的记录，这家医院离他们住在南安普敦的地方很近，只是为了确定一下。”

“这对于我们来说意味着什么？”

“无论出于什么原因，有人使用了假的身份。到目前为止，我们所知道的是，照片中的那个人，就是谷仓里的受害者，眼睛旁边有颗痣，并不是埃文·贝克，但在用埃文·贝克的护照和社保号。”杰克曼在到达一个路口时停了下来，然后驶过了主干道。“你那里怎么样？”

“犯罪现场调查小组简直是一场噩梦。在他们拍下所有的照片，带上起重机，把车开来进行检查之前，不让搜救队的任何人靠近现场。警方顾问搜查小组刚进去。”她的语气充满了兴奋，“那就像是一个金矿。”戴维斯被打断了。

杰克曼可以听到背景中的声音，像是在争论。“怎么了？”他问。

过了一段时间，戴维斯才回到电话线上，当她回来时，她已经喘不过气来了。“对不起，说不了太多。一个该死的新闻记者已经穿过警戒线，一定已经到了封锁的场地了。我觉得你得下现场一趟。”

*　　*　　*

杰克曼开车上了车道，把车停在了警察警戒线旁，小车、货车和卡车的后面。就在他下车的时候，他发现戴维斯正下来迎接他。“闹剧结束了，基恩已经护送她离开了房子。”她说。

“是谁？”

“斯特拉特福德邮报的伊莉丝·斯坦森，声称她没看到封锁带。其中一些带子被撕开，拉到了谷仓后面。该死的骗子。但还不知道她拿了什么。”

“把警戒线拉得更宽，确保有人看守。我们不想再有不受欢迎的访客。”

戴维斯点了点头，拿出手机，大步走上车道时打了个电话。

同样的麝香味从谷仓里飘出，虽然从那天早上开始就已经消散了。两端的敞开的门能够通风，正是人们当下所需要的。杰克曼蹲在地板缝隙旁。因为房门被打开得更大，他能更好地看到房间里面。他在查看的时候有一盏临时警灯辅助，灯光照亮了整个区域。墙上挂着反光银色器皿。成排的植物排列在地板上，它们处于不同的生长阶段。灯和电缆散落在周围，一个风扇立在角落里。

搜索队巡佐戴夫·梅森和杰克曼站在一起。“这是一个旧的海运集装箱。”他说。“实际上像是两个焊接在一起的。”他举起一只手，抓了抓胡子。“绝缘，有提供热量和光的发电机。真是一个建大麻农场的最佳地点。”

戴维斯说：“一定是花了很多时间才弄到的。”

“并不一定，门大得足以让合适的挖土机开进来，只需要几天就可以挖个洞，把集装箱放进去，然后用混凝土把洞砌一遍。”

“但如果他们把它焊接起来……”

梅森摇了摇头。“我很肯定他们会买的。很容易找到，网上有一堆卖的。人们用集装箱有各种各样的原因。我见过它们被用作储藏室，被改造成车间，甚至去年还去了一个有厕所的集装箱。”他环顾四周，说：“以前从来没有见过有人想过放到地下，这的确是一个巧妙的设计。”

“站在这里，即使安装也不会引起任何注意。”

“尤其是顶部放着车，就不会想要往下面看。”杰克曼说。

“很对，我觉得这个谷仓会不会吸引很多人的兴趣。”梅森转过身来，“集装箱的入口被一些旧木板盖住了，它们在火灾中被烧焦了，但大部分因为汽车的遮护保存了下来。因为火灾的热度，门把被锁住了，这就是你为什么能注意到它们的原因，但是下面的房间相对来说没有受到干扰。”

戴维斯说：“看来要种大麻很麻烦。”

杰克曼低头看着那些植物。他回忆起早期在东伦敦参加的一次突袭。那座三层的梯田房子已经完全被庄稼占领，甚至连地窖都被用来晾干收割的农作物。大麻有巨大的市场，并且这个市场还在不断扩大，毒品团伙一直在寻找新的和不寻常的大麻种植地点。

“通常是电路板因为过度使用电力会发出警报，或者这里奇怪的气味也会出卖这里。”梅森继续说，“但是在这里有一台发电机，所以那些都不会发生。但是我们直升机上的热感应器不会识别出它们吗？”

杰克曼回忆起希拉·巴克顿对他们的评论，说他们很晚才开始工作。许多农民在夜间操作机器，所以不会引起警觉，正完美地掩饰了他们设置这种操作。有人经过深思熟虑，并且投入了大量资金在这里。“我们知道它在这里多久了吗？”他问。

“目前还不确定。”梅森说，“不过，后面的发电机看起来并不是特别旧。”

杰克曼转向戴维斯。“农场主那里给我们什么消息了吗？”

“还没有。”

“这种行动肯定需要良好的组织。”杰克曼说，“去当地的建筑公司，看看是否有人在这里安装过集装箱。看看找到这些集装箱的来源以及运输方法是不是很容易，然后看看是否也能找到发电机的来源。”

戴维斯刚刚把手机举到耳边，杰克曼又想了一想：“也可以尝试找一下该区域的废料公司。一定有大量的土壤和废物需要处理。”

杰克曼谢过梅森，走开了，继续看了看谷仓四周。汽车停在最远的一头，停在了遮蔽下面房间入口的木板上。尸体在对面的角落里被发现，就在入口和一些临时架子的旁边。他现在意识到这些架子是用来晾干大麻的，然后才流入市场。整个行动可能就是为什么埃蒙·本威尔没有拿到钥匙的原因。埃文这样才能盯住他。

当他出去找戴维斯的时候，她正要结束她的电话。“你想让我找个人出去见南希吗？告诉她关于身份确认的事儿？”

杰克曼把受害者犯罪现场调查收集到的照片翻了过来。他不能否认受害者和他们从南希手机上获得的照片之间有不可思议的相似性。“回去的路上我会打电话到那里，我想看看她要说什么。”

“你想让我和你一起去吗？”

“不，我和罗素一起吧，她一直在和南希联络，她的意见会比较有用。你让基恩去接埃蒙·本威尔，好吗？我想再跟他谈谈。”

12

敲门声把南希从睡梦中拉了出来。她眨了眨眼，躺在那儿一会儿，拼命地想集中思想，弄清楚自己在哪儿。白色的衣柜和五斗柜靠在淡粉色的墙上柜上有埃文和她的照片，他们坐在路虎车里，埃文戴着太阳镜和他在农场巡回演出时戴的那顶旧的蒂利帽。从走廊里传来低沉的声音，她听不清他们在说什么。有脚步声、门把手的声音。声音渐渐消失了。然后有更多的脚步声，紧接着是卧室敲门声。

“南希，你醒了吗？”

她的头很重，她用尽全部力气把它从枕头上抬起来。“是谁？”她的声音里充满了睡意。

“警察来找你……”贝卡的声音随着离开越来越小。

南希把头靠在枕头上。从那天早上他们从医院回家后，贝卡就一直没有离开过她身边。凯伦也待了一段时间，两人都在照顾她，直到凯伦终于答应下楼去接管南希和贝卡合住的公寓下面的花店。她知道，即使在她回到卧室休息后，贝卡也会来来回回地检查南希的状况。

南希慢慢地让自己放松，双腿从床边垂下来，照了一下在角落的镜子。通常她修剪整齐的头发会笔直地垂在肩上，她用手指梳理，把T恤塞进牛仔裤里，但当她转向门时，有什么东西挡住了她。

警察，这意味着有新的消息，她有一点儿不想开门，她不想听他们说什么，以防情况不好。她被一种感觉所围绕，如果消息不好，就没有回头路了。

南希深吸了一口气，强迫自己往前走，集中精力把一只脚放在另一只脚前面。在走廊里她能听到低沉的说话声。当她推开客厅的门时，他们安静了下来。

“嘿。”贝卡脸上挂着最亲切的笑容，“这是……”

南希从她身边看过去。“我知道他们是谁。”她看着罗素说。

罗素歪着头。“你感觉怎么样？”

“就像我在烘干机里被甩过来甩过去一样。”她的话很生硬，她知道这一点，但她不打算说得温柔一点儿。简短生硬是她需要的盔甲的一部分，以保护自己，免受即将把她的世界一分为二的消息的伤害。

男侦探坐在前面。“你为什么不坐下来呢？”她的眼睛被他吸引住了。他的声音很柔和，让所有的郁结情绪都放松，让她卸下所有的防御。

“南希，你认识埃文多久了？”他说。

南希皱着眉头。“大约三个月，我告诉过你。”

他犹豫了一下。“你知道他有什么其他的名字吗？”

“不知道。”气愤开始在她的胸口郁结。“这是要干什么？”

“谷仓里的尸体不是埃文·贝克。”

南希倒吸一口气，呼吸急促，但房间里紧张的气氛告诉她有些事情不对劲。她从一个侦探看到另一个侦探。“这是个好消息，不是吗？”

罗素把身体往前倾。“埃文的姐姐证实不是他，尤其是因为埃文左眼旁边没有痣。”

商店门的门铃在楼下发出颤音。周围生活依旧在照常进行，似乎什么也没发生似的。南希感受到了一种讽刺意味。“我不明白。”

“她弟弟埃文有不同的特征。”杰克曼说，“他额头上有一道很深的伤疤，是童年的一次事故造成的。”

“也许是另一个叫埃文·贝克的人。”

“我们认为死者使用的就是她弟弟的护照和社保号。”

“你在说些什么？”

“我们需要你和我们一起去确定谷仓里的尸体是否是你认识

的埃文·贝克的尸体。”

*　　*　　*

门在杰克曼身后咔嗒一声关上了。他在埃蒙·本威尔对面坐下，把夹在胳膊下面的文件放在他们中间的桌子上。

埃蒙看了看文件，又看了看杰克曼。“怎么了？”

杰克曼等基恩打开录音带，做了相关的介绍后才开口说话。“埃蒙·本威尔，你能解释一下你在8月9日星期天晚上十点到凌晨三点之间所做的事情吗？”

埃蒙怒视着他。基恩说，当他们到达他的工厂，让他到警察站时，他很惊讶。但他还是很平和，放弃了法律上请人代表自己发言的权利。“我已经告诉过你……”

“这次是为了磁带的目的，请吧。”

“是埃文吗？”埃蒙说，无视了上个问题。

“什么？”

“谷仓里的尸体。是埃文吗？我脑子里总想着这个问题。”

杰克曼审视着他。他们没有向媒体透露有关尸体身份的任何细节，他现在也不打算和埃蒙·本威尔分享任何信息。“我们仍在等待尸体的身份确认。”

埃蒙深吸了一口气，再慢慢地鼓着嘴呼气。

“你回答这个问题好吗！”

杰克曼没有理会埃蒙在声音中流露出的愤怒，鉴于他的确对自己周日周一的行踪已经做了描述了。杰克曼接着问他是如何遇见埃文并与他在汽车放置上达成了协议的。随着埃蒙重复他的回答，录音带继续转动着。

“你在谷仓里见过其他人吗？”杰克曼问。

“没有，我告诉过你，我只是去那里用车。”

“还有人用你的车吗？”

“没有。”

“我记得其中一辆是别克。你能告诉我你上次开这辆车是什么时候吗？”

“我不知道，可能是几周前吧。”

杰克曼从档案中取出一张照片，放在他们之间的桌子上。那是一辆车的前部，有点儿模糊。虽然看不见司机，但车牌却很清晰。“我在给本威尔先生展示 DAL3。本威尔先生，你能确认这是你的别克吗？”

埃蒙盯着照片看了一段时间。“是的。”

“这张照片是在周日下午四点五十六分，在靠近斯特拉特福德中心的 A46 号公路上，由常规的警察摄像头拍摄的。”

“我不明白。”

“你不是说上星期天你没有开车吗？”

“肯定是别人用的。”

“还有人有你车的钥匙吗？”

“我不知道，但是……”

“你没有证人来证实你星期天在哪里？”

埃蒙看向别处。“没有。”

杰克曼再次打开文件，取出一张纸。“我现在向本威尔先生展示 DAL4。这份电子表格详细说明了你过去十二个月的银行账户和业务记录。你能给我解释一下，一个生意似乎不景气的人，一个银行账户赤字的人，一个积累了巨额债务的人，是如何支付这些老爷车的保养费用的吗？”

埃蒙的脸乌云密布：“你查了我的东西。”

“这是一起谋杀案调查，我们有义务对与被害人有关的任何人进行所有必要的检查。”

“我要离婚了。”

“你是说……”杰克曼歪着头，等着埃蒙继续说。

他深吸一口气，边呼气边说：“我们一直在忙一项大工程，为其中一家连锁超市建造一个新的传送带。这是我们有过的最大的合同，但他们在价钱上为难我们，不同意只有定金。材料成本已经耗尽了我们所有的精力，但如果我们能及时完成，我们就可以不管惩罚条款，也不会有赤字了。这只是一个暂时的小插曲。”

“我想这些车的保险可能给你注入了一笔可观的现金。”

“我喜欢那些车，我花了很多年才收集到它们。”

“你还有其他收入来源吗？”

埃蒙皱起了眉头。“我不知道你说的是什么意思。”

“我们正在把谷仓拆开检查。如果还有任何东西存储在那里的话，我们肯定能找到。”

“跟你说，”埃蒙咬紧牙关说，“我不知道埃文·贝克对谷仓做了什么，他还租给谁，他如何管理农场。我只知道我的车在那里，现在它们都被毁了。”

“那么，据你所知，那里没有储存任何其他东西吗？”

“没有，为什么要储存东西呢？”

“你和埃文争执过吗？”

埃蒙难以置信地摇了摇头。“我们已经说过几次了，有过。”

“为什么？”

“我想用我的车，他并不是总能在场，并且还拒绝给我钥匙。”

杰克曼眯起眼睛。“谷仓角落里的架子是干什么用的？”

“我不知道。”

“你在那里什么都没看到？星期天呢？”

埃蒙茫然地回头看着他。

“你知道我们可以提高图像质量以准确地显示谁在开车。”

“我当时在工作。”

“我提醒你我们正在调查一起纵火和谋杀案。如果以后你想起有什么事情，而你没有提到……”

埃蒙站了起来。“就这样，我需要个律师。”

13

南希看着警官剥下床单。她屏住呼吸，把手掌按在玻璃屏风上。

“这是你认识的埃文·贝克吗？”

南希艰难地咽了一口气，抑制住那竭力想在她体内升起的号叫声。她把这种情绪酝酿的时间越长，她就越不相信这一切。但她越是盯着强壮的颧骨，熟悉的下巴，轻轻闭上的眼睛，眼泪就流得越凶。她的手指握着，她很绝望。埃文裹着白床单，看上去像在睡觉。

背景中的声音合并在一起。她陷入了恍惚之中，一切几乎像一个梦。她需要冲出这个画面，找到他，救他。

远方砰的一声。有人在制造一种愤怒，哀号声，仿佛给南希的失望发声。她都没听见，精神集中。她全身剧痛，需要一个重物来依靠，需要一个支撑物。她几乎无法呼吸。

当思绪被拉回来的时候，南希眨了眨眼回到了现在。她的指关节发红，很痛。她低下头看着它们，突然意识到那是她自己的拳头在捶打隔断屏障，她自己的尖叫声充斥着整个房间。有力的胳膊把她带到角落里的一把椅子上。

即使隔着牛仔裤，她也能感觉到塑料椅子的冰凉。她把头放到膝盖中间，侦探鼓励她深呼吸，她听从了侦探的话。头晕消失后，她抬起头来。但是透过隔断屏障能看到她男朋友的尸体，这显然对她烦躁的神经没有什么好处。

房间又开始旋转了，她的喉咙里能冒出胆汁，她看着和贝卡说话的警官，回头看着尸体，跳了起来，从房间里逃走了。

南希跑下走廊，刚好及时到达厕所，冰冷的水槽接住了她的呕吐物。她倚在寒冷的瓷砖上，她意识到门砰的一声开了，听到有人叫她名字，但她没有回答。

最后，当她感到足够强壮时，她向前走去，在隔间的水槽里洗手漱口。她抬起头来，盯着小镜子里的倒影。她的脸是白的，她的心被撕成了两半，她一边沉浸在失去男朋友的痛苦中，另一边却对自己对他的了解微乎其微感到困惑。

*　　*　　*

“你怎么想？”戴维斯问。他们回到了专案室，杰克曼向他的团队分享了他与埃蒙·本威尔的采访的相关要点。

“他有充分的理由撒谎，他的债务使他有了放火的动机，离婚和抚养孩子，这些还为他提供了另一个需要收入来源的理由。”

“比如卖大麻的收入。”

“也许他认为大麻在火灾中被毁了，或者他认为我们找不到，不管怎样，他都不会承认自己种植大麻。问题是除了照片中他的车能证明他在附近，我们什么都没有，我们还需要别的证据。”杰克曼把手放在脖子后面，把肩膀往后伸。“南希那边怎么样了？”

罗素描述了停尸房发生的事。“后来我带她回家了，可怜的孩子心烦意乱的，我们今天是不会再从她身上得到什么信息了。”

“这就是说我们有一个利用埃文·贝克的身份的不明受害者。那么真正的埃文·贝克呢？他姐姐六年前最后一次见到他，说他后来去了泰国。他怎么了？受害者怎么会使用埃文的身份的？”杰克曼看了看基恩，基恩坐在桌子旁做笔记，同时把面包卷的末端塞进嘴里。“安德鲁，你能到护照管理局吗？看看你能不能找到埃文·贝克是否曾报失过，还有他上次出国那次，他是否回来过。关于酒吧和农场协会，有什么消息吗？”杰克曼问。

基恩擦了擦嘴上的面包屑，它们轻轻地落到了他的黄领带上。“我已经和其他农场工人谈过了，但他们根本给不了我太多信息。似乎没有人去谷仓，也没有人真正了解埃文。”

“希拉·巴克顿怎么样？”

“不靠谱。”基恩转了转眼睛。“因为她对调查的进展更感兴趣，而不是帮助我们多了解受害者过去几周的信息。我在她那里待了将近一个小时。”

“好吧，让我们给南希一些时间来解决这个问题。看好她，凯瑟琳，另外看看明天你能不能带她来警局好问她更多的问题。现在她是离我们受害者最近的人。选一间不太正式的房间，以重要证人而不是嫌疑犯的身份采访她，这可能会让她感觉放松一点儿。”

杰克曼揉了揉下巴。“这辆车证明本威尔星期天在谷仓，他最初否认了这一点，不过这应该给我们足够的理由申请搜查令来搜查他的公寓。麦克很确定把尸体放进谷仓的人事先用某种钝器打了埃文的头，我们可以找到那个凶器，谷仓的钥匙也不见了。有关于失踪枪支的消息吗？”

房间里所有人都在摇头。

“我们先拿到搜查令，搜查本威尔的公寓和营业场所。我们需要停止那些枪的流通。”

戴维斯瞥了一眼她的手表。“我们得快点儿，现在已经三点了。”

“应该不会花太长时间，与地方法院合租一栋大楼还是有一些好处的。”

* * *

埃蒙·本威尔的公寓在圣彼得路一栋现代化建筑的一楼，靠近斯特拉特福德市中心。杰克曼跨过走廊上散落在黑白仿瓷砖地板的柱子，穿过一排垂挂的夹克和外套，走进公寓后面的一间长房间，有一些最小尺寸的家具，电视、沙发和小边几，与露台门相结合，给了房间一种明亮、通风的感觉。杰克曼几乎可以看到埃蒙·本威尔在工作了一天之后躺在沙发上，手里拿着遥控器，换着台的样子。

他想知道戴维斯的情况如何。搜查令允许他们搜查埃蒙的公司和家庭住址。他们组织了两个独立的小组，每个人带一个小组，以防双方干预。出于某种原因，杰克曼认为戴维斯更有可能在埃蒙的公司找到他们想要的东西。

他走到沙发的尽头，跪下来，翻看了一大堆散落在旁边的杂志，这是些不同年代的老汽车杂志。他站着，拉开网帘，透过双层玻璃门凝视着。远处的屋顶隐约可见，一条毛巾挂在外面的栏杆上。杰克曼想，把这套两居室的公寓建在离斯特拉特福德中心这么近的地方一定要花很多钱，尤其是他还要维持家庭生活。他能听到搜索队员在卧室里拉开抽屉，一边走来走去，一边把抽屉关上。厨房是对感官的一次冲击。尽管后面的细长窗户导致光照有限，但橱柜和配件都是用铬合金装饰的，带有闪闪发光的白色瓷砖，使其耀眼夺目。杰克曼打开几个橱柜，大多数是空的，只有一个里面有一套看起来从未使用过的白色晚餐餐具，另一个里面有几罐烤豆子，半块面包和一个发了芽的洋葱。埃蒙·本威尔似乎不经常在家吃饭。

“长官！”基恩的声音把他的注意力转移到前面的卧室。房间里有霉味，好像需要好好通风似的。床铺好了，衣柜旁边的椅子上有一堆叠好的海军工装裤。基恩跪在远处的角落里。

“怎么了？”杰克曼问。

“看来这里的地毯最近被移动了。”他说。

杰克曼看了他一会儿。他拉着地毯边，拖动地毯。地毯从下面的夹持杆上松了下来。

杰克曼很想自己进去看看，但基恩的肚子填满了床头柜和窗户墙之间的空间。“那里有什么？”他问。

基恩往后移了移。“看起来什么都不像。”他用戴着手套的手在下面的刨花板上摸了摸，又往前挪了挪，用力拉地毯，直到整个角落都露出来。“看到了，看到了，看到了。”他说。

杰克曼俯视着基恩的肩膀。地板上有一个切口，看起来像是用电锯锯的，几乎是一个完美的圆圈。基恩把边上的一颗钉子弄弯，往后拉。它稍微起来了一点儿，但是还是又砸下去了。他啪的一声把它放回去，吮了吮手指，脸上露出痛苦的表情。“我们需要一把螺丝刀，或者其他什么东西来抓住它的边缘。”他抬起头说。

杰克曼离开房间时，在床头柜上拿起了照片。一个男孩和女孩坐在沙滩上，旁边是一座沙堡。她眯着眼睛微笑着，但他的脸绷得紧紧的，好像有人告诉他要为摄像机摆姿势一样，他不喜欢这样。他们两个看起来都不超过十岁。当基恩拿着一把刮刀回来的时候，他正要把照片放回原处。他把刀举起来，笑了。“我们工具箱里最好的了。”

杰克曼看着刀在圆的边缘转动，木头松开了。当他把它往后拖的时候，它抬起来了，刚好够他把一根手指滑到下面，然后把它拉走。他们集体往前探身。松散的电线沿着地板下面的洞延伸，但洞里面是空的。基恩困惑地看了杰克曼一眼，拿起手电筒，在缝隙里照了照，然后俯身从不同的角度看了看。

“我不明白。”他说，“何必这么麻烦？”

他把戴着手套的手再伸进去，在木板下面摸索了一会儿，拿出一个橙色的手提包。他打开，看到两大捆现金和一部手机。

“让犯罪现场调查小组来检查这个地方吧？”杰克曼对基恩说。“看看他们能不能发现点儿什么。”他走出卧室，从口袋里拿出手机，拨了戴维斯的电话。他省去了打趣寒暄：“那里怎么样了？”

“进程缓慢。”戴维斯沉重地叹了口气，“这是一家工厂，他显然不是很整洁的那一类人。”

杰克曼说了自己的发现。

“你认为这意味着什么？”

“还不确定，我们需要检查一下他的电话。同时，确保你检查到每一个角落和缝隙以防有更多的隔间。把毒品和火器探测的警犬放进房子里，他显然有要隐藏的东西。”

14

杰克曼注意到警司主管贾纳斯的膝盖在他旁边颤抖，大多数人在新闻发布会上都很紧张。媒体不仅仅是向公众报道新闻，他们还在寻找一些能引起轰动、娱乐效应的信息；但警方决定只发布推动调查进行的必要信息。这就像一段不幸福的婚姻，他们出于不同的原因需要对方。但他还是惊讶一向平静镇定的警司负责人居然因此如此焦躁不安。

远处闪过一道亮光。杰克曼眨了眨眼，盯着面前的观众。“我想重申一下，我们希望与厄普顿农场附近的任何人以及那天晚上去过鱼店酒吧的任何人谈话。你可能认为你没有看到任何东西，也没有什么要补充的，但是请你来找我们，即使这样做最后只是为了让我们能把你从我们的调查中排除出来。”

房间后面传来一个声音:“负责人能告诉我们为什么今天早上有挖掘机在谷仓的现场吗？”

房间里一片寂静，之前在玩电话、做笔记的人都抬起头来。面对他们的眼睛里闪现出的兴趣，贾纳斯把双手放在面前的桌子上，握起来又放开。她显然不想回应，杰克曼向前倾身，给予了记者充分的关注。“伊莉丝·斯坦森，是吗？来自斯特拉特福德邮报？”

她狡猾地笑了笑：“是的，警探。现在你能回答我的问题吗？”

杰克曼继续说话前停了停，冷静地笑了笑。房间里一片寂静，仿佛只有他们两个在场。“这是一起谋杀案调查，我们的首要对象是受害者及其丧亲家属和斯特拉特福德人民，我们需要知道发生的事情并找到凶手，时间紧迫，我们希望获得斯特拉特福德人民的帮助，才能实现这个目标。在谷仓进行的这项工作是警方调查的例行工作。”

“但是……”

“我再说一遍，我们的首要任务是抓住凶手。如果新闻界尊重我们的警戒线，那将会很有帮助。我们不希望任何潜在证据遭到破坏。”

“您知道尸体的身份吗，探长？”

杰克曼看着她翘起上唇。“我们正在等待完整的身份确认。”

“所以您有线索？”

杰克曼叹了口气。“我可以确认的是有一个人正在帮助我们进行调查。”他站在那里，不去理会她皱起的眉头。“谢谢大家。”当他走出房间时，更多的闪光灯闪烁着。贾纳斯紧随其后。

他们尴尬地一声不响地沿着走廊走下去。杰克曼的脚步加快了，他很想回到专案室，看看毒品小组、告密者或公众是否有任何反应。

“谢谢你，威尔。”贾纳斯一边爬楼梯一边说。

“为什么说谢？”

“该死的伊莉丝·斯坦森，她就是今天早上冲破我们警戒线的人，是吗？我敢打赌她看到了什么，她非常清楚打击毒品犯罪是当前的首要任务，我们最好密切注意报告的内容。她会给当前局面添油加醋的，从而给自己挣得一些加分。”

杰克曼没有回答，他们还没有向公众公布发现了大麻农场，他希望尽可能长时间地保持这种状态，让公众集中精力寻找受害者的信息。他现在还不打算陷入更广泛的警务政治困境中。

在楼梯顶上，贾纳斯停下来抓住了他的胳膊。“你昨天和卡米拉谈了吗？”

杰克曼看着天花板，又回头看着她。“还没有机会。”

“真的吗？听着，威尔，你是个好侦探。但如果你想通过这个晋升委员会的面试，你就必须这么做。我支持你不是为了看你申请失败的。”她瞥了一眼手表，沿着走廊朝着专案室的相反方向走去。越过肩膀，传来一声“跟过来啊”。

杰克曼跟着她，重重地叹了口气。“我真的不认为……”

“她现在应该结束这一天的工作了。”贾纳斯打断了她的话，“如果我们快点儿，我们就能追上她。”

她在一扇开着的门外面停了下来。房间布置得像一个培训室，一排椅子在宽屏前呈弧形排列。一个穿着深色裤子的苗条女人正在角落里收集文件。他们进来时，她抬起头来，立刻放下文件，笑着表示欢迎。“艾莉森，很高兴见到你。”她冲上前去，碰了碰贾纳斯的肩膀，贾纳斯也笑了。

“卡米拉，这是威尔·杰克曼。”贾纳斯边说边移到一旁，

“我跟你说过的警探。”

杰克曼伸出手来，惊讶的是，她带着微笑，仿佛全脸都被照亮了。

“你想加入泰晤士河谷团队吗？”卡米拉问。“很好的晋升机会。”

他看到贾纳斯看了卡米拉一眼。“如果你能抽出一点儿时间帮助他为下周的面试做准备，给他的答案指点一下，他会非常感激的。”

“当然。”她环顾了一下房间。“如果你愿意，我们现在可以喝杯速溶咖啡吗？”

“我相信你可以把你的工作授权给下属做。”贾纳斯说，“如果你升职了，你需要做更多的事。”

她背对着他。“听起来不错，谢谢你，卡米拉。”

“我有个简报…”

卡米拉从一个人望向另一个人，感到气氛有些紧张。“那好吧。给我几分钟时间，我马上过去找你。”

当他们走到走廊时，贾纳斯看上去很高兴。“给这个空出时间，威尔。”她说，“如果说有谁帮忙准备面试，那就是卡米拉。”她把包的带子在肩膀上调整了一下。“好吧，下一步怎么办？”

杰克曼回答之前，不可思议地盯着她看。“我们正在搜查埃蒙·本威尔的住所，并查看他的商业记录。我们也在等待受害者的 DNA 检查，辅之以公众给的信息，希望初步的取证分析快些出来。当然，还要等待情报人员和毒品小组的情报。”

“对，确保任何与毒品社区的联系都要检查再检查，我不想让任何审查小组过来的时候发现我们错过了什么，特别是伊莉丝·斯坦森在我们背后紧盯着我们。天知道媒体会怎么盯着这件事。搜集枪的情报，肯定会有人知道些情报的。”

她把头伸回到房间里：“再见，卡米拉！”

他听到卡米拉喊回来：“哦，再见。我周五回去之前一定要再聚一聚，我们太久没见了。”

“当然，记得给我打电话。”

杰克曼看着贾纳斯从走廊上飞奔下来。她早先紧绷的神经一点点松弛了。他气喘吁吁地咒骂着，想象着她怎么开车回莱明顿，她会在脑海中思考着这将如何影响她的犯罪数字、与媒体和公众的关系。

他从口袋里拿出手机，正要给戴维斯打电话，这时他听到身后有声音。“好吧，现在准备好了吗？”卡米拉已经到了门口，脸上也闪过同样的微笑。

“当然。”他不情愿地跟着她走过走廊，希望这次咖啡真的喝得会很快。

* * *

在过去的半个小时里，雨打在窗户上，一根根银针似的雨滴愤怒地倾泻着，除了楼下商店里偶尔传来的门铃声和关门时的砰砰声外，这是房间里唯一的声音。

南希躺在沙发上，两眼呆呆地盯着上方。“埃文死了。死了。”她在脑海里一遍又一遍地重复着这句话，但她的潜意识却想阻止这些词的出现，阻止它们在脑海里浮出表面。“他不会死的。”

她仍然可以看到他在路虎车上，他沿着乡间小路蹒跚而行，喂牛，金色的头发垂在前额上，明亮的蓝眼睛看着她。

画面消失了，被一阵悲伤冲走了。他最近几周没有坐路虎出去，他借口说因为下雨的原因。她取笑他衣服上带回来的潮湿牛臭味。现在她愿意做任何事来争取另一次机会坐车去兜风。哪怕是下雨，她也不会担心她的头发湿了或者睫毛膏流下来。

雨滴落下，一滴接一滴，堵塞的排水沟终于通畅了。

她妈妈没有打电话。她知道她应该给妈妈打电话，告诉妈妈现在她在家，但她现在忍受不了和谢丽尔说话。

她让自己的眼神自由地在贝卡休息室的奶油色墙壁上徘徊，飘浮在哥特式流苏窗帘、黑色地毯和贝卡母亲搬进来时送给她的配套皮革沙发上。壁炉上方挂着一幅贝卡儿时的宠物德国牧羊犬的仿油画，彩色蜡烛散布在斗篷下面，熔化成各种姿态。她喉咙里的肿块变硬了。

她的眼睛盯着壁炉架上的一张照片。这是贝卡和她度假时拍的一张快照，颜色稍微褪了一些，去年他们一起在科尔夫时拍摄的，这次旅游的费用由贝卡的母亲帮他们支付，作为她女儿的十八岁生日礼物。事实上，当她想到这件事的时候，贝卡的母亲已经为这个房间和公寓的其他部分支付了几乎所有的费用。

贝卡经常说他们和家人一样。虽然她没有妹妹，但南希就像她的妹妹。凯伦和贝卡对她很好。他们给了她一份工作，让她有机会和心爱的花待在一起，让她在无处可去的时候，可以在某个地方生活。南希对一切都很感激，但感觉他们从来没有像真正的家人一样。在某些方面，她已经习惯了出现在别人生活的边缘。

她并不是故意这样的。她想成长起来，成为一个成功的花艺设计师，有一天开自己的店，结婚，生孩子。不管发生了什么，她知道她不会像谢丽尔那样。她会是一个好母亲，照顾她的孩子，保护他们的安全。眼泪从她脸上滴下来。埃文和她的想法一样。

要是她外祖母还活着就好了。她眼睛痛着，涌出了更多的泪水。她脑子里满是上学前生活的模糊画面：坐在厨房外祖母的福米卡桌边喝茶，蜷缩在沙发上一起看电视。外祖母在睡觉的时候给她读故事，她笑着说“再读一页”。随着岁月的流逝，经典作品的简略版本被伊妮德·布莱顿和哈利·波特所取代。她母亲不时地过来，但从未待太久。

外祖母把女儿的行为归咎于谢丽尔的父亲在谢丽尔五岁时去世的事，是附近一个仓库发生了一场工业事故。他们与公司打了一场官司，输了，欠下了一笔债务。这意味着他们很难还清这笔账单。在谢丽尔十几岁的时候，她误入歧途，和一群不好的人厮混在一起，开始喝酒。甚至没有人知道南希的父亲是谁，即使知道也没有人告诉她。当她问外祖母时，外祖母只是说南希不需要爸爸。她和外祖母能彼此拥有，这就足够了。

她外祖母喜欢书，鼓励南希读勃朗特姐妹和查尔斯·狄更斯的书。但她最爱的是园艺。南希记得，她们有一个小的露台，从很小的时候起，她就兴奋地期待着春天的第一场雪花莲和风铃草的盛开，通常会持续好几个月。

南希的思想迅速转回到 2012 年 1 月 16 日，她十六岁，她会被前面花园里鸟儿歌唱的声音吵醒，像往常一样检查手机。她外祖母没有叫醒她。已经早上八点三十分了，她上学迟到了。

她从床上跳了起来，慌乱地穿上衣服。她现在还记得，她跑进了外祖母的卧室。窗帘开着，她的被单向后折起来，和往常一样。南希喊叫着，外祖母的声音消失在屋子里的寂静中。直到她到了厨房，她才发现外祖母在地板上蜷缩的身体。南希记得她在随后的日子里所遭受的恐惧和痛苦，要是她早点儿起来就好了，她要是自己设了闹钟就好了，也许她外祖母就还能活着。

南希的心沉了下去。埃文是贝卡和她家人以及外祖母之外，让她觉得自己感受到了爱并且觉得自己特别的人，现在他也走了。

15

杰克曼锁上前门，把铅袋绕在前臂上，开始慢跑。高峰期已经结束了，除了路边停着的汽车，希普斯顿路似乎已经沉睡，几乎没有什么交通工具在路上行驶了。埃里克一边小跑一边把舌头吐出来耷拉在外面。他们穿过桥下的缝隙，去往休闲区，慢跑着经过无数家的床前和餐桌，沿着小路向城镇进发。

雨已经停了很久了，尽管有些晚了，太阳还微弱地照着，照干了雨后的人行道也点亮了夜晚。

这个案子又钻入了杰克曼的脑子里。他需要弄清楚为什么受害者用了别人的身份，这是否与他被杀的原因有关。埃文对谷仓守口如瓶。为了进行如此复杂的大麻种植，他一定跟某些地方有联系，但到目前为止，毒品小组还没有找到任何线索。

他心不在焉地去参加记者招待会，后来又去开会了。他希望能快速喝杯咖啡，因为之后又要跟管理层进行冗长的谈话。相反的是，他对他们的即席会面感到惊讶，卡米拉的态度非常热情友好。她对他对警务政策的了解印象非常深刻（他也一样，要知道他都尽量避免阅读电邮里的新闻公告）。一杯咖啡已经变成了两杯，在他意识到之前，他已经开口邀请她在第二天晚上到房子周边坐一下过一遍面试的问题。

他经过了希普斯顿路尽头的车库，穿过了主干道，然后加速跑过了大桥。那是一个温暖的星期二晚上，空气凝结而平静。当他经过莎士比亚塑像时，他放慢脚步穿过马路，停在运河旁，一边喘着气，一边往水里瞥了一眼。一对天鹅在水中并排地游过，有一排小天鹅尾随着它们。杰克曼斜靠在桥上，从水瓶里喝了一大口水。埃里克扑倒在他脚下，显然在休息时松了一口气。一个街头艺人在附近的班克罗夫特花园里唱着一首“棕色眼睛女孩”的专辑里的歌曲，一小部分观众围在他身边。成群结队的人零散地分布在周围的草地上。

一男一女手拉手在水边漫步。他看了他们一会儿。不久前，他还和爱丽丝进城吃饭或喝酒。这是杰克曼住在斯特拉特福德最喜欢的事情之一。与他们以前住过的伦敦北部相比，这是一个沉寂的小镇，但仍然有很多文化亮点，比如剧院、餐馆和河流。爱丽丝过去常说，他们的家位置很好，靠近沃里克郡乡村的丘陵地带，但离小镇也不远，是一个养他们女儿的绝佳地方。

杰克曼把水瓶放在口袋里，从洼地的一边慢跑下来，穿过桥，朝家走去。最后一分钟，他掉头去了游乐场，从口袋里取出一个球。一看到球，埃里克就疯狂了。杰克曼就站在那里扔了一段时间的球，看着埃里克把球捡回来。

埃蒙·本威尔阴暗的脸色闪现在他的脑海中。星期天他明明在谷仓却撒了谎。小组的搜查没有取得任何结果，但住所的电话和现金足以将埃蒙关押一整夜，他们已经打电话申请拘捕令了。虽然埃蒙面对可能要在警察牢房里待一个晚上的情景，脸上带着恐怖不安的神情坐着，但不知怎的，在杰克曼内心深处的某个角落，一想到埃蒙是凶手，就觉得不太对劲。

* * *

当门铃响时，贝卡刚递给南希一杯新茶。天色很晚，外面很黑。南希听到前门咔嗒一声开了。贝卡几乎是立刻回来告诉她：“瑞安来找你。”

南希正要说她不想见他，这时瑞安刚剃好胡子的脸出现在门口。他穿着去年圣诞节她给他买的宽松 T 恤。

“你想干什么？”南希能感觉到自己肩膀紧耸。

瑞安把手放在口袋里。“我听到了消息，来看看你怎么样。”

“是的，当然你要来看看。”南希看向别处。“很明显你不喜欢埃文。”

“我来是来看你的，看你过得好不好。”

“我过得不好。现在你看到我了，你可以走了。”南希咬紧牙关，努力不让自己哭。

瑞安在门口徘徊着，肩膀靠在门框上。在传统意义上，他不算英俊。他的父母在伯明翰路有一个车库。他一离开学校就去父亲那儿当学徒，他瘦长的身体几乎总是沾上某种油渍，发型总是不入流，脸也很消瘦。但他就是有自己的一种方式吸引了她。他随和的态度加上幽默感，使那年早些时候的离别之痛变得更难以忍受。

他们在一起经历了那么多。母亲回来后不得不照顾母亲上床休息时，他都在陪着她。南希外祖母去世后，家里的情况很糟糕，她曾多次待在外祖母家里。最终是瑞安说服她搬出去的。

他是第一个和她做爱的男人，也是她真正爱的第一个男人。

“我仍然关心你，南希。六年是很长的一段时间，你不能这样说断就断。”

“你当时满心想要重新建立起你自己的生活，你当时什么都不在乎。你还说你太年轻了，不能被束缚住。”

“我们那时太年轻了。”

“我们依然年轻，我从来没有要求过你什么，不需要对我承诺。你当时只想逃离这一切，和斯特拉特福德一半的男人发生关系，然后等你回来还能继续我们的前缘而已。”

“觉得不公平？”南希现在站了起来，她能感觉到愤怒几乎从她血管里喷薄而出。

“这是不公平。”瑞安不安地移了一下身体。“好了，南希。我们还是朋友。”

“你讨厌我找了一个新男朋友，不是吗？”

“跟这个没关系。我只是……”

“你只是什么？觉得你应该过来洋洋得意吗？我觉得你很高兴他死了。”

“我不希望他死。”

一提到“死亡”这个词，南希就感觉到自己迸发出来的能量在退缩。死亡消息的最终确定，以及大声说出死亡这个词都使它真实得如此可怕。她忍住要掉下来的眼泪，她不能在瑞安面前哭，她不会的。

“别这样，南希，我只是想看看我能不能做点儿什么，你知道的，我想帮忙。”

“我不需要你的帮助。”

他犹豫了一下。“好吧，你有我的电话号码，如果你有什么需要，随时打电话给我。”他在离开前又徘徊了几秒钟。

前门咔嗒一声关上，贝卡就从卧室里走了出来，正好看到南希倒在沙发上，把头埋在手上抽泣起来。贝卡冲到南希身边抱着她。当她眼泪来得又快又凶的时候，眼泪从她的手指上滴落下来，她比前几天哭得还厉害。

慢慢地，她的呼吸开始放松。贝卡退后拿了一盒纸巾递给她。“你知道的，一切会变得容易起来的，会很快变好的，我向你保证会的。”

南希抬头看着她。“你也不喜欢埃文，是吗？”

“哦，南希，别这么说，我都没有机会真的认识他。”

南希双手抱着头。“为什么是我？我没有家人照顾我还不够吗？为什么他也离开了？”

贝卡紧紧地抱着她。“你有家人，你有我们。”

“我有你，但再没其他人了。”

“你也有妈妈。”他们静静地坐了一会儿。“瑞安只是想帮忙，你知道的。”贝卡最后走回来，坐在椅子旁边的地板上，终于说道：“我没有打电话给他。他在新闻上听到了火灾的消息，他来这里完全是因为他自己想这么做。”

南希吸了吸鼻子，擦了擦。听起来就像她外祖母会说的话一样。但现在这个伤口还太新了。她最不想说话的人就是瑞安。

16

当杰克曼把袋子拿起来的时候，一层层的纸币在展示袋里晃动着。“本威尔先生，为什么你要把现金放在地板下面？”

埃蒙黑着眼圈，回望着杰克曼。在回答之前，他刮了一下下巴上的一层胡茬。“我妻子负责公司的账目。我得给自己留点儿，她把一切都拿走了。”

“她有你公寓的钥匙吗？”

“没有。”

“那为什么要藏起来？”

埃蒙长叹了一口气。“我的孩子有时会来这里过夜。一个月前，我发现我最小的孩子在我床边的抽屉里找东西。当我问他为什么这么做时，他沉默了下来。大约一个小时后，他突然哭了起来，说他妈妈让他去找钱。”他把手放在眼睛上。“她这是要喝干我的血。”

他的律师从她的笔记上抬起头来，目光从一个人转到另一个人。“你还有别的问题吗，探长？”

杰克曼不理她。“你的原材料：钢板、管材。从你的商业记录里能看到你从中国和远东买了很多东西。为什么不从自己国家或欧洲采购？”

“因为便宜。”

“它们是如何运输的？”

“走海上。”

“在集装箱里？”

“省钱不是犯罪。”埃蒙的律师身体向后倾斜，说道，“你有什么与犯罪有关的事情要问我的委托人吗？”

杰克曼眯起眼睛，从他桌上的文件夹里拿出一个展示袋，底部有一部手机。“你想告诉我们为什么你把这个放在地板下面吗？”

埃蒙斜视了一眼他的律师。“这是私人电话。”

“我们知道，我们正在检查通话记录。为什么？”

他咂着嘴唇。“我不能说。”

“不能还是不愿意？”

埃蒙把头埋在桌子里。

“我们将继续对您的收入进行调查，如果我们发现您的收入是通过非法手段获得的，您将被指控，并且资产也会被扣押。你确定你没有什么想告诉我们的了吗？”

埃蒙疲倦地摇了摇头。

他的律师做了一个查看她的手表的把戏。“好的，探长。据我所知，你没有直接证据证明我的当事人与这起谋杀案有关，我认为这本是他被带到这里的初衷？”她睁大了眼睛，开始整理文件。“现在我想是时候让他走了。”

“我们休息一下。”杰克曼说。他们关掉录音机，杰克曼跟着戴维斯离开了房间。

“你什么想法？”当采访室的门在他们身后关上时，她问道。

“毫无疑问，他过着超负荷的生活。他可能一直在远东采购他的材料，这样他就可以带其他的东西一起进来了。如果他参与大麻链，那他可能也会涉及其他毒品。我们可以把这部分工作交给毒品小组。但关于他的简报是对的，我们没有足够的证据证明他与谋杀有关。”

“电话里有什么？”他们走下走廊，爬上了后面的楼梯时戴维斯问。

“看来他只是用它联系一个特定的号码。技术人员在跟踪号码来源时遇到了点儿问题。”

“实验室里有什么发现吗？”杰克曼在他们进入事故室时喊道。

很多头从书桌上抬了起来，一起摇了摇头。

“关于农场主呢？”

“目前还没有。”基恩一边说一边砰地关上抽屉。“我们已经和他们的女儿联系过了。他们现在在阿德莱德和珀斯之间她认为开车要花很长时间。”

杰克曼感到愤怒在他皮肤下蠢蠢欲动。“我们可以再给他们发一封电子邮件吗？大麻种植是发生在他们的房子里，他们很有可能参与犯罪活动。如果我们不能很快听到他们的任何消息，我们就得去澳大利亚警察局看看警局是否能找到他们。当地的废料公司或建筑商呢？一定是有人接到安排把集装箱放到了谷仓的地板下面。”

戴维斯说：“我们正在排查当地公司，但这是一项艰巨的任务。”

“毒品小组还没什么消息？”

更多的人摇了摇头。

杰克曼沉重地叹了口气说：“现在看来，我们得让埃蒙·本威尔走了。南希今天会来，希望能给我们一些消息。我们已经查过失踪人员了，再追查一下 DNA 匹配结果好吗？我敢肯定，一旦我们知道了受害者是谁，就会有更多的线索。”

*　　*　　*

第二天早上是信箱把南希弄醒了。经过一夜的并不安稳的睡眠后，当清晨的光照进她的卧室时，她已经想要渐渐入睡了。她能听到楼下断断续续的脚步声和下面商店里低沉的谈话声。她在那儿躺了一会儿，试图清理一下她脑子里顽固的雾气，清醒一点儿。

她从床头柜上拿起手机，屏幕显示是星期三上午十点三十分。最后几天都模糊到了一起。有两条信息进来，屏幕亮了。她打开了第一条来自贝卡的信息。

“我去上班了。如果你需要什么，发短信给我。”

这很好。她非常感激贝卡昨天能请假照顾她，但今天能有点儿时间安生下来理一理问题是一种解脱，她需要时间思考。第二条消息来自于未知的号码。

“想你。当你感觉好些的时候给我打个电话。放松。”

又是瑞安，贝卡一定给了他她的新号码，她试图抑制内心重新涌起的愤怒，她真正需要的是一杯咖啡或一种咖啡因来启动她的大脑。南希从床上爬起来，跌跌撞撞地走到厨房，轻轻地拨弄水壶的开关。当蒸汽上升并旋入空中时，她四处走动想要找个马克杯。她要煮咖啡。

直到她走回走廊，才看到垫子上的白色信封。她把杯子放在一边，拿起信翻过来。这封信是用打字机打的，她把信拆开，笨拙又匆忙地撕坏了里面的信。她读信之前，花了一段时间才把信取出来拼在一起。

“债务会由你的近亲来偿还。”

南希把纸翻过来，看了看信封，又看了一遍信。她的膝盖受不了了。她移身走进休息室，坐到沙发上。她唯一的近亲是谢丽尔。她盯着信看，几乎无法理解什么意思。

南希站在那里，从口袋里拿出新手机，拨了妈妈的电话号码，用空闲的手抓住她的胳膊肘。语音信箱响了好几次，南希的重心从一只脚换到另一只脚，最后还是被转到了语音信箱。她回到厨房，斜靠在一边，又看了看便条。这只能意味着一件事。但谢丽尔已经答应她了。坐在南希病床旁的时候，她说她已经有近两个月没碰过一滴酒了。这个消息显然是为了让南希高兴起来，而且确实产生了预期的效果。

就像上次一样。

当回忆涌上心头的时候，南希退缩了。在外祖母的葬礼之后，谢丽尔发誓要寻求治疗，在一家诊所待了两个星期来清理自己。谢丽尔出院后，南希很心有余悸地搬进去和她一起住。谢丽尔很努力地获得了南希的信任。她去超市，做新鲜的饭菜，外祖母不喜欢的速食食品从没出现过。她花了几天的时间打扫房子，晚上吃饭时听南希分享花店的人的闲话。尽管不需要也在上班前起床做早饭。

这样持续了将近两个月，直到谢丽尔再次消失。

谢丽尔一直让南希很抓狂。她打电话给朋友、熟人，在大街上寻找谢丽尔。贝卡和她母亲也一起寻找，他们报警了。即使是现在，南希也能记起那种最开始的恐惧感，就是在任何时候都恐惧警察们可能会来到她门口，解释发生了什么可怕的事情然后命运残酷地把她母亲带走了，而且就在她刚刚有能力照顾自己母亲的时候。

四天过去了，谢丽尔回来了。一天晚上，她把钥匙插进前门，好像什么事也没发生似的。南希记得她是怎么冲到走廊的，然后愣在了那里。谢丽尔的衣服很脏。她透过额前细长的刘海凝视着南希，她的眼睛黑黑的，深凹了进去。南希以前见过这种表情。现在她明白了为什么她外祖母这么多年来对谢丽尔大喊大叫。她又一次陷入了酒精的魔掌中，要她正常的母亲回来大概要依靠奇迹吧。

南希已经习惯了空洞的安慰和虚假的承诺。从八岁起，她就一直坐在楼梯上，透过栏杆窥视着她母亲和外祖母的争吵。

但她越是在脑海里翻来覆去想这件事，南希就越确信这是唯一可能的解释。这也解释了为什么谢丽尔离开医院后就没有联系她。

曾经有一段时间，这样的信会吓到南希，让她心神不宁，担心如果她不遵守，会发生什么事情。现在她觉得麻木了。

她爱着她母亲正常的时候，那些间断的母亲没有酗酒的时光。那些时光代表了他们最幸福的时刻，她把那些时光当作婴儿的安全毯一样来珍惜。但其实事情完全可以不必这样。

在他们短暂的相处中，埃文告诫南希要温柔，安慰和尽力帮助她母亲，让她戒酒。虽然她对她母亲更加了解，再加上这么多年的失望，她还是被他的话说服了。但现在……这一切都太难承受了。

只有谢丽尔才能自私到在她自己女儿痛苦的时候还增加这种戏剧性的情景。南希把纸条撕成两半，又撕成两半，在她把纸条塞进垃圾箱之前又撕了几次。这一次她再也不会从那里把这些碎片捡起来的。

敲门声把她吓了一跳。她把长袍拉过胸口，边走边系紧带子。她没有拉开门，而是站在后面喊："是谁？"

"我是凯瑟琳。"

南希打开了门，看到身材娇小的侦探对着她微笑。"你今天感觉怎么样？"

17

"建立这种操作的基本设备大约要花两千英镑。"穿着黑色套装看起来很干练机灵的侦探转过身来，看着贴在他身后墙上的照片，照片上是谷仓里发现的集装箱的内部。"风扇和通风设备、加热灯、灯，这看起来是一个相当复杂的操作。很容易在网上找到或者就是认识合适的人。预计每十周就能收获五千英镑左右的作物。"

贾纳斯坐回去时椅子吱吱作响。他们聚集在事故室，专门和迈克·克拉克——沃里克郡毒品小组的负责人，讨论谷仓里的发现。

杰克曼看了基恩一眼。"被害人的银行记录中是否有大额提款的迹象？"

基恩摇了摇头。“他现金很少。无论是直接借记还是定期付款都不多。他的工资很低，每月付一次。我猜他的工作包住宿。农场主支付农场账单，他用农场的路虎作为交通工具，所以他不需要太多花费。他每周提取几次现金，但数量不多。在离开劳顿之前，我们已经查了过去十二个月的交易记录了，仍找不到任何值得注意的付款交易。尽管有一堆旧钞票，但仅两千英镑多一点儿，就是犯罪现场调查小组在农舍里发现的那些。”

杰克曼情不自禁地想了想他们在埃蒙·本威尔公寓里找到的现金。他说：“从表面上看，受害者似乎没有以一种人们认为的毒贩子的生活方式过他自己的生活。他们通常把现金投入到汽车、房地产或其他地方，以避免向银行支付大笔款项。这意味着他要么把钱堆在某个地方，要么就有人帮他。”

“这种方式在这种情况下也不少见。”迈克说，“城镇通常被分割成小块，由有组织犯罪集团控制。大多数守法的人都不知道它们，但如果你深入地研究，就能发现它们的存在。如果没有合适的人参与或支持，在没有帮助的情况下设置这样的操作没法坚持很久的。”

“你是在说受害者提供了这个空间，但是是其他人在获利？”

“不完全是。他要么建立一个新的供应链，要么为已经建立好的供应链做工。如果是给已经有的供应链做工，他能从谷仓的使用和大麻的收货上获取报酬。这也解释了为什么你找不到安装集装箱或发电机的建筑公司。他们不会留下任何痕迹，自己自由定价。”

“那劳顿的银行账户呢？”杰克曼问基恩。

他摇了摇头。“都是直接借记的农业账单、水电费，没有什么值得注意的。他们有一个个人银行账户，里面大约有 1.65 万英镑，支付他们每月的信用卡账单和差旅费，还有一个储蓄账户，上面显示了一些大额的取款，但没有大量现金的注入。”

“有没有可能是一个敌对帮派发现了大麻农场？”戴维斯问，“把它烧了，把埃文也烧死在这来散布某种信号？”

“有可能，这些人很注意保护自己的财产，他们不喜欢任何人插手他们的生意。”

“你能做些什么来帮助我们吗？”杰克曼问。

迈克停顿了一下，又看了看照片，然后转身面向大家。“我们已经有了挖掘信息来源的人，就在我们说话当下，他们在与现场人员进行交谈，试图了解谁拥有或者给予了这样的产业支持。如果他们是给当地供应大麻，这个农场的发现会让一些人暂时处于缺货的状态。希望我们能查出这个人和地方。”

“你认为这大约需要多长时间？”贾纳斯问。

“很难说，但是我们会保持联系，一旦有任何信息，我们会立即反馈。”

“丢失的枪支呢？”

“还没有消息。我们仍在努力。”

杰克曼没有理会贾纳斯的大声叹息。他简短地分享了关于埃蒙·本威尔的账户消息以及他们在他的公寓里的发现。“你对本威尔了解吗？”杰克曼问。

迈克想了一会儿。“这个名字我不太熟。当然，我会和我的团队说一下的。”

“有没有办法知道大麻农场已经存在多久了？”杰克曼说。

“设备看起来不太旧。部分作物看起来几乎可以收割了，尽管可能不是第一批。我见过许多大麻农场，”迈克继续说，“有一些在工厂里，有一些在后街的房子里，整个一楼被一罐罐堆肥和加热灯占据。有人付钱找人照看它们，独自住在一个房间里，同时还要管理和收割庄稼。但在居民区里，人们来来去去，所以这是一项危险的业务。种植点设置在警车和直升机很少去的地方，这非常巧妙。”

杰克曼转过身来面对房间。“我们知道自从 11 月劳顿一家离开后，受害者一直在管理农场。他肯定是能接触到他们供应商的。我觉得像这样的发电机是用柴油发电的。我们需要查明他是从谁那里得到的，以及他的柴油消费是否出现了大幅度增长。”

* * *

“我们聊一下星期天的事儿吧，来说说那天怎么样。”罗素警探坐在椅子上。

南希把胳膊靠在沙发角上。那天早上，当她给警探开门时，她的心已经沉到了新的最低点。她还被要求去警局回答更多的问题。穿过那光怪陆离的入口后，她本以为自己会被领进一个小房间，房间中间会有一张桌子，塑料椅子，天花板上还有一个光秃秃的灯泡，就像她看过的电视里的犯罪剧那样。但这更像是别人家的前厅，铺着地毯，窗户上挂着窗帘，沙发上放着舒服的垫子。

“埃文星期大的心情怎么样？”

南希有点儿迟疑，竭力想弄清这其中的关联性。“和平常一样。”

“他在酒吧或者路上有没有和人说话？”

“并没有。我们在一起吃的饭。”

“最近几周呢？你注意到他有什么变化吗？”

南希坐立不安起来，瞥了一眼角落里的摄像机。被从远处监视让他觉得很奇怪而且还让人不安。“没有。”

“跟我们讲讲第一次你是怎么见到埃文的好吗？”

“有一天他进了饭店，给我留下了他的电话号码。我已经告诉过你了。”

“我们只是在勾画他的生活。”罗素笑着说，“这将帮助我们填补一些消息空白。你们第一次见面是什么时候？”

她向下咽了口口水。“5 月 13 日。”

“你还记得你在哪里见到他的吗？”

“在鱼馆里。”

“他失踪的那天晚上你们去过的地方？”

她看到罗素从箱子里拿出笔记本，在她回答之前按了一下她的圆珠笔。

“我们很少去别的地方。”

“他选择去那里有什么原因吗？那儿肯定不是离农场最近的酒吧。”

“我以为是他喜欢他们的啤酒。”

“但他要开车去那。”

她在座位上换了个坐姿。“他喜欢那里的气氛。我们过去常在外面打台球，有时我们坐在河边，埃文不喜欢人群。”

“关于他的朋友，你能告诉我们什么信息吗？”

“我从来没有见过任何埃文的朋友。”南希尴尬地来回地搓脚。事实上，她问过他几次，他是否愿意邀请他的朋友和他们一起。但他总是拒绝，说他想让她只属于自己一个人。当时她很受宠若惊。但现在她想起来了，他从来没有真正提到过他的朋友。但他知道关于她的一切：她外祖母什么时候去世的，她母亲的处境，她住在哪里。他甚至见过贝卡，尽管他从未在贝卡和她的公寓过夜。当她问到的时候，他总是说如果她去农场会更方便些。

“他觉得你的朋友怎么样？”

“他只见过他们几次。他工作很忙。”

“酒吧里的朋友呢？你说他经常去那里，酒吧的主人他有没有提起过？”

“他确实和酒吧的主人说过话，也是偶尔说说话，但我不觉得他们很亲密。”

“农场上的其他工人呢？”

“有两个临时工，斯蒂芬和卢卡。他总是给他们发短信，告诉他们工作。埃文是唯一一个长期的雇佣工。”

“你没见过他的朋友吗？”

南希能感觉到罗素的眼睛使她厌烦。“我觉得当时我们可能全身心想的都是对方，没想别的。一切都刚开始，还处在新鲜感中。我一周只见他几次，夏天是农场正繁忙的时候。”

“家庭呢？”

“他谈到了他的母亲。”

“她住在哪里？”

“北安普敦，我记得是。他正打算等农场的事儿安稳下来了就带我去见她。”

“没有兄弟姐妹？”

“他有个姐姐，好几年没见她了，他不喜欢谈论他姐姐。”

“你听说过他用其他的名字吗？”

“不，我以为埃文是他的名字。人们就是这么称呼他的。”

“人们？”

南希揉了揉头的侧面，这些交错的问题开始让她感到一时迷惑没有方向。“像是酒吧的房东啊之类的人。”

“他说的是他在农场待了多久？”

“大约有两年，他做的都是临时工，后来他们给他提供了一份全职工作。他看起来确实和老板珍妮和罗尼很亲近。他说等他们回家后他会把我介绍给他们。”

“他有没有说过他在农场工作前是做什么的？”

她摇了摇头。“他不是一个健谈的人。”

“你说什么，他从来没有说过？”

南希开始觉得不舒服了。埃文是一个非常私密的人，她试图尊重他这一点。当她问问题时，他总是说重要的是当下，他不想沉溺于过去。她记得他跟她说过几年前他有一位老朋友因过量服用海洛因致死。他们很亲近，所以给他留下很深的创伤。

她猜想这就是为什么他对她妈妈那么好的原因，他知道如何处理上瘾，很有耐心。

“他以前住过的地方，以前的工作场所，朋友，家人呢？”

南希突然想起了一件事。他们在一起将近一个月时的某一天，她坐在田边，看着他修理栅栏。当她坐在那里劈开绿色的小茎，做雏菊链时，阳光温暖着她的皮肤。他们很闲适地聊着天。南希谈论着她的祖母，还有他们在漫长的夜晚吃着巧克力和爆米花一起看电影。埃文静静地听着，微笑着说，他们至少看了十几遍《理智与情感》。

南希望着他，闭上一只眼睛，挡住耀眼的阳光。“你妈妈呢？”她问道。埃文没有回答，就好像他没听见她说话似的。他继续修栅栏。“说嘛，我已经把我的家人都告诉你了。你的呢？我甚至不知道你妈妈的名字，她住在哪里。”

她举起手来遮住眼睛。他背部的肌肉绷紧了。“怎么了？你没事吧？”

埃文吸了一下食指，额头疼得皱了起来。“没什么，”他说，“锤子滑了，这里活儿干完了。”

他收拾好工具，朝路虎走去，南希跟着他。他的情绪变化只是他一贯和蔼可亲的态度上的瑕疵而已。这反而使她感到更加坚定要问出来了。她在回去的路上逼迫地问他关于他妈妈的问题，他们吵了起来。他不想谈论他的家人，而她理解不了为什么。突然，他停了下来，在乡间小路中间使劲刹车。她身子向前飞去，然后在他倒车的时候又回来。

“你在做什么？”她把手放在他的大腿上。他很粗鲁地把它推开了。

他没有回答，只是朝斯特拉特福德的方向开过去。

他们有一天没有联系，都太固执了，谁都突破不了这个心理障碍。当他开始发短信给她的时候，他没有提到他的母亲，这只让她更加恼火。她直接忽略掉了他的信息。三天后，他出现在她门口的台阶上。

她给他们俩泡了茶。他坐在休息室里，向她道歉，并告诉她他希望他们在一起，彼此没有秘密，他很长一段时间没有恋爱了，她需要理解他这一点。他告诉她，他的母亲叫奥黛丽，她住在北安普敦。他们的关系很复杂，但他答应在农场过冬时带南希去见她。南希很能明白复杂关系的事情，要知道她本人的成长就不像是教科书上一帆风顺的。

当时，这一天感觉就像是他们关系中的关键时刻。她清楚地记得，这是他唯一一次踏进她的卧室。他们炽烈地做爱，比以前更有激情。就好像他们跨过了一个新的障碍，他们的关系也提升到了一个新的水平。不过，当她现在想到这件事时，他依然没有提到他的母亲。好像她怎么问这个问题时机都不对。

南希目瞪口呆地看着侦探，咽了口口水。"他很注重隐私。"

"所以你从来没有问过他的背景，之前的关系，诸如此类的事情？"

"我问过，问了几次，但这似乎让他很伤心，埃文把自己埋藏得很深，我以为他会在自己觉得合适的时间告诉我。"

18

杰克曼咔嗒一声关了屏幕，转了转椅子。那天早上，由于助理警长对此案有浓厚的兴趣，贾纳斯要在会议后不久就回到斯特拉特福德做报道。新闻界还在轮流巡逻。大麻的发现并被公之于众只是时间问题。

“你认为她是故作神秘吗？”贾纳斯问。她坐在桌子边上，透过眼镜的上方凝视着他。他们一直在观看南希的采访，倾听她的回答，观察她的肢体语言，寻找任何潜在内疚的迹象。

“有可能。她说话连贯，但她还是坚持声称不知道星期天发生了什么。很难说她是真的记不起来了，还是掩盖了什么。我们查过她的电话记录和银行对账单。她有一些信用卡债务，其他的没什么值得关注的了。犯罪现场调查小组在农舍里发现了一些钱，大概是关于毒品的赃款，所以她没有深挖什么信息。”

“也许埃文有外遇，她发现了？”

“目前我们没有什么可以支持我们提出这样的设想。在过去几周里见过他们的目击者说，他们看起来很亲近，很幸福。不过，我们仍在努力获得跟他相关的消息。他似乎不喜欢建立密切的关系，比较封闭自己。”

“南希就是这么说的。但如果你生活在一个虚假的身份下，这是可以理解的。你会不想引起别人的注意。”

杰克曼的笔记本电脑发出哔哔声，显示有一封新的电子邮件。他斜过身，点击打开。“这很有趣。”他说。

“什么？”

“迈克·克拉克收到了一些可能对我们有所帮助的情报，但显然信息太长不能在邮件中分享，他正从利明顿过来的路上。”

“感谢上帝，希望一切顺利。副警长一直紧盯着我，我真的需要一些情报，而且要很快。”

*　　*　　*

南希随手把门关上。回到她公寓私密的空间里，远离警察局看着她的一举一动的摄像头的感觉真好。她看了看自己的电话，有来自瑞安的另一条信息和一个未接电话，她直接忽视掉这两个提示。

她走进休息室，打开电视，瘫倒在沙发上。屏幕上的那个人站在一栋有台阶的房子前谈论着粉刷的事情。南希喜欢家庭装修节目。她通常在休假的时候看这些节目，看到别人的家是如何被改变的感到很享受。但今天她却茫然地盯着屏幕。时间一分一秒地过去，突然间，她看了末尾的致谢，然后意识到她实际上没有看任何节目内容。

钥匙在锁里转动，有脚踩在地毯上的声音。贝卡的脸出现在门边：“嘿。”

南希勉强笑了笑。

“你还好吗？”

“你给瑞安我的号码了吗？”

贝卡眨了眨眼睛。“别生气，他只是想要帮忙，随便吧……”她手里拿着包。“我给你带了麦当劳，鸡块和薯条，你的最爱！”

这个甜蜜的举动让南希的眼睛里充满了泪水。她眨了眨眼。“你不喜欢麦当劳。”

“我吃鸡肉三明治吧。来吧，我们可以一起喝奶昔。”

贝卡拿出咖啡桌，开始整理食物。

南希一点儿也不想吃东西，她强迫自己看起来很感兴趣。“谢谢。”

“你在看什么？”

“没什么。”

一位带着大大微笑的演讲者在屏幕上谈论着那些新来到这个国家希望建立自己家庭的人们。

“哦，我喜欢这个。”贝卡坐在她旁边，打开三明治。

他们静静地吃着，眼睛盯着屏幕。当她喝完后，贝卡把包装纸揉成一团，放回袋子里，吸着奶昔。“你感觉怎么样？”她问。

南希把最后几片薯条塞进纸盒底部。“糟透了，愤怒，麻木，我一直忍不住想他。”

贝卡闭上了嘴。“对不起。”

“我希望人们不要再跟我道歉了。”

“对不起。”

南希狠狠地瞪了她一眼，两人都笑了。

“有邮报之类的吗？”贝卡盯着门口问。

南希想到了今天早晨的那封信，刚想要张开嘴告诉贝卡，但在最后一分钟，仿佛有人告诉她不要这么做。“没有，没什么。”

他们静静地坐了一会儿。“我想回来工作。”南希终于说。

“我不确定行不行，南希。妈妈说你还需要时间。”

“我在这疯了，围着公寓打转。给我点儿事做，拜托了？”

贝卡盯着她看了一会儿。“我会和妈妈说的。周末我要参加两个婚礼，占据了我们所有的时间。或许你可以更新一下脸书的动态或干些其他的事情。”

“谢谢，我真的很感激。”

贝卡深吸了一口气，回到沙发上休息。“你今晚想干什么？”

南希耸了耸肩。

“我投票建议我们看电影。如果你愿意的话，我们出去喝点儿酒？”她没有等南希回答，而是向前探身去清理咖啡桌上的烂摊子了。

“贝卡？”

“怎么了？”

“谢谢。”

“为什么说谢谢？”

“你知道的。”

“哎呀，别傻了。你可以把这些东西处理掉，扔到垃圾箱里，这样妈妈就看不见了，否则她会对我的饮食感到恐慌，会坚持说我不能照顾自己的。”她抓起包笑着说。穿过走廊，她喊了句，“我会为你开着门的。”

贝卡离开后，南希把所有的包装纸拢到一起，穿过厨房，把它们放在一个旧的袋子里，然后把它们带到外面。她从通往公寓入口的金属楼梯上爬了下来，公寓位于商店上方的房子后面。在底部有一个院子，垃圾箱放在那里，还有一条通向商店边上和街上的开放通道。

清新的空气缓解了公寓的闷热。南希把垃圾放进垃圾箱，站了一会儿，深呼吸了很长一段时间。一想到要全身心投入到她的工作中，她就有了一线希望，这几天来她第一次觉得自己有用。至少，这会消去她周围噬人的孤独感。

她穿过过道，走到街上，站在商店的前门旁边，心不在焉地在外面的路上活动。偶尔有几辆车经过，但这一天的高峰期早已过去。太阳在建筑物前面落下，留下琥珀色的光芒。她转过身来，穿过过道往回走，在楼底停了下来。当她感到身后有人在时，她深吸了最后一口空气。就在她要转身的时候，她感到有只手抓住了她的头发，紧紧地拉着。

她尖叫起来，但也只发出一声尖锐的呜咽。

“我们一直在监视你，漂亮的女士，你不可能永远躲着。”声音很低，有咀嚼了很久的口香糖的香味，香味已经很淡了，一直萦绕在他的呼吸中。

南希全身僵硬，她的心脏在胸口怦怦直跳。然后，就像他刚才出现那样迅速，她只觉得她的头发被松开了，身体被向前一推，他就已经不见了。

南希爬上楼梯，没有时间回头看。直到她坐在公寓里，靠在锁着的门上，才发出颤抖的呼吸。她听到一声巨响。她的胸部绷紧了。又一下，传来一声轻轻敲击的声音，在另一面的玻璃上。

南希跳起来，转过身来。门的另一边站着一个。

她离开门，往后退，开始发抖。

“南希，是我。开门！”

是一个熟悉的声音。她把手放在膝盖上，试图调节呼吸。

信箱被打开，她抬起头，看到瑞安的眼睛从洞里露出来。“你在玩什么呢？开门。”

南希的手颤抖得厉害，她花了一点时间才把门打开。她颤抖着扭开门，伸出手臂，把瑞安拉进去，然后又锁上了门。

“怎么了？”她把头埋在他的胸口，朝他猛扑过去，他的话被打断了。

“嘿！”他的声音变柔和了。他紧紧地抱着她，在她开始抽泣的时候抚摸着她的头发。

南希不知道他们在那里站了多久。当她大声哭着发泄着过去几天承受的压力的时候，时间静止了。埃文失踪了，头部受伤继续折磨着她，得知了他的死亡，母亲的颓废，信件以及威胁……她滔滔不绝地说了一番痛苦的话。眼泪慢慢地止住了，她从瑞安的怀抱里抽身出来。“你来这里干什么？”她问。

他看了她一眼。“你没有回复我的信息，我来看看你还好吗。”

他向下凝视着她。“显然不怎么好。”

南希感到一阵内疚。“我以为你是他。”

19

“尼克·安德森，四十二岁，住在萨图恩大道庄园。”

会议室被别人占用，团队就挤进了一个小的会见室，这是杰克曼在与迈克·克拉克会面的短时间内唯一能找到的场地。他把头斜着，和戴维斯的黑色卷发错落开，以便更好地看屏幕。一名男子站在一辆路虎旁边，正与照片边缘站的那个人交谈。他很高，穿着一条黑色斜纹棉布裤子和白色 T 恤。秃头上戴着墨镜。

“配偶卡莉；两个孩子，格蕾丝和凯尔。”迈克点击了另一个按钮，屏幕上的照片变了，显示了他们一家人离开大街上一家餐馆时的照片。孩子们看上去还不到上中学的年龄。他转身面对他们。“我们收集尼克的情报已经有一段时间了。我们相信他不仅参与了供应链，而且还在掌控供应链。他当然有合法的生意。卡莉在城里有一家美甲店，他有一个汽车修理厂和一个斯诺克舞厅。”

“都是接受现金的场所，非常适合洗这些赃款。”戴维斯说。

“没错。”

贾纳斯清了清喉咙。“这和我们的谋杀案有什么联系？”

迈克举起一只手。“我们马上就要说到了，女士。”

又是咔嗒一声。另一张照片，这次是一个烧毁的工业装置。“一个月前，在蒂莫西的桥路上，他的车库遭到纵火袭击。到目前为止，警方还没有追踪到罪犯。我们的情报人员被告知有传言说他让某个人失望了，这是给他的一个信号。联系起我们收集到的其他情报，我们申请在他的车上安装一个隐蔽的 GPS 跟踪器。”

杰克曼皱起眉头。秘密情报是最难设立的情报之一，需要最高级别的授权来证明警察参与的必要性，否则就被视为侵犯人权。“你必须证明他身上有一些我们感兴趣的东西才能拿到。”他说。

“这很紧急。我觉得我们一时半会儿拿不到这个收集秘密情报的特权，我们拥有的一切都是猜测，但当你把情报都放在一起时……我觉得当前优先打击毒品的警务工作可以最终推动实现这个目标。不管怎样，过去两周我们一直在观察他。我们可以告诉你上星期天晚上十点四十一分，他的路虎在鱼馆的停车场。他没待太久，只待了几分钟，然后开车到了厄普顿庄园农舍。”

“开到农舍是什么时候？”

“他晚上十点五十二分到达农舍，在农舍待了将近十五分钟，然后开车回家。”

“谷仓里什么都没有？”

“星期天的时候还什么都没有。”

“他也没再回去？”

迈克摇了摇头。

“所以我们知道受害者和南希在酒吧的时候他就在那里，但是并未待到受害者失踪？”

“他本人肯定没有，或者至少他的车没有等到那个时间，也许他在检查什么东西，或者他在为后面做准备。”不管怎样，至少证明了他和受害者之间有关系。

“也许他是那个非法闯入的人？”杰纳提出了自己的假设。

“他在那儿呆了将近十五分钟。”杰克曼回答。“如果农舍空无一人，似乎十五分钟已经很长了。”房间里一片寂静。“和埃蒙·本威尔有什么关联吗？”

迈克摇了摇头。“我在那个名字上一无所获。”

“我们能用这个吗？”贾纳斯问。迈克看了她一眼。“我们投资了很多钱在追踪和监视小组上。我们正在收集的情报有可能摧毁他们整个网络，指引我们找到负责人，把东西带进这个产业链的人，这才是我们感兴趣的。除非你有确凿的证据表明尼克·安德森本人也参与其中，否则我们必须要求你谨慎行事。”

“安德森现在在哪里？”杰克曼问。

“啊，这是个棘手的部分。我们上次追查到他到伯明翰机场的信息。我们已经和航空公司联系过了，他周一早上飞到布拉格，似乎是他的一个朋友休息的时间，可以猎鹿。”

“人们通常不是周末去猎鹿吗？”戴维斯说。

“周末不是很多，因为周末是他们最忙的时候。”

“太好了。”贾纳斯用一只手划过前额，“我们知道他什么时候回来吗？”

“他买的是单程票。我们正在和航空公司核对，尝试着找到他的回程票。我觉得他不会在外面待太久的，他的家人还在这里。”

“和他一起去的那群人呢？”杰克曼问。

迈克摇了摇头。“他们很保密，恰逢这样一个绝佳的掩护时间。”他回头看了一眼屏幕。“很难准确地确定你们调查的人什么时候开始供货。我们知道，像这样的大麻植物，在强制条件下，可以在大约八周内长好，然后需要另外两周来晒干。他们想要可持续供应的供应链，所以这些植物处于不同的生长阶段。”

“这是什么意思？”

“谷仓里本身数量不太大。但据该领域的当地消息人士透露，大约三个月前大麻价格有所下降。大麻价格下降意味着供给量充足，也就意味着他经营时间不长，可能距离他第一次收割也就四五个月。”

“他在安德森的地盘上做的这些？”

“似乎是这样。”

杰克曼思考了好久。他们知道劳顿夫妇大约在九个月前的11月份离开了这个国家。他要花一段时间才能拿到集装箱，让建筑工人挖地板，然后把它放在下面。

门咔嗒一声开了，基恩出现了，他像拿奖杯一样举起手机。

“找到了柴油供应商。”

“然后？”

“我们给一些贸易供应商打了电话。农场用的是艾顿，一家当地的供应商。我们已经和他们联系过了，检查了他们过去二十四个月的记录。往年，从 3 月到 9 月，农场机械使用活跃的月份有所增加，但从 1 月开始，与去年相比，支出实实在在地增加了一倍。”

劳顿夫妇 11 月飞往澳大利亚。这一切都表明被害人已经计划好了一切，一切都安排好了。房主一走，他就把一切都安排好了。“怎么支付的呢？”

“从劳顿公司的商业账户直接借记。”

“那么，这是告诉我们安德森要么是投资者要么是竞争对手吗？”杰克曼说。

“这正是我们需要了解的。”

又一声敲门声。“进来！”杰克曼喊道。

他认出了简·莱顿，一个民事案件工作人员，出现在了门口。“先生，有你的电话。”

“是谁？”

“一个女人，不肯说出她的名字，听起来很绝望，专门找你。”

南希喝了一口茶，乳白色，含两种糖，她外祖母常称之为婴儿茶。很少有人知道如何刚好做成这个味道，但瑞安就是其中之一。刚才在她公寓外面的那件事瓦解了她早先对他的愤怒，现在她很感激他在这里。

他听着她讲述发生的事情，一直等到她说完，他才开口：“那句话是什么意思，‘你不能永远躲起来’？”

“我也不知道。”

“这与埃文的遭遇有关吗？”

“你什么意思？”

“他们在报纸上称埃文的死很可疑，说火灾其实是蓄意纵火，你觉得他该不会是卷入了什么事儿了吧，是吗？”

南希能感觉到她的防御又回来了。“比如什么事儿呢？”

“我不知道。但这太可怕了，就在……”

南希转过身去。“不，如果有什么，我早就知道了。”

“不过这有点儿巧，你不觉得吗？”

她转向瑞安。“你只是想找些什么证据，任何能让埃文看起来不好的证据。”

“等一下，这么说不公平。”

瑞安身体前倾，把他的手放在她的肩上，但她耸了耸肩。“对不起，南希，我只是想帮忙。也许你能告诉我上星期天到底发生了什么？”

南希长叹一口气。要她回顾星期天晚上的活动，只会提醒她忘记了多少事。她在停尸房回顾自己的经历的时候，脑袋的疼痛已经达到了一个前所未有的高度。她决定不提埃文拥有不同身份的事儿，她不想再给瑞安任何理由让他觉得埃文不好了。

“对不起，南希，我无法想象经历这一切会是什么感觉。”

她尝试着无力地点了点头。

“但是没有理由有人会对你感兴趣。如果他们想杀了你，他们肯定会在星期天杀了你。你看到他长什么样了吗？刚才外面的那个人。”

她摇了摇头。

“也许是孩子们胡闹，这可能只是个恶作剧。”

“可感觉并不是恶作剧。”

瑞安挠了挠下巴，他的脸上没有表情，尽管她能看出他把他的忧虑隐藏得如此巧妙。“还有些别的东西。”南希把杯子放在咖啡桌上，漫步到厨房。当她翻遍垃圾箱时，她能感觉到他在她身边。

“你在干什么呢？”

南希不理他。她拿出一个饮料盒，把几个哗哗作响的包装袋推到一边。她看不到她找的东西，于是越找越深，直到她的指尖擦过一张撕破的纸的顶部。南希做了个鬼脸，把手伸进去，把纸条拿了出来。

她能感觉到瑞安的眼睛盯着她，她洗了手，用茶巾擦了擦，试图把撕破的纸拼凑在一起。

“债务会传给下一个亲属。”他大声念道，瞥了她一眼。“这是什么意思？”

“近亲。”她重复道。“这只能意味着一件事。”

20

杰克曼在离开伯明翰公路时，感到一双热辣的眼睛视线在追随着他，他缓缓沿着拍得丽酒店路边开过。他把车停在运河边的旅馆后面。一个穿黑套衫的女人坐在百里香咖啡馆角落的窗户旁，抱着一杯咖啡，看着他走近。当他看到她的目光时，她没有把目光移开。当他推开门，跨过门槛时，她放下了杯子，站起来欢迎他。

“杰克曼先生？”

他点了点头。“阿曼达·格雷森。”她回应道，“谢谢你来这里和我会面。”

当他接到她在事故室的电话时，他考虑派一个小组去。她说她看到他在本周早些时候在媒体的呼吁，坚持亲自和他谈话。公众呼吁总是能吸引大量只是在浪费时间的人和寻求关注的人。有时很难将真相与现实区分开来。但这个女人的言辞激发了他的兴趣。她说话很清晰，每一个音节都清楚。当她提到埃蒙·本威尔的名字时，他觉得有必要亲自来见她。

他握了她伸出的手，女人灰蓝色的眼睛清澈地盯着他。她的头发编成了一条宽松的法式辫子。

杰克曼点了杯咖啡，自己坐了下来。“我能帮你什么忙吗？”

说话前，她用手摩擦着自己的嘴唇。“有点儿尴尬，我是来跟你谈埃蒙·本威尔的事的。”

“就像你之前说的那样。”杰克曼脸上没有表情，让沉默在空气中徘徊。

“我知道你一直在询问他上星期天晚上的行动，就是受害者在谷仓里被杀的那一天。我想说他没有参与。”她深深吸了一口气。“因为他和我在一起。”

“本威尔先生说他在工作。”

她低头看了看咖啡。“他是，直到傍晚，他在A46号公路的一个路边停车场遇见我，我们坐他的别克去兜风。”

“为什么？”

“您说什么？”

“他为什么和你在一起？你怎么认识埃蒙·本威尔的？”

“我们……”她停顿了一下，眼睛转向右边，“在过去的八个月里，我们一直在见面。”她说话时微微退缩了一下。“自从他的婚姻结束的时候开始的。但没人知道，他妻子和我丈夫都不知道。埃蒙永远也不会说出来的。他不会不帮我保密的。我有两个孩子，上小学。这样的消息会让我的家庭破裂的，对他也没有任何好处。”她盯着窗外看了好一会儿。“但我见不得他因为一些他没有做的事而被逮捕和审问。”她抬起头来，“这不公平。”

女服务员端着一个杯子来了，把它放在杰克曼面前，然后就退下了。

杰克曼盯着咖啡，回头看着阿曼达。“你认识埃蒙多久了？”

她把手轻抚在脖子上，把金链子挂在修剪过的手指上绕起来，然后才回答。“差不多一年了。我们的女儿在同一个班上小学，她们总在我们彼此家里玩耍。当我去接莉莉的时候，或是送她走的时候，难免会碰到埃蒙。苏是他的妻子，有一份全职工作。他经营着自己的生意，但能从工作中抽出时间去照顾他的孩子们，然后接送他们。我们交换了号码，主要是为孩子们安排玩的时间。起初没什么大不了的，只是奇怪的表情，不时地微笑。他发了几条短信，都只是奉承的东西。我觉得他很友好。就在去年圣诞节前，我独自一人外出购物，挑选了最后几个塞进圣诞袜子的小礼物。孩子们和我母亲在一起。我们正好在同一家商店。商店里人山人海，所以我们去喝咖啡。然后就……我并不以自己的行为为傲，探长。我爱我的丈夫，我从没想过会发生这样的事，但事情就是这样就开始了。”

“你们多久见一次面？”

“只要我们能见就见。有时一周一次，有时不太经常。”

“在哪里见面？”

她清了清喉咙。“有时我们去莱明顿的一家旅馆。”

他打开笔记本，记下了细节，感觉到她的畏缩和害怕。

“通常情况下，如果我们没有太多时间，我们会开车兜风。如果埃文在谷仓附近，就去开一辆车出来。”

“你去谷仓了吗？”

她摇了摇头。“没有，从来没有。埃蒙会先去拿车，沿着一条乡间小路来接我。我会把车停在路边，然后我们就乘他的车出去。我们不得不开着他的美国车去乡间小路，以防引起注意。我以前会戴着太阳镜。”她把手捂住脸。“天哪，你一定觉得我糟透了。”

“我的工作不是评价你这个人，这一切都是为了证实真相。”杰克曼沉默了一会儿，“你见过埃文吗？”

“没有。”她的声音几乎是在低语。

“你最后一次见到埃蒙是什么时候？”

“今天，只有几分钟，因为孩子们在俱乐部，就在那时他告诉了我关于警察询问的事。我简直不敢相信。他是个好人，探长，他刚度过了艰难的一年。”

“你今天之前最后一次见到他是什么时候？”

“星期天，他早上给我发了短信，我的孩子们傍晚去上游泳课。我丈夫迈克尔在打高尔夫球。我去见了埃蒙，他开的他的别克车，我们开车去了沃里克路。”

“具体什么时间？”

“从下午五点开始，大约一个小时。我在六点十五分去接了孩子们。”

她犹豫了一下，咽了口口水并在包里摸索着，拿开她的钱包、一包纸巾，拉开里面一个侧袋的拉链。她拿出一个关机了的电话，屏幕是空白的。“这是我用来联系埃蒙的电话，里面有我们所有的电话和短信记录。他有一个相似的。我不用自己的手机，原因不用多说。他的妻子也会检查他的手机账单。”

杰克曼拿起电话，打开电源，草草写下他需要的详细信息和她的联系方式。当他把它还给她时，他能看到她眼中的泪水。她看起来不像那种会被收买制造虚构的不在场证明的女人，但是犯罪分子也不会像他小时候看的漫画里的怪物一样那么明显。

“接下来怎么办？”她问。

“我们来检查你故事的真实性。”

“怎么检查呢？”

“这是例行的警务工作。”

“有没有办法对此事保密？”她的声音里充满了绝望，“我知道这对你来说只是个小问题，毕竟现在一个男人被杀了。”她把手放在胸前，显然是努力为了保持镇静。“但我不想让我丈夫知道这件事。”

“我不能保证。”

“我明白，但我有孩子。拜托你？”

杰克曼看了她一会儿。“把这样的情报处理成机密情报并不少见。如果人们认为他们所说的每一句话，他们所提供的每一个细节都会公之于众，他们就永远不会来找我们。我需要把你的联系方式存档，以防万一，但是如果你的说辞被证实了，而且你没有被怀疑以任何方式卷入其中，那么这些细节可能就不需要公布于众了。”

“谢谢。”她的话里充满了安慰，但她的脸仍然显得焦虑不安。她站了起来，暗示着他们谈话的结束。

杰克曼看着她走了，从口袋里拿出一些钱放在桌上。她开着一辆绿色沃尔沃驶出时，他正穿过停车场。她向他闪过一丝感激的目光，然后就走了。

他在车里坐了几分钟，让他们的谈话在他的脑海中消化一下。他会让他的团队检查她的手机，并检查警方摄像头，与她周日的行动相匹配，尽管他很确定，如果没一句实话的话，她是不会来做这番解释的。但有一种想法使所有其他想法都黯然失色。据她自己承认，她不让自己的亲人知道自己的外遇。埃蒙·本威尔也瞒着他的家人，外遇、公寓里的钱等。他们的说辞，不管是不是真的，都是建立在欺骗的基础上的。

他把头向后仰，陷到头枕里。她的陈述解释了埃蒙·本威尔周日在谷仓的原因，但没有给他不在场证明。他还得把车还回谷仓，这给了他很多机会，让他之后有机会实施谋杀。但如果他是凶手，杰克曼仍然没有找到他的动机。杰克曼看不出埃蒙从烧毁谷仓中能得到什么好处。

21

在回车站的路上，杰克曼感觉到他的手机在口袋里震动。他在走廊里停下来查看了一下，有他女儿西莉亚打来的一个未接电话，随后是一条短信。

“对不起，我想你了。稍后再打给你。吻。”

他刚把电话装进口袋，就听到门砰的一声关上了，他几乎立刻感到身后有人。“你躲在走廊里干什么？”

他转过身来面对正在朝他傻笑的戴维斯。

“我在回事故室的路上。”他用鼻子嗅了嗅周围的空气，“回到劳苦的工作岗位上。”

“只有在工作让我保持清醒。”她笑着说，“有什么消息吗？”

“我刚出来见了埃蒙·本威尔的一个朋友，声称他们在过去八个月里一直有外遇。很明显她能证明他周日和她在一起。他们在他车里碰面，开车去兜风。”杰克曼复述了他们去沃里克路的旅程。

“这并不意味着他没有参与。”

“的确不能，但这会降低可能性。”

“那我们该怎么办？我们欠的毒品小组的债呢？”

杰克曼忍不住咧嘴一笑。迈克·克拉克无疑是那种过分认真对待自己工作的侦探。“我们看看农场主人的背景。”他说，“每件事都表明他们没有参与，但是鉴于这操作涉及的投资，我不觉得受害者会计划在他们回来后关闭这个供应链。另外，看看基恩是否能找到国际联络人。真正的埃文·贝克发生了什么事？为什么受害者偷了他的身份？再次追踪一下DNA。找到受害者的真实身份是当务之急，如果需要的话，额外付费。我相信贾纳斯有要分享的东西，但我们稍后再处理。”

他身后传来一个熟悉的声音。“威尔，碰上你真好。”他转过身来，看到卡米拉灿烂的笑容，发现自己也在笑。“过会儿碰面可以吗？”

“当然。”

接着是尴尬的沉默。戴维斯看了杰克曼一眼，走上前自我介绍。

“很高兴见到你。”卡米拉说，并和她握手。她抬头看着杰克曼。“好吧，那我们一会儿见。”她又笑了笑，沿着走廊走去。

“我明白了，你现在和那些先锋人士混在一起了？”戴维斯在卡米拉听不见的时候说。

“不是那样的。”

戴维斯说：“我还不知道你们的关系已经好到一会儿还要再见面的程度。”

“我们没有。”杰克曼停顿了一下，笨拙地挠了挠后颈。“她只是在帮我。”

戴维斯睁大了眼睛。“我猜也是。”

杰克曼转过身来，看着卡米拉推开走廊尽头的门。卡米拉一消失不见，他就决定和戴维斯分享他的秘密晋升委员会的事儿。但当他转过身想面对她时，她已经走了。他转了一圈，正好看到她在走廊另一个尽头推开事故室的门。杰克曼靠在墙上，又一次坦白的机会不见了。

* * *

当南希开车载着瑞安经过洛奇路时，他们注意到的第一件事就是房子前面的窗帘拉上了。

仪表盘上的时钟是下午三点三十分。她咬了咬嘴唇，环顾四周。除了停着几辆车外，街上空无一人。她转过身去，面对着她被抚养长大的房子。自从她祖母去世后，这几年发生了很大的变化。在每年的这个时候，曾经盛放着紫红色矮牵牛花和秋海棠的石盆里，挂满了一丛丛青草。她的眼睛滑向隔壁的房子，那漂亮的窗台花篮里满是红色的天竺葵，吉布森夫人住在那里。在她成长的过程中，吉布森夫人的孙女伊莎贝尔常常在假期里来和她住在一起。伊莎贝尔和南希一样大，两个女孩在一起玩。她记得有一个夏天，她们在人行道上来回滑旱冰，直到双腿开始疼痛。另一面是一个叫罗杰的老人独居，他的妻子早已去世。这些人是她外祖母的朋友，当他们在街上看到她时，他们微笑着，互相打趣，圣诞节时会替外祖母拿包裹；还参加外祖母的葬礼以表达他们的敬意。

谢丽尔搬进来后，他们变得疏远了。南希怀疑是经常有警车在外面，和那些陪着他母亲的人，让他们不敢靠近。如果她在街上看到他们，她会同情地对他们微笑。但是同情很快变成了尴尬。当他们开始忽视她时，她畏缩了。他们可以清楚地看到他们原本安静的街道上发生了什么，厌烦隔壁来来往往的那些人。一想到她外祖母之前要忍受这一切就让人觉得伤心。

那扇挂着木板的窗户是一个不可磨灭的印记，提醒她上次她母亲还没有还清债务时发生了什么事：窗户被一块砖头砸破了。南希回想起那天去埃文那里。邻居们已经报了警，警察最后给她打了电话。她和埃文在农场。尽管认识她只有几个星期，他还是坚持过来帮忙。

他们到达时，前门在微风中摇晃着。她想起了当她穿过走廊，望向休息室时，那种巨大的恐惧感。一名女警官坐在沙发上，立刻站了起来。“她在楼上。医护人员说她还好。当她清醒时我们会回来做一个陈述。”然后女警官就离开了。

几个空瓶子放在一张咖啡桌上，桌上散落着塑料打火机和一个满溢的烟灰缸。厨房很脏，盘子和玻璃杯都堆在水槽里。

埃文跟着她上了楼梯，他们发现她母亲横躺在床上，嘴里吐出一行口水。南希回忆起当时的叫喊声，把谢丽尔从睡梦中叫醒。他们吵架了，房间里唇枪舌剑的，直到埃文站到了他们中间。那天他很了不起。他安抚了南希，把她送出去，而他却单独和谢丽尔交谈。她开始有些犹豫，但他如此坚持，最后她让步了，站在楼梯平台上，拼命想弄明白从木门传来的那些含混不清的话。最后，她放弃了。埃文走出来时，她正坐在楼梯顶上，埃文随手把门关上了。

埃文拒绝告诉她他们讨论了什么，从南希身边走到楼下。当她在厨房里发现他时，他正在处理水槽里的一大堆待清理的物品。那一刻感觉很离奇，他们没有说话。她开始清空烟灰缸和整理房间，就像她以前很多次做的一样。埃文走到路那边的建筑工人的院子里，拿着一块刨花板回来，在他们走之前给窗户装上木板。

但更值得一提的是谢丽尔是如何在接下来的几周寻求帮助戒酒的。这并非易事，她被关在埃文安排的诊所里几天，出来后接受咨询。她很孤僻，但是她两个月没有喝酒，而且她似乎对吃饭、打扫房子、应付问题反应更为热情。

埃文甚至在接下来的几周提出更换窗户，但谢丽尔拒绝了他的提议。她想自己存钱修理。这是一个巨大的转折点，南希记得她是多么感激埃文在这上面花费的精力。

南希一下子回到了当下。但当她今天走在这条小路上时，她还是感到了同样的不确定性。白天不应该拉窗帘。这是一个不好的迹象，只能证明她的恐惧是对的，她母亲又开始酗酒了。

“你还好吗？”当他们到了前门时，瑞安问道。

南希在包里找钥匙。“还好吧。”她跨过门槛时，可以听到屋子里的谈话声。这声音把她弄糊涂了。也许她妈妈有人做伴。当他们靠近休息室的门时，她突然为有瑞安陪着她感到放心。

南希在楼梯底部停了下来喊了一声，没有人回答。“我觉得她不在家。”她对瑞安说，她推开休息室的门，看着里面。距离她上次来已经有一段时间了。她注意到餐厅的桌椅已经不在起居室了，无疑是为了满足她母亲的恶习而卖掉了。房间里弥漫着尼古丁的难闻气味。

瑞安跟着南希上了狭窄的楼梯，这里的谈话声音变得更大了。谢丽尔睡的后面的卧室的门开着，空荡荡的。角落里的收音机里传出声音。

“她一定出去了。”瑞安说，“收音机还开着。”

南希不理他。她穿过房间，开始打开她母亲梳妆台的抽屉，在成堆的衣服中找来找去。

“你在做什么？”瑞安问。

“找瓶子。她总是在内衣抽屉里放一瓶预备着。”但尽管她把上衣、胸罩和裤子都弄皱了，却还是什么也没发现。

瑞安看起来很不安。“也许我们应该一会儿再回来？”

南希从口袋里掏出手机，选中谢丽尔的号码，按下了拨号键，语音信箱的声音立刻传入她耳朵。“她不接电话。她在哪里？”

南希弯下腰，关掉了收音机。在她公寓旁边的遭遇闪现在她的脑海中。“我们就在这等。”她说。

瑞安从南希肩膀上看过去。“我不确定这是不是个好主意，南希。”

南希坐在床沿上，把手臂往后一扫，她感到袖子里有东西。她立刻转身，太快了，她的袖口扫到了床头柜上的瓶子，瓶子掉到了地上。

瑞安往前跑过去。酒瓶在地毯上弹了两次，第二次才被他抓住。他把它放回一边，看了南希一眼，要她小心。

门砰的一声开了，接着传来一个沙哑的声音。“谁在那儿？”

“是我。”南希说。

谢丽尔的头出现在门边。她穿着一件长长的睡衣，她那灰白的头发向外伸成奇怪的角度。她皱着眉头看着他们。“你在这里干什么？”

南希意识到她把梳妆台最上面的抽屉打开了，感到很不好意思。“我们在找你。”

“我睡着了，你也没说过你要来。”她妈妈的眼睛滑向梳妆台最上面的抽屉和第二个抽屉露出的衣服的边。“你在做什么？”

南希能感觉到脸上的热度在上升。“只是检查一下。”

“为什么检查？”她的眼睛扫过房间，她怒视着南希。“你怎么敢这么做？”

“你不能怪我，你都没有联系我。”

“我给你公寓打了电话，你在睡觉，贝卡说你没事。”

“什么时候？”

“昨天。”

他们静静地站着。“你没收到我的短信，所以你以为我又在喝酒了？你有什么权力来这里窥探我？”

“你不在你房间里。”

“我偏头痛时睡在前面的卧室，能远离后面的狗吠声。我真不敢相信你以为我又回到酒精的那些瓶瓶罐罐中去了。”

南希瞬间感到内疚。然后，她想起了谢丽尔所做出的所有违背承诺的事儿。“而且这也不是第一次了，不是吗？”

“这不公平，南希。”

“那么，外祖母旧的餐具在哪里？”她一字一句吐了出来，感觉到这话的毒辣。

“我把它借给了戒酒所的一个朋友。她刚有了一套公寓，什么都没有，只是让她在解决问题之前先用着。”

“听起来挺像样的。”

“你放肆，你知道我有多努力的。”

“我放肆？想想你曾经让我多痛苦，我刚失去了男朋友却一切还要围着你转，一直都是要一切围着你转。”

“南希，不要这样……”

“别这样？那些跟在我后面要钱的人呢？我厌倦了偿还你的债务。”

谢丽尔开始说道：“我不知道你什么意思，我不欠任何人钱。”

“嗯，你显然欠了别人钱，像往常一样，而我却陷入了麻烦。”

“南希，你必须相信我。我已经不酗酒了，自从你和埃文……”

一提到埃文，南希就怒不可遏。“你怎么敢说他的名字？”

她转过身来面对着站在那儿的瑞安，他一声不响地看着他们俩。

“我们走吧。”

南希迫不及待地想离开房子回到车上。直到他们把车开出来，在回斯特拉特福德市中心的路上，她才设法弄明白谈话的意思。她母亲坚持说再也没有债务了。便条上写着“近亲”，她是独生子女，她从未见过她父亲，她母亲是唯一一个近亲，在这之前是她祖母，除了一些她从未见过的远亲外，他们没有其他家人，所以这张便条肯定和她母亲有关，不是吗？

22

埃里克的粗暴态度让正在后花园做伸展运动的杰克曼赶紧跑过来。杰克曼猛地把门打开，惊讶地发现卡米拉正站在门阶上。埃里克向她猛扑过去，害得她差点儿把酒瓶从手里丢出去。

埃里克使劲摇着尾巴，整个身体都在一起晃动。

杰克曼向前伸手抓住狗的项圈。“对不起，如果我知道是你的话，我是不可能放它出来的。”埃里克又要热情地扑过去，但杰克曼紧紧地抓住它，把它拉开了。“请进。”

他示意卡米拉进入休息室，把埃里克放在厨房的楼梯间后面。当他回来的时候，她向他微笑着，一如她平常安静的样子。“你没有把它关起来吧？我对狗很友好的，你知道的。”

杰克曼笑了。“好的。我放开它是因为我以为是有人在卖东西，埃里克都能把最热心的销售人员赶走。”

她笑了笑。

“我以为你八点才过来。”

“我有点儿可打发的时间，所以我早出发了会儿去买了瓶喝的。”她把酒递过去。“我真的到得很早，所以要么半路停下喝杯咖啡，要么回酒店，要么现在就来看看你不工作的时候会做些什么。”

接着是尴尬的沉默。“我给你拿杯喝的。”

“就一小杯吧，我还要开车。”她在他后面喊道。

杰克曼打开楼梯门，忙着找葡萄酒和杯子。他能听到卡米拉在敞开的门前和埃里克聊天。当杰克曼端着一杯酒走来走去时，埃里克已经坐在沙发上卡米拉的身边了。“啊，对不起。我们让它养成了坏习惯。”他说着把酒递过来。

“真的没事，它很可爱。”她喝了一口酒，用空出的手揉了揉埃里克的头。

“好吧，它现在肯定要黏着你了。”杰克曼说，“你看，我正要洗个澡……”他用拇指指着楼梯。

她举起一只手。“别让我的到来打扰你。”

杰克曼冲上楼，迅速脱下衣服，踉跄地去了淋浴间。他很久没有在家里娱乐了，当然不只是从爱丽丝出事后。但奇怪的是，他一直盼望着今晚。卡米拉是一个很容易相处的伙伴，至少这使得讨论管理政策这个乏味的主题变得稍微容易一些。

当他擦干，回到楼下时，卡米拉已经喝完了她的酒。他抓起空杯子时，闻到一股她的香水味。“再来一杯？”她还没来得及回答，他就拿起杯子，走向厨房。他拿着重新倒满的一杯酒递过来，把他自己的一杯水放在他旁边的咖啡桌上，挤在埃里克旁边。

卡米拉看着水：“你不喜欢酒吗？”

“我不喝酒。”

她点了点头，但什么也没说，她俯身去取出她公文包里的一些文件。“好吧，你想从哪里开始？”

他们在那儿坐了一会儿，卡米拉向杰克曼问了一些问题。当他回答错误时，她朝他微笑并纠正他的语言。时间过得很快，在杰克曼意识到之前，光照已经暗淡了。他站起来，打开灯的开关，把酒瓶拿进来，递给卡米拉。“我不能喝那么多。”她说，“我得开车回去。”

“我送你回去。”

“你太客气了。”她又倒了一杯，喝了一口，然后把它放在她旁边的地板上，把胳膊伸到头顶上，这个动作正好露出她圆滑的胸部曲线。“你面试问题都答得很好。”她说，“记住关键术语。整个面试的关键就是想办法把这些关键词用进去，还有当前的警务重点。如果这样做了，我看不出你会犯什么错误。”

“嗯，这不是我第一次面试了。”

她避开他的视线。“我确实听说了。”

外面路上的一声高声喊叫打断了他们的谈话。埃里克抬起头，咆哮着。声音越来越大，伴随着断断续续的砰砰声。杰克曼走到窗口。一个男人在对面的房子外面叫喊，伴随着用脚踹门的声音。

“不好意思。”杰克曼离开了房子，穿过了马路。“嘿！”

那个人没有转身。当他又踹了一脚的时候，门有点儿变形了。“婊子！”他喊道。

房子看起来空荡荡的，笼罩在黑暗中。“发生什么了？”杰克曼说。他现在刚走到那个人身边，立刻被那股刺鼻的酒精味冲击到了。

“和你无关。”又是一脚，门晃动着。

杰克曼向前走去。“够了。”他用力抓住那人的胳膊，但被强行推回来了一把。杰克曼撞在门道边上的砖头上，太阳穴一阵剧痛。他向前一甩，打了那个人的肩膀。那个人有些晃动，时间刚好够杰克曼往前把他的手臂向后扭成了一个擒拿的姿势。

那人疼得大哭起来，身体向前倾，把肚子里的东西吐了出来。

* * *

卡米拉把潮湿的棉团按在杰克曼前额上的时候，杰克曼疼得向后一缩。她说："看来，今晚上不太平啊。"

在发生骚乱的时候，卡米拉把事故警察叫来了。穿制服的警察到得很及时，正好嫌犯又呕吐了，但这次是吐在了警察的巡逻车后面。

"他到底是谁？"卡米拉问。

"不知道，听起来像是一个被抛弃的前任。"杰克曼回答，"一个女人独自住在那里。我一见到她，她就挥手致意，但我们从未交谈过。她只在那里住了几个月。他显然没有意识到她住在警察附近。"

"是因为你总是值班不在的缘故吗？"

"我们不就是这么被教出来的吗？"

卡米拉换了一块干净的棉团。"至少伤口是在你发际线上。你感觉还好吗？有没有头晕，视力模糊？"

杰克曼笑了笑，摇了摇头。

"你今晚要发表声明吗？"

"不，我明天早上去，只是会把他关到牢房里，让他睡一觉。"

"好吧，当你的邻居回家看到她家门的状况时，她会大吃一惊的。"

杰克曼把头移开了。"我觉得现在已经不流血了。"

卡米拉把棉花放进垃圾箱，洗了手，整理了医疗箱。"哇，从里面的东西来看，你像是有一辆移动救护车。"

"爱丽丝很有条理。"

"你妻子？"

他点了点头。

“她怎么样了？”她问。杰克曼伸手到酒杯旁，喝了一大口水。

“对不起。我是不是不该问？”

“不，没关系，只是我们也不知道。医生不确定她知道多少或还有多少感知能力，因为跟她无法沟通。”

“那一定很难。”

杰克曼看向别处。他一路成长过来，不习惯别人的同情，除了他的咨询师，没有人提到过爱丽丝的病情是如何影响他的。“你呢？”

“离婚了。”她吸了吸鼻子，“说来话长。”

杰克曼轻声哼了一声。“我们谈谈别的事好吗？”

“我们可以谈谈你昨晚的右勾拳。虽然这是你的一种技能，但我不建议跟面试小组说。”他们都笑了。

卡米拉喝完最后一滴酒。她的玻璃杯摇摇晃晃的。“上一次晋升委员会发生了什么事？”她问。

“爱丽丝出事了。”他突然想起车祸的那晚，那是一个朋友的退休聚会，他喝了太多酒，无法驾驶，爱丽丝对他迟到了她要出来接他很生气。他们在回来的路上路过十字路口，不知从哪儿冒出来一辆汽车，打着一对前照灯，错误地停在了街角的另一边。杰克曼眨了眨眼，把视线移开。

卡米拉还在把东西放回医疗箱里，这时一堆石膏滑到了地板上。她蹲下来要捡起来，他弯下腰来帮忙，不经意间用他的肩膀擦过了她的肩膀。

“对不起。”杰克曼笑了笑。他们一起笨拙地站了起来。

卡米拉走近他，真诚地盯着他的脸。他全部感官都被她柔和的香水味所占据。

他的手机铃声让他们两个都回过神来，杰克曼解释说自己要接电话之后就进了休息室，不看屏幕就直接接了电话。

西莉亚叽叽喳喳的声音就从电话那头传来。“嘿，爸爸！好期待明天见到你。”杰克曼迟疑了一下，他女儿的声音引起了他一种深深的内疚感，尽管他也不知道为什么。“你忘记了。”

“没有，我没有，你要和阿德里安一起回来，一直待到周末。”

“你没事吧？你听起来好奇怪。”

“今天是很漫长的一天，有案子要办。”

“好吧，我们应该在七点左右到。别担心，如果你不在家，我们可以自己看着办。”

“当然。”

“对了，还有，爸爸？”

“怎么了。”

“请对阿德里安友好一点儿好不好？他真的很期待见到你。”

* * *

一小时后，杰克曼随手把门关上。这真是一个不平静的夜晚啊，但他还是很喜欢的。事实上，他已经很久不记得自己这么开心地笑过了。他进了厨房，把医疗箱塞进橱柜里。当他把自己水杯里剩下的水倒进水槽时，爱丽丝的脸浮现在了他的脑海里，让他思绪清醒。他知道他妻子现在的状况并不是他的错，但问题是，如果不是他，她那天晚上就不会出现在路上了。为此，他永远不能原谅自己。

埃里克闲逛时，他正在擦干手。杰克曼抚摸着它，弄皱了它的狗毛。埃里克享受了片刻，然后跳回来，假装在战斗似的来回跳跃。“西莉亚明天来看你。”杰克曼说。杰克曼想起西莉亚最后一句话：“对阿德里安好一点儿”，脸上露出了笑容。当然，他会对他很好的。她还以为他是什么样的人？只要阿德里安对他女儿足够好就好。

23

手机来电声吵醒了杰克曼。他眨了眨眼，盯着床边的钟亮着的数字看了一会儿，拼命地想集中注意力，当时是早上六点。

就在语音信箱响起之前，杰克曼抓起手机，刷开屏幕。

“早上好。”戴维斯轻快的语调使他抽搐了一下。“听起来你昨晚很忙。”

杰克曼翻了个白眼。显然，戴维斯那天早上已经看到了事故记录。“别告诉我这就是你打电话的原因？”

“这当然不是唯一的原因，DNA 结果出来了。”

杰克曼坐了起来。“什么时候？”

“实验室整夜工作，试图清理积压的工作。电子邮件是半小时前发来的。”

“然后呢？”

“他叫理查德·加勒特。”

杰克曼从她的声音中察觉到一丝兴奋。“听你的声音，我觉得我们是不是知道这个人？”

“是的，知道得不能再知道了。你能多快过来？”杰克曼回头看了一眼表：“给我半个小时。”

*　　*　　*

二十分钟后，一个刚洗过澡的杰克曼跑上了警局后面的楼梯，一步两个台阶。事故室空无一人——除了戴维斯，她背对着坐在电脑屏幕前，似乎在翻阅大量的照片。他走近时，她转过头来挤出一个打趣的微笑：“你还真是‘一点没着急’。”

他不理睬她的俏皮话，坐到了她的书桌边上。“那么，理查德·加勒特是谁？”

戴维斯从桌边拿出一张打印好的A4纸，朝他递过去，然后转身看屏幕。“理查德·加勒特，出生于1981年3月16日，父母是布莱恩和奥黛丽，父亲去世了，但有趣的是……”她扫视着屏幕。“给你。他五年前因强奸被捕，也被控告了，案件开庭审理了，他被宣判无罪。”

“还有别的吗？”

“有一堆关于他的情报。他年轻时有反社会行为，一直与毒品和枪支有关系，但没有因此被指控，直到被指控强奸。”

“受害者怎么样？”

“受害者的情况不是很好，被强奸的人的名字叫艾丽西娅·温赖特，她在审判后十八个月自杀了。”

“受害者家人呢？”

“温赖特一家还住在北安普敦郡的一个叫哈莱斯顿的村庄。”她翻过桌上的一堆打印稿。“我一直在追踪加勒特最后的行踪，看看他什么时候改了名字。他四年前申请新护照时还是叫加勒特。南希口里的埃文，我们现在知道他是理查德，在农场工作了两年，所以我们只需要填补这其中的空白就可以。”

“他家里人呢？”

“父亲去世了。他第一次被释放后，和母亲住在北安普敦。姐姐四年前搬到了加拿大。”

“他是怎么被无罪释放的？他们一定有很有力的证据才能拘留他。”

“我一直在网上查阅这个案件的档案。强奸案发生前他和她已经交往了几个月，案件发生几天之后她才报了案，案件没怎么审理陪审团就最终达成了一致意见。我想她应该是没能有证据说服陪审团。”

“这些情报什么时候就断了？”

“2011 年 9 月，他申请新护照后不久。从那以后什么都没有了。”

“我想和警官谈谈这个案子，看看发生了什么，我们也需要查一下温赖特家族。这么久了的旧账重新被提起来了。但如果他们发现了理查德·加勒特的新身份和他生活的地方，这个旧的案件会让他们动杀人的想法。”

* * *

贝卡把头从冰箱里伸出来。“我们过会儿还需要一些牛奶。”

南希看着她的玉米片，能感觉到贝卡的眼睛盯着她。

“你为什么不出去买点儿呢？”贝卡说，“新鲜空气对你有好处。”

南希立刻感到头皮发麻。经历过昨天发生的事之后，此刻她最不想做的事情就是独自离开公寓。“我不确定我能不能。”

“好啦，用不了几分钟的。”贝卡笑了笑，直到南希看着她的眼睛。

“你确定你没事吗？如果你愿意的话，我今天可以请假陪你。”

想到贝卡和她留下来一起真是太诱人了，有人陪伴就会免受干扰，但她不能让贝卡知道有什么问题，她必须自己解决。“不用了，我很好，真的。我会处理的。”

“好吧。在我妈好奇我到底在哪儿之前，我还是下楼吧。如果你有什么问题，就去那儿找我。”

只剩南希一个人了，她坐在厨房的桌子旁，深吸了一口气。当时是差一刻九点，镇上会很忙，高峰时间。周围人很多。昨天袭击她的人从小路上下来——从公路上看不到的一条小路，这意味着他不想公开露面，而且在人群中也更容易逃脱。

她走进浴室，在睫毛上刷了一点儿睫毛膏，把头发梳成了一个凌乱的发髻。在走廊里，她抓起贝卡的红色夹克，搭到了肩上。

当她打开了门，再把身后的门关上，然后慢慢地走下楼梯时，她的心怦怦地跳了起来，眼睛四处扫视，一只手拿着钥匙，另一只手拿着电话。她很快穿过商店边上的小巷。

当她走到前面的街道上时，一辆汽车疾驰而过。她向四面八方望去，周围有很多人，向不同的方向大步走去，但没有任何迹象表明有人在潜伏。她试图保持冷静，转向主街道，加入了这周四早上挤满街道的人群。

南希穿过斯特拉特福德闻名的不规整的都铎式店面，在路上穿梭于人群之中。太阳的热量宣布了这一天的开始，当她到达超市时，她能感觉到汗在沿着脖子流下来，直发痒。

商店的空调非常受欢迎，能让人稍作休息。她拿了牛奶，漫步到准备用餐区，选了一个比萨饼。培根和蘑菇是贝卡的最爱，她买一个待会儿晚上和他们一起吃，可能再来瓶酒，以感谢这几天对她的照顾，尤其是她知道贝卡并不总是很待见埃文。她讨厌南希总是在最后一刻把一切都推到一边，为了跟他见面而改变计划，也讨厌他从未和她的朋友们出来见面。就在上个星期，她已经安排好和贝卡一起去看电影之后，他还给她打电话要见她。他在电话里对她很生气。最终她取消了跟贝卡的约定。但是他农场的工作很忙，他很努力。有一点儿空闲时间，他就想和她一起度过。她理解他这一点，他们彼此见面太少了。

但贝卡对埃文的印象完全是错误的。埃文很害羞，这使他显得很孤僻，有时甚至很冷淡，但他很慷慨、善良。这么多人似乎没有真的了解他就去评价他。她一路走过去，拿了一块比萨放进篮子里。她的手指在大蒜面包上逗留了一会儿，犹豫着是要买一整条还是买切片的。这时她感觉到附近有人。

她脖子上有温暖的呼吸，那熟悉的老口香糖味，是他。

南希转身，但他动作太快，把身体压到她的身上。她只看到了一件黑色运动衫的袖口、他食指边上的墨水字母，他就已经把她压到了冰箱上了。“我依然在监视你。”他说。当他用膝盖轻推她的篮子时，她跳了起来。

她转来转去，紧急寻找任何能表明他是谁的迹象。超市很忙，但她瞥到了一个穿着牛仔服的男人的背影。一件黑色的连帽上衣，帽子被拉起遮在头上。她放下篮子，向他冲去，曲折地绕过其他购物者。他走到门口，拐进了街上。她继续跟着。但尽管她努力寻找，已经看不到他了。她一动不动地站着，举起双臂，抱在脑后。

她放下双手时，双手在颤抖。在意识到刚才发生了什么之后，她突然感到一阵恶心。她回头看了一眼商店，不顾一切地想回到自己的公寓里。在上着锁的门后，她会觉得安全。但如果她不去买牛奶，贝卡就会询问原因。

南希跑回超市，抓起篮子，一路推搡着到了收银台，在排队的时候也焦躁不安的。结账的女孩警惕地看着她。

她离开商店时，大桥街道上到处都是人，肩膀来回推着她。她的眼睛向四面八方张望，当她确信没有任何迹象表明有黑色的连帽上衣时，她加快了速度。当她到达拐角处时，她已经开始慢跑了。通向公寓的后楼梯和着她的脚步，每一步都有回音。

钥匙插进了锁里，门被打开了。南希冲了进来，砰的一声关上门，停下来检查门锁，然后丢下包，身子滑下去瘫坐到了地板上。

她能看到他的手伸过来抓住她。指甲很脏，他食指内侧有用墨水写的字母，写着 CC 什么的一些东西。

她在那儿坐了一会儿，听着她急促的呼吸，等待她的心跳缓和下来。

24

杰克曼在去北安普敦的路上，刚开上 M6 路时，就听到电话铃响了。戴维斯俯下身，从她的包里拿出来手机。“是基恩。”她对杰克曼说。“嗨，我开了扩音。”她接了电话说道，“有什么消息吗？”

“你的头还好吗，长官？”基恩说，“我们一直在讨论是否应该把你租给夜班巡逻队。”

杰克曼听到背景中有一阵笑声，忍不住笑了起来。当他提交关于昨晚事件的声明时，也遇到了类似的反应。警察们不会放弃这种取笑的机会的，而显然这次笑话要很久才能过去了。“你要跟我们分享什么消息吗，还是只是为了取笑我的？”他说。

“法医报告刚从农舍那边传过来。我们知道他的衣柜底部的鞋盒里有不到两万美元的现金，没有明显的指纹，有很多南希和受害者的指纹，但没有其他人的了。钥匙和枪仍然没找到。”

杰克曼呼了一口气。“就这些消息？”

“差不多。”

“有安德森的消息吗？”

“毒品小组一直在保持联系，有人说他明天会飞回家，我们查过航空公司了，还没有预定信息，但也许他要到最后才会买票”

“真正的埃文·贝克怎么样？”

“长官，这还是一片空白。他的护照上显示，他于 2011 年 8 月 16 日飞往泰国，并于 2013 年 6 月 12 日返回。理查德·加勒特于 2011 年 10 月 2 日飞往泰国。我们认为理查德是用埃文的护照飞回的英国，因为没有理查德·加勒特返回英国的记录。所以在 2011 年 8 月到 2013 年 6 月之间的某个时候，真正的埃文·贝克似乎消失了。他的护照从未被报丢失或被盗。我们从他姐姐那里得到了一个旧的电子邮件地址，但只在 2011 年 8 月使用过几次，之后就没用过了。”

“他俩长得像吗？”

“埃文·贝克的姐姐给我们发了一些照片。加勒特比贝克矮，而且更苗条。但他们都是金发碧眼，年龄相同。如果离得不太近看，很可能从远处看错。”基恩清了清喉咙说，“我已经进行了国际联络，泰国当局确实很有帮助，但他们没有给我们留下设想的空间。埃文的姐姐说，她最后一次和他接触是在泰国北部省份清迈，就在老挝边境线以下。大多数游客都会去那里，在旅馆里住上几晚，在山上徒步旅行，然后返回曼谷。警察要去的招待所太多了，但没有一家保留客人的记录的，都很便宜，这些招待所大多数都是现金业务。考虑到这是四年前的事了，任何人都不太可能记得这么远的事情。”

杰克曼回想起他和埃文的姐姐的谈话，她自己是如何在那里苦苦寻找她的弟弟的。“好吧，就让泰国警方继续进行搜查，同时也与大都会取得联系，他们为在国外失踪的英国公民设立了一个办公室，看看他们是否能就如何推进这一点给我们提供任何建议。”

电话挂断了，戴维斯把它放进了她的包里。“很奇怪，不是吗，我们找不到任何人能给我们提供关于埃文·贝克或理查德·加勒特的确切背景？就好像他们是一个人。你觉得有没有可能是理查德在找合适的人盗用身份，看到了埃文并策划了他的死亡？但那肯定会留下一具尸体，以及一个可疑的失踪案。”

“我不确定。”杰克曼说，“爱丽丝和我在泰国旅行了一段时间。我在清迈短暂地待了一段时间，只是一个暂住落脚的地方。总是人来人往的，没人会怀疑有人失踪的，那里有很多空地，如果刻意去找的话，隐藏尸体并不难。一旦决定了的话，真正的埃文·贝克总会有机会留在泰国的偏远地区的，没有记录，然后卖掉护照。”

“所以我们永远不知道他发生了什么事？”

“我也不知道。我们只能继续努力。”

*　　*　　*

杰克曼放弃了门铃，用指节使劲敲木门然后等待着。雨开始柔和地落下，弄脏了他的海军衬衫的肩部。他觉得戴维斯在他身边发出一种难以察觉的颤抖然后退后了一步，抬头望着表面铺着鹅卵石的白色房子。窗帘开着，窗户上挂满了雨水，现在雨越来越大了。

“看不到有任何动静。”戴维斯透过前窗凝视着室内说。

杰克曼转过身来，正考虑要不要再敲一次门，或者去看看邻居，这时他看见远处有一个老人蹒跚地走在路上。她的脸色因为天气原因显得很不好，雨衣的领子为了防风立了起来。两只手都提满了鼓胀的行李袋。他等着她接近才开口说话，但她直入主题地问道：“我能帮你做什么？”声音低沉刺耳。

“我们在找奥黛丽·加勒特。”戴维斯说。

那女人转向车道，停下来上下打量他们。“发生了什么事儿？”

现在她离杰克曼更近了，才发现她看起来比第一眼看到的要年轻，尽管她的脸上有艰难生活留下的烙印。“我们真的需要和加勒特夫人谈谈。”杰克曼说。他介绍了他们两个一下，拿出了身份证明。“你认识加勒特夫人吗？”

“你正在跟她说话。”她推开他们，把一个塑料袋扔在地上，里面的罐头盒碰到地面就嘎嘎作响。她从口袋里掏出一把钥匙插进锁孔里。

“我们需要跟你谈谈你儿子的事，加勒特夫人。”戴维斯说，

“我们可以进来吗？”

她的肩膀短暂地绷紧了一下，接着突然转过头来：“如果必须的话。”

当她伸手拿包时，杰克曼向前探身，“让我来帮……”但她推开他，抓起包，把它们拖到走廊里，然后径直走进后面那间杰克曼猜想是厨房的房间。戴维斯关了身后的门，杰克曼听到冰箱门开了又关了的声音和罐头盒放到一边的橱柜架子的声音。他们互相瞥了一眼，等她回来。

当奥黛丽再次出现时，外套已经脱掉，露出一条海军裤子和一件白色T恤，紧贴着横跨在腰上的一圈脂肪。奶油色的拖鞋包裹着她的脚。她说：“你们最好过来这边。”

他们跟着她进了一个可以俯瞰道路的休息室，墙上覆盖着灰白色的木屑，一张灰色的丝绒沙发，上面有花卉靠垫，放在了电视旁边。从另一端的玻璃门可以看到柚木的桌子和椅子。一只蓝色波斯猫从扶手椅上的位置抬起头来，瞪着他们。

杰克曼的眼睛仔细观察着散落在灯罩表面的照片：两个婴儿，是分别拍摄的；一张学校照片，有一个男孩和一个女孩坐在一起，都穿着红色的连体裤；还有一张家庭合照，以“专业肖像”的姿势照的。在它们下面是炉子，旁边摆满了干花。

“请坐。”杰克曼说。

奥黛丽·加勒特的左眼下闪过一只蜱虫，不过她什么也没说，走向窗户下面的单人扶手椅，坐下的时候把猫抱到膝盖上。猫大声地咕噜着，用鼻子蹭着她的手。

“我们也可以坐吗？”杰克曼对着沙发说。

她点了点头。“这到底怎么回事？”

“恐怕我们有个坏消息。”杰克曼说，“你的儿子，理查德·加勒特，在星期天晚上被发现死了。”话一出口，他就注视着，等待着一些常规的反应：震惊、泪水、不信任或愤怒，并准备好应对。但什么都没有。奥黛丽的脸上毫无表情，目光转向别处，茫然地凝视着空地，仿佛在回忆一段遥远的事情。杰克曼看着戴维斯，往前坐了坐。“您没事吧，加勒特太太？”

奥黛丽注视着他。“就这些？”

“您明白我刚才跟您说的吗？你儿子……”

“我听到了。”

接着是短暂的沉默。戴维斯的声音打破了沉默，从他们旁边的沙发上走过来。“我给你拿杯喝的。”她对奥黛丽说。

戴维斯离开房间时，奥黛丽都没有抬头看。猫继续咕噜咕噜地叫着。杰克曼能听到戴维斯在厨房里打开和关闭橱柜的声音。他的眼睛扫视着房间，查看是否有理查德存在的痕迹，但他们很快就失望了。壁炉上的照片看起来像是属于另一个家庭。除了在远端挂在一起的两张印刷画和沙发后面墙上的一幅花瓶的仿油画外，墙壁上没什么东西了。

戴维斯拿着一个热气腾腾的杯子回来了，把它递给了奥黛丽。奥黛丽抬起头来，不情愿地拿了过来。她喝了一口，面部抽搐了一下，但什么也没说。

“加勒特夫人，我知道这对您来说是一个巨大的打击，”杰克曼说，“但我们确实需要您的帮助。您能回答一些问题吗？”

“发生了什么事？”她问。

“我们仍在试图确定发生了什么。”杰克曼用最柔和的声音说，“他的尸体是在一个烧毁的谷仓里发现的。我们很确定他是先被杀害，尸体被放到了谷仓里，然后才发生了火灾的。”

“他被杀了，你是说被谋杀？”

杰克曼点点头。“我很抱歉。”

奥黛丽表情茫然地回头看着他。

“你最后一次听到理查德的消息是什么时候？”杰克曼问。

“我已经四年没有看到我儿子或听到他的消息了。”

“您有他的联系方式吗？”

她摇了摇头。“上次我听说他去了泰国。”

“那是什么时候？”

“大约四年前。之后……嗯，我相信你们已经知道审判的事儿了。”

杰克曼点点头。“他还有其他家人吗？”

“只有一个姐姐，嫁给了一个加拿大人，她现在住在多伦多。”

“您想让我们联系她一下吗？”戴维斯问。

奥黛丽摇了摇头。“我会亲自告诉她的。他好几年没和她说话了。”

“那在他离开之前，他在北安普敦的朋友们呢？”杰克曼说。

“理查德从来没有真正的朋友。从他出生的那一刻起，他就是个难相处的孩子，对周围的一切都很感兴趣，但是不像他姐姐那样平易近人和乐于助人。”她斜视着灯罩，“我记不清他小时候我被学校叫去了多少次，那还只是小学。他从来话不多，但他似乎很喜欢让人心烦。我无法理解他。他不想玩玩具，也不想和朋友去公园玩。他过去常常独自一人闲逛，大多时间都在户外。他十六岁时去当建筑学徒，不久就搬出去了。”

“他最后给您的他的地址是哪里？”

“我知道他在达顿住了一段时间，我会帮你找到那个住址的，尽管我不知道那里还有谁会记得他。他和一个叫查理·杜鲁门的人住在一起。他提到了他名字几次，我就记住了，但从未见过他。”

“他搬出去后有没有跟您保持联系？”

“他偶尔会过来。迪伊，我女儿，那时还在家里。我们知道他和一群坏人混在一起。”

“您什么意思？”

“警察来过，搜查了房子，翻了翻我们的抽屉。有一次他们半夜来。当我们告诉他时，他觉得很有趣，不停地说他们手里并没有他的把柄。但如果你没有做错事，你就不会觉得这很有趣或者值得开心。然后就是强奸指控和审判的事情。对他来说进监狱是无所谓的。”她蜷缩了一下，“我们还得出去购物，还住在这个社区。人们会盯着我们看，在街上叫喊。即使宣判无罪后，这里的一些人仍然不跟我说话。我一辈子都住在这个地方，你能想象那是什么样子吗？难怪他姐姐有机会就搬到加拿大去了。她试图说服我跟他们一起，但我太老了，没法一切从头开始。”

“您最后一次见理查德是什么时候？”

“大概四年前。审判结束大约一个月后，他不声不响地来到房子里。我记得我当时很好奇这又是要演哪出，他很少没有理由就过来。我们坐在一起看电影，然后他就走了。我很惊讶，暗自想：‘你上次见到理查德都是什么时候了？也许他变了。’三个星期后，我听说他飞到泰国去那里工作。我的一个邻居在超市听到了然后告诉我了。一开始我不相信。但是当几个星期和几个月过去了，他始终没有联系我……他怎么能那样走呢，甚至都不来道别。从那以后我就没见过他。”

杰克曼能听到戴维斯在纸上写字的声音。

杰克曼说：“你儿子死之前在埃文河畔斯特拉特福德的一个农场工作。你知道他和沃里克郡有什么联系吗？”

“我不知道，我甚至不知道他回来了，更别说在斯特拉特福德了。”

“他跟你提起过埃文·贝克这个名字吗？”

奥黛丽眯起眼睛：“你什么意思？”

“你儿子以埃文·贝克的身份生活，你以前听过这个名字吗？”

奥黛丽哼了一声，她又喝了一口茶：“他的生活就是一出戏，哪怕死了都是。”

杰克曼往前探身问：“加勒特太太，你去过雅芳河畔的斯特拉特福德吗？”

“从来没有过。”

“很抱歉，我不得不问你这个问题，但是你能告诉我们上周日晚上十点到凌晨三点之间，你在哪里吗？”

“你是什么意思？”

“我没什么别的意思。”杰克曼说，“你不是嫌疑犯，但我必须知晓每个人的行踪。”

“我和卡罗尔一起在大街上的宾果大厅里，”奥黛丽回答说，“她大约晚上十一点开车送我回家的。”

“有没有人我们能够打个电话叫来陪您的？”戴维斯站起身离开时问道。

“不用了，卡罗尔，我的邻居会帮我的，如果我需要的话。我只想一个人待着。”

杰克曼停在门边，把他的名片塞到了她手里。“如果我们走了以后您还想起了什么，请别犹豫，给我们立刻打电话。”

奥黛丽瞥了一眼卡片，回头看了看杰克曼。他朝车走去，在最后一分钟转过身来，正好看到她擦脸颊上的一滴眼泪。

“这里总感觉有什么地方不对。”戴维斯说，她把安全带拉过胸部。

“她说他们不亲近。”

“可他毕竟还是她的儿子啊。”

“我们会让当地人派一名家庭联络官去看望她的。”

他们沿街行驶然后在尽头处掉了头。杰克曼知道戴维斯把手机从口袋里掏了出来，并以理查德朋友的名义打电话要求背景调查，但他并没有认真去听。跟理查德的母亲的见面并没有给他提供他需要的背景信息，的确提供了一个可以调查的名字，但肯定不是他所希望的有价值的消息和他所希望发现的受害者的当地的一些联系。他不知道是什么让理查德·加勒特活得如此隐蔽。当他们朝环路开去时，他踩了油门加速行驶并且等着戴维斯结束她的电话。“让朱迪·卡特在新闻办公室留一会儿好吗？”他等她忙完说道，“既然我们已经告诉了他的母亲他的事儿，我们就向新闻界公布具体的细节，受害者的真实姓名，以此呼吁目击人做陈述。”

戴维斯用手指轻抚着屏幕。“值得一试。”

25

南希后来打开笔记本电脑时，手仍在颤抖。她现在需要的是从其他事情中转移注意力，一点点的正常的生活方式能够让她有时间思考并决定下一步该做什么。Wi-Fi在这套公寓里是出了名的不好，要花很长的时间才能连接到互联网，调出脸书的页面，蓝色横幅出现在她的屏幕上，她登录了脸书的账号。在之前的帖子旁边，有很多评论，她通过自己的方式点赞，进行回应，这是一个简单的消磨时间的方法。当她看着过去一个月左右他们做的花卉展示时，她感到肩膀在放松。在她把新照片上传之后，她开始处理一些未处理的信息。前两条信息是致谢，一个是婚礼一个是会议。他们给这两个地方设计了花艺展示。这些话既亲切又私人，让她非常自豪。她连上打印机，打印出来打算放在商店的布告板上。

她没有认出最后一条信息的发送者，默认为是有人要咨询什么。她点开了。没有文字，只有一个视频链接，她不知所措就点击了播放。一个穿纯黑色运动衫的男人站在砖墙旁，视角是脖子以下。南希听到背景中有沙沙声，把它当作恶作剧而不予理睬，正要把它关掉。那个人戴着一顶宽松的兜帽，带着两条缝，一条缝露出他的眼睛，另一条缝露出他的嘴。

“这是给南希·法拉第的信息。”他的话很模糊不清还很不自然，好像是通过一个语音信箱发出的。“债务是一个一个传下去的，南希。我们想要我们的钱。明天午夜，把六千英镑的旧钞票带到西普顿路通向娱乐场的地下通道，会有人在那儿等你的，如果你想去警察局……”

他举起手来，她看到他拿着什么东西。南希靠得更近了，枪声响起时她几乎不敢相信自己的眼睛。她打了一个战栗。录像结束了。南希使劲咽了一口口水，坐在那里盯着屏幕看了几分钟。直到她把手放在脸上，才意识到她的手在剧烈地颤抖。

她查看了留言上的日期，就是今天。但她妈妈说没有新的债务。她一时乱了思绪。

她的手指停留在删除按钮上。她不想贝卡看到这个，或者凯伦。她不忍让他们为这些问题所牵绊。

她冲向窗户，环顾窗帘的边缘。马路对面的一个女人正拉着一个手推车。一个年轻人走过来，检查他的电话。她看不到任何人在监视或者等待什么人。尽管过去几天的经历应该早就教会了她这些人在影子里出没，总是把卫衣的帽子拉过头顶，是日常生活中看不见的。

南希回到笔记本电脑前，她感到非常可疑，但前几天在外面的那个男人是真实存在的，她仍然能感觉到他在她脖子后面的呼吸。

她突然想起瑞安说过要帮忙。她停下来，拿起手机。电话响了一声，两声，三声，南希屏住呼吸，希望瑞安能接电话。

电话终于接通了。“瑞安，你现在有空吗？我真的需要你的帮助。”

在北安普敦刑事司法中心的入口大厅里，一个头发花白、身材魁梧的男人跟杰克曼和戴维斯进行会面。“警局巡佐，蒂姆·霍金斯。”他介绍说。他说话带着浓重的爱尔兰口音。“你终于找到我们了。”杰克曼点点头。大约二十分钟前他们到达了一个正面是玻璃的现代建筑，位于布拉克米尔斯工业区的中心。“不过，现在需要找个停车位。”

霍金斯握了握手。“我知道。他们建了一个崭新的办公室，但没有给我们足够的停车位。车位简直是这里的无价之宝。”

他把他们带到接待处后面的一个小房间，里面有一张长方形的长桌子，周围有椅子和一块白板。“会议室倒是挺多的。”他说。然后说是去找点点心就消失了。他回来的时候，杰克曼和戴维斯围坐在桌子边。

他放下杯子，咖啡有些晃动。他坐在了他们旁边。霍金斯说：“今天早上你打电话给艾丽西娅·温赖特的家人后，我们查阅了旧的强奸案档案，并试图联系他们。”“我们无法联系到他们中的任何一个人，就要求当地的响应团队到他们的住址。房门紧闭。邻居告诉他们今天是她母亲五十岁生日，这家人已经去多米尼加共和国两个星期了，周五会回来。”

“整个大家族的其他成员呢？她的亲密朋友呢？”杰克曼问。

“我们会继续调查的，但她一大家子似乎都出去了，艾丽西娅的姐姐、父母、几个阿姨和他们的家人。”

“你能告诉我们他们的情况吗？”

“恐怕不多，他们都没有记录，没有任何关于他们的情报，他们住在镇外一个叫哈莱斯顿的小村庄里，这是一件非常可悲的事情，这个可怜的女孩在审判后被大家都认为是一团糟，吊死在了附近的树林里。”

他们沉默地喝了一会儿咖啡。

“关于理查德·加勒特，你能告诉我们什么？”杰克曼说。

“理查德·加勒特小时候就成了另类。”霍金斯说，“我记得在我早年工作的时候接触过他。那时他还是个年轻人，推汽车，向窗户扔石头。他父亲在加勒特很年轻的时候就去世了，母亲没法管他，所以他成了这个街区让人讨厌的人。他们尽他们最快的速度把他开除出学校。他和当地一位建筑工人一起工作，不久就离家出走了。我们有的他的最后一个地址是普罗旺斯法院，达斯顿的圣吉尔斯公园。他就是这样认识艾丽西娅·温赖特的。她在福克斯和洪德烈之间的酒吧工作，处于达斯顿和哈莱斯顿之间。他把这个当成了他当地的住址。”

“你对这个案子了解多少？”

“我不直接负责这个案件，但是我读过关于案件的记录。显然他们已经交往四五个月了，主要的辩护的主题是自愿性。”

“他一直被拘留候审？”

“是的，他在莱斯特·加特里待了八个月。他的辩护团要求保释，但他绝对还会找那个女孩的。那个女孩很可怜，他还派朋友在她工作时质问她，甚至用他在这里的一个电话联系她。考虑到他和她的住址很近，会进行骚扰，再加上他无牵无挂的，没有牵绊，我觉得当时工作人员认为他是个威胁或者会准备逃跑所以才这么做。”

“这一切足够促使他改变身份吗？”戴维斯问。

霍金斯把目光转向她。“哦，他没有因为审判而改变身份，更多的是因为后来发生的事情。”

“你什么意思？”杰克曼问。

霍金斯又喝了一口咖啡。“理查德是那种犯罪分子，尽管他们有这样的脾性，但并不喜欢这份工作。他很沉默寡言，但足够机智，能够代替任何人，胜任任何角色，也很聪明。我们有足够的情报将他与毒品供应联系起来，但从未在行动中抓住过他。他是个个体经营者，在他失踪之前是个电工，这给了他合法的商业收入，但这并不能为他的宝马，他的杜卡蒂和假期买单。但当他从监狱里出来之后，他变得很不一样了。后来我偶遇他几次，他变得坚强起来，不再孩子气了。他似乎很低调，有一阵子没露面了。当他再次出现时，他开始了个新游戏——非法入室，严重的入室盗窃，基本上抢劫的都是其他的毒品贩子。他带领一群少年闯进大麻和可卡因贩子的家里，偷了钱和他们的‘藏品’，抢了他们一切可以抢的东西。这显然是个肮脏的生意。这些房子里的人都是为这里面的顶级人物工作的。加勒特知道他们迟早会挨打的，并且不会轻易放过他们的，通常都是用暴力解决的。我们知道他惹恼了很多大牌人物，但我们的情报也不完整。”

“他跟谁或者为谁工作？”

“这个问题就有趣了，他和詹森·斯达尔沃特在加特里共处了几个月。詹森是莱斯特郡毒品界的大人物。尽管他最终被宣判无罪，但因为严重人体伤害罪进了监狱。我们认为詹森想扩大他的规模，理查德就成了他的棋子。”

“发生了什么？”

“一天晚上理查德进行了一次突击，结果弄错了房子，去的是丹尼·萨顿的哥哥和嫂子的房子。丹尼是一个有着良好人际关系的犯罪分子，因持械抢劫而服刑。理查德一伙人半夜冲进他们的房子，在他们睡觉的时候往他们身上倒了一桶冷水，还用弯刀威胁他们。他一意识到自己的错误就走了，但损害已经造成了。我们找到两个加勒特的同伙，但加勒特跑了。那天晚上，他终于意识到自己陷入的困境的严重性。他太过于自信了，贪心不足蛇吞象，就连夜逃走了。”

“这解释了为什么奥黛丽不知道他离开了。”杰克曼思忖道。

霍金斯鼻子哼了一声。“难怪他改变了身份。谁杀了他会有赏金。他觉得他成功摆脱了，他觉得只要有斯图尔特的保护，多大的问题他都可以逃脱。”

杰克曼说了谷仓下面的大麻种植的事儿。

霍金斯转了转眼珠。“听起来像加勒特。在我所有的秘密情报工作中，我从来没有遇到过这样一个狡猾的小人物。”

“他回来后有没有可能联系到这里的人？他妈妈提到一个叫查理·杜鲁门的同事？”

霍金斯向后靠在椅子上，想了想。“我不知道那个名字，但我不觉得他有任何联系人。”他说，“我们没有收到任何警报。不过，我们还是会试探一下，看看最近这方面在行动和供应链上是否有任何变化。”

*　　*　　*

杰克曼路过标志牌，来到哈莱斯顿村，立刻看到了开阔起伏的乡村景色。戴维斯在他旁边睡着了，绕过路上的拐弯处的时候她的身体轻轻地摇晃着。他拐过一个拐角，穿过一排房子时放慢了车速，关掉发动机，查看了他的手机，有一条卡米拉发来的短信。

“谢谢你让我们度过一个有趣的夜晚！我们一定要在明天我离开前喝杯咖啡。”

他回了短信说“当然”。当戴维斯抬起头眨了眨眼的时候，他正要按下发送键。“对不起，在这儿走神了一分钟。”

“如果你不说，我是不会告诉别人的。”

她笑了，揉了揉脖子。“我们在哪里？”

杰克曼把手机放进口袋，朝中间的一栋砖房做了个手势。“艾丽西娅·温赖特的家人就住在这里。”

戴维斯顺着他的视线看过去。常春藤长长地蔓延到了房子前面，在门廊周围卷曲着。戴维斯说：“我查阅了档案报告，一对年轻夫妇周日下午在树林里散步时发现了她，而她的父母以为她还在工作。”戴维斯停顿了一下，“对他们来说，一定糟糕透了。”

车内被一股压抑沉重的气息笼罩着。杰克曼摇下车窗。一头牛在远处低着头。

“我很惊讶他们后来留在这里。”戴维斯最后说。

“她在这里长大。”杰克曼说，“他们也要考虑别的孩子。”

戴维斯摇了摇头，好像要驱散那些坏念头，然后瞥了他一眼。“你怎么做到从这样的事情中恢复过来的？”

杰克曼转动钥匙，发动机在点火时发出轰鸣声。

“并没有恢复。”

26

杰克曼刚回到办公室，打开了他的笔记本电脑，基恩就出现在了门口。

“南希·法拉第在楼下，长官，她有一些消息，想和你谈谈。”

杰克曼看了他一会儿。“有趣，也许她突然想起了什么，真希望如此。告诉戴维斯和我一起去楼下好吗？”

南希坐在接待区一个瘦削的黑头发留着胡子的男人旁边。

他走近时他们都站着。杰克曼从一个看向另一个，示意需要他们做介绍。

“这是瑞安·希尔斯。”南希说，“他是我的朋友。”

杰克曼向瑞安点了点头。“你想见我？”他问南希。

“我们能去更私密一点儿的地方吗？”南希偷看了一眼坐在桌子旁边的一个人。他没有抬头，手指在手机屏幕上滑动着。

“跟我来。”杰克曼领着他们两个穿过一组双开门，穿过走廊，进入一间旧的会见室。他推开门，打开了灯。这是一间没有窗户的室内房间，立刻让人觉得很阴冷。这些天除了储藏东西外，几乎没有用过，空气发闷，还有一股发霉的味道。

当杰克曼把椅子拉出的时候，金属的凳子腿儿在地板上吱吱作响。“请坐。”他坐在他们对面，注意到他们交换了一下目光，以及瑞安眼中对周围环境的焦虑。他对游戏感到厌倦了，希望南希透露一些他一直想结束的事情的信息，最好不要再浪费时间了，他双手合十放在桌子上。“说吧，我能为你做些什么？”

南希深吸了一口气。“我需要和你谈谈……”

这时门开了，戴维斯出现了。她朝杰克曼点了点头，坐在他旁边，打开笔记本，大声地敲着笔头。

杰克曼看了看表。“是什么呢？”

南希从戴维斯望向杰克曼，她在椅子上移了移身体。“我昨天早上收到一张纸条。”

“什么样的纸条？”

南希半站着，在牛仔裤口袋里翻找了一会儿。那张纸皱了，布满折痕，和透明胶粘在了一起，但字还很清楚：“债务会传给下一个近亲。”

“谁寄的？”

“我不知道，它是亲手交付的。”

“信封在哪里？”

“我把它扔掉了，但上面什么也没有，只有我的名字是大写的，打印的。”

杰克曼迎上她的目光。“你觉得这是什么意思？”

南希看起来明显很害怕。“还有更多消息。我昨天走出公寓，去倒垃圾，走到大街上。我身后有人跟着我，他把我拉回来，说他们在监视我。”

“你觉得这个‘他们’是谁？”

“我不知道。”

杰克曼仔细听她描述了整件事，谈到了超市里的那个人。他脑子立刻想起大麻种植，毒品小组的迈克·克拉克说：“总有人因此失去了一些大麻。”由于这些发现没有向公众公布，南希不会知道的，除非她参与其中。

“你看到那个人了吗？”

“不算看见了。”

“你什么意思？”

“嗯，他的手指上有一种文身，一些字母，开头是CC，没看到剩下的。他的呼吸有一股老口香糖的味道。”

“你没想到报警？”

“我很害怕，我不知道该怎么办。”

杰克曼放松了一下自己的背部。“你觉得这一切意味着什么？”

他又问了一遍。南希看起来很惊讶，好像她在期待答案，而不是问题。倒是一直沉默到现在的瑞安回答说：“我们认为这可能与南希的妈妈谢丽尔有关，她有酗酒的问题。”

“我们知道她是个酒鬼。”杰克曼说，“但这和她有什么关系？”

“她有时会借钱去买酒和支付账单。”

杰克曼转向南希。“所以你认为你母亲的高利贷者在逼迫你偿还她的债务？”南希没有回答，她从口袋里拿出手机，在屏幕上操作着，最后她转向他，他看到了录像。当镜头结束时，戴着头巾的男人把手放进口袋，拿出一把枪，南希的手颤抖着。

“你从哪儿收到的？”杰克曼问。

“它作为私人信息从脸书上发到了工作账号里。”

“还有人见过吗？”

“我认为贝卡和凯伦还没有看过，应该没有。”

“你没有告诉他们？”

“我不能告诉他们。这显然是针对我的，我不希望他们处于危险之中。”

“你不再认为它和你母亲有关了吗？”

“我不确定，我们去过她那里，她已经戒酒了，她说她已经戒了近两个月了。”

“这也可能是一笔旧债。”

南希使劲摇了摇头。“我也不知道，但当我提到有人跟踪我，向我要钱时，她似乎非常惊讶。”

“你或者你的朋友呢？你欠别人钱吗？”

“不，我不欠任何人的钱。”

“或者是埃文？你比任何人都了解他，南希，会不会是他参与了一些事情？”

“不会，如果是，我早就猜到了。”

杰克曼现在处于一半在听一半不听的状态。令他吃惊的是那笔钱，六千英镑，那是一笔很大的借款。“我现在需要你对我完全诚实。你确定你不知道这些钱是借来干什么用的，是谁用的吗？”

南希点了点头。“现在怎么办？”

“我们会处理的。”

“你什么意思？”

杰克曼沉默了一会儿。“你听说过理查德·加勒特这个名字吗？”戴维斯挺了挺背，弄得椅子吱吱作响。

“不认识，那是谁？”

头顶上的灯泡发出微弱的嗡嗡声是房间里唯一能听到的声音。

“你认识的埃文有没有提到过这个名字？”杰克曼问。

他看着南希的表情从困惑变为了然。“这才是他的真名，是吗？”她几乎是在低语，“不，他从来没有提到过那个名字。”

*　　*　　*

“你现在什么想法？”戴维斯问。

他们回到杰克曼的办公室，浏览南希的账号。“我想我们需要找个人到谢丽尔·法拉第那儿，以确保她是安全的。尽管鉴于索要的数额，我更倾向于认为它们更可能与毒品相关。我们联系迈克·克拉克一下，说一下这些细节，看看他们是否有什么想法。”

“所以你相信她？”

“你不相信吗？”

戴维斯把一缕散开的卷发塞进耳朵后面。“我不确定，我并不怀疑这段录像，但她身上有些东西是我不敢确定的。”

杰克曼想着南希在描述那天下午发生的事情的时候的脸。“她很害怕。也许这些年来，她承受了太多没有兑现的承诺，这已经影响了她的判断力，她不知道该怎么反应，有个酗酒的母亲不是件容易的事儿。”

“这个可能让她难过多于内疚。”

27

他们一声不响地从车站开车回家，瑞安感觉到南希似乎不想说话。理查德·加勒特，她在脑子里反复思索这个名字。

当汽车到达商店外时，车已经首尾相连地排起了长龙。瑞安开车经过，绕过拐角，在双黄线上停了下来。“你想让我和你一起进去吗？”

南希向外面的街道望去，购物者、游客、工人们在人行道上到处闲逛。“没必要，你也不能把车就这样停这儿。”

“我走路送你回去。”

南希举起一只手。“真的，你做得够多了，我很感激你能和我一起去。”

他点了点头。“不过，如果我看你进门，我能更踏实。”

“什么也不会发生的。”她尽可能大胆地说，“我去商店，叫贝卡和我一起去公寓。”

“你要把这件事告诉贝卡，你会吗？”瑞安说，“还有凯伦。”

“等时机合适的时候。”她转过身来，瞪着他，“你什么都不会说的吧？要说也是我来说。”

他不确定地看了她一眼。“你一进去就给我发短信。记住警探说的话，随身携带手机，不要独自离开公寓。”

南希没有忘记那些话。事实上，这些话在她的大脑上留下了深深的烙印。侦探说到要实施一个“安全计划”，直到他们找到了谁在发送这些信息。她应该待在家里，只有在绝对必要的时候才出门，如果出门的话要选一个人一起；并且总要把她的电话带在身边。公寓门口会装上不易发现的摄像头，来观察公寓的入口。她会拿到一个警报器，一旦按下，警报会立即传达到控制室。恐惧和怨恨交织着，牢牢包围着她。她就是自己家里的囚犯。

南希从车里爬出来，当她转过街角时，能感觉到瑞安的眼睛盯着她。一辆汽车减速，打闪示意让她先过马路。就在她走到马路另一边的路边时，她听到一个声音：“南希，对吗？”

南希脸色苍白。她寻着声音看到一个漂亮女人坐在黑色菲亚特里，透过打开的车窗和她说话。

“我认识你吗？”

“并不认识。我是斯特拉特福德邮报的伊莉丝·斯坦森。我报道了星期天谷仓的火灾。我正在收集家人的看法，写一篇文章。听到理查德的事我很难过，你想说点儿什么吗？”

南希后退一步，跌跌撞撞地走到路边。所以，全世界都知道埃文真正是谁。“不，我不想。”

“没关系，如果你改变主意……”她斜过身，递给她一张名片。“听到你的消息我会很高兴的。”车窗关上，汽车疾驰而下。

当南希爬上楼后的台阶，进公寓的时候还在想那个记者，完全忘记了她对瑞安的承诺，说她会跟贝卡打声招呼的。

南希发现公寓空无一人，松了一口气，走进休息室，瘫在了沙发里，把名片扔到一边。千万个想法在她脑子乱窜。录像带和便条，警方，采访，记者，没有一件事是能让她理出逻辑的。

钥匙在锁里的声音使她转过头来。“你好啊！”

贝卡的脸出现在门口。

“我觉得我听到你进来了，你去哪儿了？”

有一瞬间，南希想要告诉她真相。对贝卡坦诚会减轻她肩上的负担，但随之而来的会有其他的问题。贝卡自然会担心的，不仅是担心南希，还有脸书上的工作账号。贝卡会觉得有必要告诉凯伦，然后是便条，所有这些杂七杂八地堆在一起让她觉得“不，最好暂时保密”。她说：“我刚和瑞安开车去兜风。”谎言比预期的说起来更容易。

“很好，真高兴你们现在说话了。”贝卡说，“他一直担心你。”

南希强颜欢笑。“楼下怎么样？”

“今天很安静。不过，至少我们已经开始着手准备周六的展览。”

贝卡聊了一会儿，才说自己要回花店。她走后，南希坐在沙发上。她觉得自己很邪恶，她应该对贝卡诚实，把一切都告诉她。但这些不是谎言，它们只是隐藏起来还没说出口的事实而已。

南希走近窗户，环顾四周，一辆汽车驶过，但除此之外，街上看起来很安静。她走到了走廊，检查了前门的锁，很牢固。她的手机没有显示新信息。

她又想起了那天早上发给她的录像，如果他们又发了一个呢？她冲进卧室。她的笔记本电脑在床头，她坐在旁边，登录到他们的脸书的页面，然后向下滚动，没有新信息。

南希躺在床上，用右手支着头。理查德·加勒特的名字在她脑海中就像教堂的钟声响来响去。她想到了警方的询问，她对埃文的背景知之甚少，也许是时候去挖掘更多了……

她把他的名字输入搜索引擎，然后按 Enter 键，一个理查德·加勒特的名单出现了。一个留着浓密长胡须的男人，被一群身高不一的孩子包围着；一个来自格拉斯哥的银发高管；一个骑自行车的人趴在哈雷机车上。出于好奇，她打了埃文·贝克的名字。又出现了很多人的资料，但是没一个看起来是熟悉的。这并不奇怪，埃文从来没有遮掩他是如何看待社交软件的。

当他看到她在手机上刷脸书时，他取笑她，说上面到处都是人分享毛茸茸小猫和小狗的照片，谈论他们喝茶时吃的东西。一开始，他们都笑了。但她在他面前用得越多，她就越能感觉到一股若隐若现的恼怒。“为什么你觉得有必要在那儿分享你生活的一切？生活更多是关于此刻和当下。”他说。随着时间的推移，他对这件事很生气，她发现她开始私下里才登陆自己的账号。不知怎么的，后来她在自己一个人的时候也越来越少地使用自己的个人脸书。

南希转到谷歌，把理查德·加勒特输入搜索引擎。她眼前闪过了一些引用的脸书和领英的图片，没有一个是熟悉的。她向下滚动，在一篇题为《在审判中无罪释放》的北安普敦报纸上停了下来，然后点击了进去。

在持续了三天的审判之后，理查德·加勒特，曾在北安普敦斯敦普罗旺斯法院接受庭审的嫌犯，昨天在北安普敦刑事法院被判无罪。即便是证据都摆在眼前，陪审团花了不到八小时的时间就判决了无罪。

去年11月，加勒特在北安普敦的一个夜晚外出后，被控强奸一名十七岁女子。在过去的八个月里，他被关押在加特里监狱，等待审判。他的律师在一份声明中说，“这对加勒特先生和他的家人来说是一个可怕的考验。他感到欣慰的是，事情结束了，他希望一切能平静下来，把精力放在重建自己的生活上”。

被指控的受害者家属的发言人昨天说：“我们对

结果感到震惊，我们将与我们的法律团队对此次判决进行讨论，以了解我们如何向前推进。”

文章日期为2011年4月2日。南希凝视着屏幕，一口气堵在胸口中，她重新阅读了他律师的陈述。

她简直不敢相信，但白纸黑字就摆在那里。不，这不是她的埃文。

当她重读这个家庭的声明时，她颤抖着，想起了他们的关系。埃文在卧室里时，很喜欢做一些冒险的姿势。他比她年龄大得多，所以更有经验。但她喜欢这样，喜欢他比她强壮，喜欢被他支配，这让她有一种被保护的感觉，但这也没法说明他就是强奸犯，这一定是个误会，一定是的。

她用手拂过手腕上的银手镯，这是他们在一起一个月时，他即兴给她的礼物。是的，他很顽固，喜欢一切按照他的方式来。但他也很善良，所以跟罪犯还是有根本区别的。

也许这就是为什么埃文在谈论他的家人时感到不自在的原因，当然也解释了为什么他觉得有必要换个身份，并且在一个没人认识他的地方重新开始生活。

她抓起笔记本电脑，手里把玩着钥匙。埃文的母亲叫奥黛丽，她记得他们还因为这名字笑了，是因为他妈妈和她外祖母同名。她把奥黛丽·加勒特输入搜索引擎，立刻，一张名单就出现了，中间夹着一些图片。有无数的奥黛丽·加勒特被列出。她在搜索框里又输入了英国，在英国有十一个奥黛丽·加勒特。南希知道她住在北安普敦的某个地方，但她记不清确切的地区。

她在输入小镇的名字，翻阅目录。在页面的底部，她找到了一个名单并点击进去，她的心怦怦直跳。名单上面列着地址。她看到了伯明翰、伦敦南部和曼彻斯特。最后，她滑到了北安普敦。五十二岁。埃文三十四岁。不论怎样都值得试一试。

南希又浏览了一些链接，找到了一个免费的电话号码簿。她输入了详细的信息，带着希望却又不敢太多期望的心等着。当电话号码出现在屏幕上时，她很惊讶。

她伸手去拿电话。她可能只是想拨通电话，听一下她的声音。如果听起来很友好，她可以问一下情况。能找到埃文的一部分信息，和一个像她一样了解埃文的人交谈是最好不过的。

她咬了咬嘴唇，拿起电话拨了电话，打个电话能让她失去什么呢？

28

杰克曼开着车停在黑色福特嘉年华旁边。

他从车里出来，抓起回家路上买的一瓶津芬德尔·罗斯，大步走到前门。他一进去，埃里克就朝他冲过来，尾巴在路上碰倒了所有的东西。

“你好啊，伙计。”杰克曼弯腰揉了揉它的头，“西莉亚在哪儿？”

狗在地上蹦蹦跳跳。杰克曼站起来，大声叫着女儿的名字，但没有人回答。他以为她出去了，他就进了厨房，按下水壶上的开关，浏览着邮报。水壶的蒸汽氤氲着，突然听到楼上有撞击声时，他把邮报放下。

走廊里传来埃里克低沉的咆哮声。杰克曼跨过了门槛走了过去。

埃里克匆匆瞥了他一眼，怒视着楼梯。杰克曼抬头看了看，一个深色头发，穿着紧身牛仔裤和留着山羊胡子的瘦削男人在楼梯顶上徘徊，眼白部分盯着埃里克。

“你得了最高分。”杰克曼说，“我以前从未听过它对任何人咆哮。”

那人把目光从杰克曼和狗之间移开。埃里克现在很无聊，瘫倒在杰克曼旁边的地板上。

“你一定是阿德里安了。”杰克曼说。

那人点头回应。“嗨！”他无力地说。

“下来吧。”杰克曼说，“他不会伤害你的，我想你刚才是吓到他了。”

阿德里安小心翼翼地走下楼梯，半只眼睛还在盯着那只狗。

杰克曼朝他笑了笑。“我是威尔，西莉亚的爸爸。”他们握了握手，“西莉亚在哪里？”

“在洗澡。”

“啊。”杰克曼一瞬间为他感到难过。他还记得他第一次见到爱丽丝的父亲，一个叫伊莱亚斯的可怕的丹麦人，是他成年后为数不多的几个比他高大的人之一。伊莱亚斯从来没有隐瞒过他对杰克曼的不满，这很明显，他认为杰克曼不够好，配不上他的女儿，尤其是他们后来结婚并决定在英国定居了。“我要给你拿杯咖啡吗？”他说。

阿德里安点点头，跟着他到了厨房。“你什么时候到的？”杰克曼问。

“大约一小时前。”

杰克曼忙着再弄一杯喝的，正要把它交给阿德里安的时候，软软的脚步声从楼梯上下来，西莉亚的脸出现在门口，整张脸容光焕发。“爸爸！”她冲过去，给了他一个熊抱。“看来你见过阿德里安了。”她身体撤出来说道。

“当然。”

她把浅金色的头发从脸上整理到耳后，瞥了一眼桌子，笑了：“你给我买了玫瑰。”

“这还是你最爱的花吗？”

“是啊，虽然在大学里买不起。谢谢！”

杰克曼把头歪向一边。“你变了。”

“哦，我剪了刘海。”

“很适合你。”

她朝他微笑着。“想吃晚饭吗？”

“我以为我们会点外卖。”

杰克曼靠在一边，听着女儿喋喋不休地谈论他们从南安普顿出发的旅程，心里暖洋洋的，而阿德里安坐在她身后，还没怎么说话。西莉亚又回到家里了，感觉真好，她精力旺盛，既有感染力又令人陶醉。没人注意到埃里克从花园里走进来，地板上到处都是泥泞的脚印，直到……

“哎呀！”

所有的目光都投向了阿德里安，他把埃里克从脚上推开，皱着眉头看着他淡蓝色鞋子上留下的肮脏的脚印。

“哦，不，他又去挖土了。”西莉亚的口气里充满了气愤。她从后门旁边抓起一条旧毛巾，轮流擦狗的脚。

“我们一般不穿浅色的鞋子，”杰克曼对阿德里安说，“水槽下面有一块布。你们点餐吧。”他走出房间，边走边拷着埃里克的脖子。“过来和我坐在休息室里，在这你不可能搞什么破坏。”

* * *

杰克曼正把最后一粒米从打包盒里刮出来，这时电话铃响了。他站起来，解释了一下，走到走廊里接电话。

“长官，您在哪里？”戴维斯省去了自我介绍。

“在家里，来看西莉亚，怎么了？”

“我们终于得到了劳顿夫妇的消息，他们在珀斯。”

杰克曼感到一阵兴奋。“太好了，与当地警察局取得联系，看看我们是否能安排一次讯问。”他的手表在他结束通话时显示的是晚上九点三十五分，他忍不住想知道珀斯几点了。

西莉亚和阿德里安从厨房走到休息室，蜷缩在沙发上。“恐怕我又要出去了。”杰克曼说，拿起了他的电话，“工作。”

“真可惜。”西莉亚说，“还以为我们可以一起看电影或别的什么。”

“对不起，亲爱的。”

“哦，好吧，总会有时间的。”她伸出手臂，抓住他的手腕。他有一种冲动想像往常一样俯身亲吻她的额头，但她离阿德里安很近，这样做会很奇怪。于是，他只向她眨了眨眼。“很高兴见到你。”他对阿德里安说，“如果一会儿你们还没睡的话，我可能会再见到你们。”

* * *

杰克曼凝视着布满电脑屏幕的古铜色面孔。罗尼·劳顿有一张长脸，尖尖的，面颊红润。珍妮坐在他旁边，是一个丰满的女人，皮肤光滑，尽管她现在双眼红红的，但她的外貌看起来却比她的实际年龄五十三岁小得多。

“非常感谢你们今天与我们联系，并愿意和我们交谈。”杰克曼说。

“我知道你们有一些坏消息。”

罗尼点点头对他的感谢示意，“我们有点震惊。”他斜视了妻子一眼，“自从我们听说这个消息，珍妮就一直哭。”

“我为你的损失感到抱歉。”

“发生了什么事？”

“消防队星期天一早接到电话去了谷仓，他们在那里发现了埃文的尸体。”

珍妮用纸巾擦了擦眼睛。“我女儿说他被杀了。”

“我们认为这是谋杀。”

罗尼伸出一只胳膊搂着妻子的肩膀，把她拉向自己。杰克曼给了他们一点儿时间，然后继续问道：“你们认识埃文多久了？”

罗尼挠了挠耳朵后面。“自从两年前他加入我们农场。”

“我们失去了一个长期员工。他在我们即将开始收割的时候递交的申请，我们当时需要一些紧急帮助，他回应了我们。说实话，一开始我有点儿怀疑。他以前从来没有做过农活，以前的工作都是跟建筑业有关。他是个电工，但他似乎很迫切，我们也着急找人，所以我就给了他一个机会。”

“你们怎么认识的？你还记得他以前在哪家公司工作过吗？他们的公司在哪里？”

罗尼摇了摇头。“对不起，不记得了。”

“是不是有人向你推荐的他？”

罗尼对这个问题大吃一惊，他想了一会儿：“不，我记得他自己带推荐信过来的。你为什么要知道这些？”

“我们只是想建立一个档案，这是例行的警察工作。他都为你做些什么工作？”

“开始的时候，他帮助收割、打捆等。不久之后，他就开始养牛了，什么事都做一点儿。他是一个勤奋、热情的人，现在很难找到愿意做体力活的人。工人们在农场来了又走，人们幻想着要体验农村的生活方式，直到他们意识到真的农村生活方式有多累。年轻的孩子们都想要找办公室工作，周一到周五上班的那种。所以我们才留下他，让他继续工作。”

“他的地址呢？他住在哪里？”

“他在斯特拉特福德镇有一套公寓。我只知道这些。”

“他有没有谈论过家人、朋友和他来自哪里？”

罗尼把眼睛移到妻子身上，然后又回到屏幕上。“埃文从来都不怎么说话，他是个很注重隐私的人，但他准时上班，从没缺勤一天，学得很快，工作很努力。我们有两个女儿，她们都对农场不感兴趣。我正打算我们回来之后，让他继续管理农场。珍妮和我再也不年轻了，我们想花更多时间在旅行上，陪伴我们的孙子孙女。”

杰克曼想到了大麻农场。如果有迹象表明他被永久性安排接管农场，那么花这么多钱投资就更有意义了，他可以继续耕种和供应，因为他知道没有人会扰乱他的安排。

“他对我说过一点儿。”珍妮的声音几乎是低语。“只是关于他童年的一小部分。他过来吃了几次午饭，我记得有一次我给他盛了番茄汤，他说这是他最喜欢的，但他从来没有吃过家里做的。我想他应该从很小的时候起就得照顾自己，可怜的孩子。”

“你知道他的家人住在哪里吗？”

“他提到过北安普敦的一所学校，我想那应该就是他长大的地方吧。”

“你上次和埃文沟通是什么时候？”

“至少得一个月以前吧。”珍妮说，“我们在墨尔本时给他打过电话，当时一切似乎都很好。”

“你们不经常联系吗？”

“我们不时地打电话。他有我们两个女儿的电话号码，只是以防万一。他还可以给我们发电子邮件。我们一有信号就查看我们的电子邮件。”

“好吧，跟我说说农场的情况。”杰克曼说。

罗尼皱着眉头。“你想知道什么？”

“你一月份离开时，它的主要产品是什么？”

“我们总共有大约五百英亩：两百英亩的作物，主要是玉米，但我们也种植油菜、冬大麦、小麦和饲料；另外三百英亩地被小母牛和公牛占据，一共有三百二十头。”

“其他的再没了？”

罗尼眯起眼睛。“没了，为什么这么问？”

杰克曼直接略过这个问题。“谷仓是做什么用的？”

“冬季主要为牛存贮饲料和干草。好可惜啊，本来是一个漂亮的砖砌的谷仓来着。”他的脸皱了起来，“或许之前是吧，我们甚至几年前考虑过把它修葺一下改造成住宅出售，但它是我已故父亲的最爱，我不能这样改动。”

“那发电机呢？”

“什么？”他看向妻子，“什么发电机？”

“谷仓里的发电机？”

“我不知道你在说什么。谷仓没有发电机，从来没有过。”

杰克曼看着屏幕上的脸，他们看起来很和蔼，就像二十年都可以不改变任何习惯的人一样。两人似乎都没有与警方发生冲突过，所有最近的调查结果都表明他们没有参与大麻种植。他无法想象他们会如何看待谷仓下面的秘密房间。埃文不是他们想象中的那样。

在一小段时间里，他犹豫着要不要告诉他们有关谷仓、下面的密室和农舍里发现的现金的真相。但贾纳斯之前相当坚定，她还不想让任何东西公之于众。而且在这个时候不能给这对夫妇的伤口上撒盐了。

“你们下一站要去哪里？”杰克曼问。

罗尼说：“我们正在寻找回家的航班。我们不能待在这里了，发生了这么多事情。史蒂芬和卢卡正在农场里料理一些事物，喂牛，但是还有更多的收割工作要做，而且还要为明年播种，另外……”他回头看了看妻子，“珍妮想去埃文的葬礼，我们都想去。”

“我能再问你一个问题吗？埃文有没有换过名字？”

“不，你为什么问？”

“我们的调查显示他用不同的身份生活。”

“他的真名是什么？”

“理查德·加勒特。”

罗尼耸耸肩。“改名不是犯罪，对吗？”

29

那天晚上杰克曼回来时，房子里一片漆黑。他低声向埃里克问好，轻轻地走上楼梯，尽力不打扰熟睡的人。

楼梯顶上的空房间被银色的月光透过未拉的窗帘照亮了，

隔壁通向西莉亚卧室的门紧闭着，他周围笼罩着一种不安的感觉，这是西莉亚第一次和一个男人住在这里，但是他还期望什么呢？西莉亚二十岁了，阿德里安和她在大学上学的时候一起住在南安普敦，他几乎肯定他们在那里是合住一个房间了，所以他们在这里为什么就不能呢？但现实的确很让人悲伤，这又是一个标志性事件，提醒他女儿不再是他的小女孩了。

他走进自己的卧室，坐回床上对罗尼和珍妮·劳顿的问话使他不安。他们的话语中充满了悲伤，听着这些戏剧性的事件，理查德，或者他们认识的埃文，已经为他们工作了将近两年，他们显然对他越来越喜爱。他在脑海里想着理查德的母亲的样子，劳顿夫妇对这个消息的反应有很大的不同。

南希的脸在他的脑海里闪过，她今天下午已经充分显示出了自己的脆弱性，他情不自禁地为她感到抱歉。基恩拜访了谢丽尔，并证实了那所房子干净整洁，谢丽尔也性格平静，没有任何迹象表明她又酗酒了。这支持了他的观点，就是这么大额的勒索之后肯定有更为邪恶的原因。

隔壁房间里发出一声咳嗽，他对着隔开两间房间的墙壁凝视了一会儿。两年前，西莉亚离开了她生活成长的家，去上大学。她兴奋极了，离开了她三岁以来一直住的卧室。这些年来，房间的装饰已经改变了很多次，但记忆依然存在。在她母亲出事后，她考虑放弃她的课程，搬回斯特拉特福德和她父亲在一起住，但他拒绝了。

现在他意识到西莉亚不太可能再回到家里生活了。她一回来住的时候，那间曾经收藏了她所有珍贵记忆的房间就成了她的客房。这一想法引起了一阵悲伤。

* * *

阿曼达·格雷森查看了一下她的手表，晚上十点三十分左右，看起来埃蒙不像是要迟到的样子。他约半小时前打电话让她见面时，她很惊讶。他在电话里听起来很着急，有件事他想亲自告诉她。在通常情况下，她会拒绝晚上见面，然后第二天再和他碰面。但鉴于过去几天发生的所有事件，她觉得自己不得不去，就找了个借口说要从朋友那里拿东西，把丈夫留在家里看电视，正好赶上周末橄榄球比赛的精彩节目，她甚至怀疑他是不是注意到她走了。

她环顾咖啡馆，又看了看手表，她最多只能再给他十五分钟。

一辆车打着一对前灯穿过街道，紧跟着另一辆车，她伸长了脖子看着它们消失。

阿曼达喝着咖啡，一只手抱着温热的杯子，另一只手调整着那条松垂在脖子上的蓝色丝巾。上一次她戴上它时，埃蒙托着她的下巴，告诉她这条丝巾趁得她的眼睛发蓝。

一个身影从远处的停车场靠近。她眯起眼睛，正要戴上眼镜，这时她认出了埃蒙的宽阔步态。她微笑着挥手。如果他看见她，他就挥手回应她了。他穿着一条深色牛仔裤和一件胸前宽松的马球衫，凸显了他的肌肉，使他看起来很有魅力。他们会面的紧迫感让人既兴奋，又感到私密。他大步穿过马路。当她听到发动机的声音时，她还是无法把眼睛从他胸部的轮廓、他那未梳的头发、那宽阔的肩膀上移开。一辆车开着一对前灯穿过半暗的地方，不知从哪儿冒出来。之后，她对这辆车撞到他之前是否调转方向感到迷惑，但在那时候，一切都混在一起，同时发生了，可怕的砰砰声，轮胎的刺耳声响起。

阿曼达跳了起来，咖啡杯掉到地上，窗子上被洒了些液体。她往前走之前，嘴里发出一声尖锐的叫声，撞到桌子，匆忙地把椅子推到一边，向他那儿奔去。

30

第二天一早，杰克曼被下面的脚步声惊醒了。他把睡袍披在肩上，走下楼梯。休息室的法式门敞开着，埃里克冲进来迎接他。

杰克曼发现西莉亚正在厨房里盯着自己的笔记本电脑，手里拿着一杯热气腾腾的咖啡，咖啡一部分被她的袖口遮盖着。她的头发凌乱地垂到肩上。

“早上好，”他说。时钟显示是上午六点。“你在做什么？”

“只是查看我的电子邮件。”她说，“想来点咖啡吗？我新煮的。”

他一直对她早晨做第一件事的时候是多么敏捷而感到惊

讶。“当然。”他一屁股坐在椅子上，意志消沉。当她递给他一杯黑咖啡时，他能感觉到自己终于被启动了似的。“你今天干什么？”

“等我喝完咖啡后，我要带着这只狗去跑跑步。”西莉亚亲切地搓着埃里克的头说。

“阿德里安不跟你一起去吗？”

“他还在睡觉。”

“一样的。”杰克曼回答，“他可能也没有合适的鞋子。”

“爸爸。”她冷冷地拉着脸，嘴唇上却挂着微笑。

“他有点儿提防它。”杰克曼看着埃里克说道。埃里克抬起一条腿，笨拙地挠着他的后耳。“阿德里安对狗很不习惯，他们家里没有动物。”

他们静静地坐了一会儿。“你今天上班？”西莉亚最终问道。

“恐怕是的。”

“进展如何？”

“还好吧。”他喝着咖啡。西莉亚回到她身边的笔记本电脑上。他思考着最近的调查，他需要新的线索，关于南希跟踪者身上的文身痕迹的描述昨天晚上已经在全国范围内流传开来，他非常希望它能给某人敲响警钟。他需要找出是谁在骚扰南希，而且要很快找到。

* * *

杰克曼一到事故室就感到紧张。基恩和戴维斯挤在电脑屏幕的角落里。他往后挽了一下袖子，看了看表，还没到早上七点三十分。“发生什么事了吗？”

基恩抬头看了看。“埃蒙·本威尔昨晚在一次肇事逃逸中丧生。”

杰克曼停下脚步，消化了一下刚才听到的消息。“发生了什么事？”

“他在斯特拉特福德镇正在过一条小路，一名目击者说那辆车把他抛到了空中十英尺高，医护人员宣布他当场死亡。”

“司机呢？”

“不见了。昨晚在夜车上工作的探员已经检查了闭路监控和周围的警察摄像头。这辆车是黑色斯柯达奥克塔维亚，运动版，几周前在崔妮蒂大道的主人家里被偷。他们开上 A3400 路从斯特拉特福德出发，在环形交叉路口右转到 A46 路，后来发现斯柯达在通往下氯普顿的路上被部分烧毁。”

“为什么我们没有早点儿接到通知？他和我们的案子有直接联系。”

“似乎有人忘了把这个标注在系统里。”戴维斯叹了口气说，“直到今天早上基恩来查看昨晚的事件日志，我们才知道。”

杰克曼拿出手机，赶紧输入密码。

贾纳斯在电话铃响起的第二声就接起来了。“威尔，我很高兴你打电话来了。埃蒙·本威尔不是和你的谋杀案调查有关系吗？”

“这就是我打电话的原因，我刚收到关于肇事逃逸的消息。哪个高级调查官负责这个案件？”

“侦缉总督察佩弗利尔现在已经接手了这个案件，他随时待命调查，但他今天要在法庭出庭，还要听命于审查小组。你必须替他分担这件事情。”

“没问题，让他给我打电话，我们就交接。”

他挂断电话，几分钟后，杰克曼的手机响了。

“早上好，威尔。”佩维尔听上去很累。

“早上好，听说你一夜没睡？”

“可以这么说。”

“你有什么消息？”

“一名受害者，在晚上十点三十二分在瓦特路上因肇事逃逸死亡。我们检查了市中心的闭路录像，拍了几张汽车的照片，但是不太清楚。我会用电子邮件把它们传过去。我们还有一个目击者，他瞟到了司机的侧面。”

“谢谢，把你到目前为止所有收集的东西都寄给我，有人回来问询车主的消息吗？”

“是的，就在刚才。很常见的剧情，他们没有锁前门，在下午的时候发现走廊里站了个人，声称进错了房子。直到后来，他们才发现车钥匙不见了，入侵者已经在停在路边的车里了。不过，有一件事可能会引起人们的兴趣，那辆车只有一个前照灯能照明。那天车主要把它送到车库去修理。这是一个很专业的活儿。车上有复刻的车牌，我们很快就认出了它，因为窗户上刻有正确的号码牌。在经历了那么多的麻烦之后，他们似乎不太可能只用一个前灯驾车穿过城镇。”

“对。是谁打来的？”

“什么？”

“肇事逃逸的案件，是谁打来电话提供信息的？”

“呃……阿曼达·格雷森。”他慢慢地念着这个名字，好像是在读笔记。“她在一家咖啡馆里，事故就发生在她眼前。”

杰克曼用拇指和食指捏住鼻梁，闭上眼睛。他可以看到阿曼达·格雷森坐在瓦特大道百里香咖啡馆里等着埃蒙，时不时抚平她的头发，检查自己的妆容，等待着，但她对埃蒙最后的印象就像恐怖电影中的恐怖场景。他结束了电话，回到房间。警察们现在闲逛着走了进来，打开电脑。

杰克曼把细节传给了戴维斯和基恩。有人过来拿杯子冲早茶。杰克曼突然想到一个主意。“让犯罪现场调查人员检查汽车，取出前照灯，然后搜索周围区域的指纹。希望它不会被大火损坏。”

“你认为这有没有可能是另一个来自毒品团伙的信息？”戴维斯问。

“在斯特拉特福德市中心杀人是一种冒险的策略。”杰克曼说，“让我们看看谁是最后的赢家。在过去的几天里，我们一直在提询埃蒙·本威尔，调查他的人际关系，搜查他的房子，查看他的生意。我们觉得受害者的尸体是被丢弃在谷仓里的，谷仓下面有一个大麻农场，然后故意放火，这意味着凶手希望别人知道他的死亡，而不仅仅是让他失踪。到目前为止，我们还没有发现埃蒙与谋杀案有任何关联，但这并不意味着他不是我们的嫌疑人。”

基恩抬头看了看。“但如果埃蒙不是凶手，那么不管是谁在他开口透露信息之前杀死的他，都会符合我们对凶手的侧写。”

“阿曼达·格雷森。”戴维斯说，声音几乎是自言自语似的，“她不是他女朋友吗？也许她丈夫发现了这件事？”

杰克曼想象着阿曼达·格雷森穿着整洁的衣服喷着昂贵的香水，还有她在小学的两个孩子。阿曼达和她的丈夫都没有以任何身份出现在警方的计算机上。他无法想象她的丈夫甘愿失业，或者想象他的家人开着偷来的车出去，更别提谋杀了。“不太可能。”他说，“但我想我们还是需要和他谈谈。”

* * *

那天早上，一个留着黑头发，额前有着发尖的瘦削男人在提丁顿路的格雷森家，应声开了门。当杰克曼和戴维斯自我介绍时，他伸出了手。“罗伯特·格雷森。谢谢您过来。”他带着一种权威的口吻，声音平静而沉稳，但他苍白的脸色暴露出他内心的疲倦。“阿曼达在客厅，孩子被我送去了她母亲家。”

“谢谢你。”杰克曼说。他等着戴维斯跟罗伯特去厨房，记下他对事件的叙述。他随后推开了门，进了一个宽敞的前厅。它的布置相当老套：从地板到天花板的书柜排列在窗户对面的墙上，一把摇椅放在印度地毯旁边的角落里。阿曼达坐在三张沙发中的一张上，沙发的另一端是电视。他进来时，她站了起来并且示意他坐下。“谢谢你的到来，探长。要我给您拿杯饮料吗？”

“不用了，谢谢。我知道你很震惊。”

她抬头，浮肿的眼睛看着他，严肃地点了点头。

“我很抱歉。”

他的话引来了更多的泪水。她拿了一张纸巾，轻轻掩面。杰克曼给了她一点儿时间，回忆起上次见面时她是多么镇定。她昨天是在他们一直见面的咖啡馆等着埃蒙的。这是一个完美的中间位置，主要是出差的商务人士和游客去光顾，远离主干道，汽车停在后面看不见的地方。他忍不住想知道过去几个月他们在那里见过多少次面。

“我想成为证人。”她平静地说，“如果需要的话，我可以在法庭上作证。”

杰克曼匆匆朝厨房瞥了一眼。

“没关系，他什么都知道了。”阿曼达说，“我不能再隐瞒了，我欠埃蒙的，他是个好人，这一切对他太不公平了。”她说起话来呜呜咽咽的，然后使劲咽了咽抽泣的声音。

“你在咖啡馆干什么？”杰克曼问。

“埃蒙联系了我，要求见我，听起来很重要。”她接着叙述了发生的事情。当她说到碰撞时，她的话支离破碎的，而且颤抖起来。

她轻轻揉着眼睛，杰克曼静静地坐着。“我听说你看到司机了？”他最后还是问了。

她点了点头。“一切都发生得很快，但是光线在他脸上划过。”

“你觉得你能来警局做一个正式的照片鉴定吗？应该花不了太长时间。”

“当然。”她低下头，从裤子上掸走了一根粘上去的线头。

过了一会儿，她又开口了："人们觉得出轨是肮脏的小秘密，在秘密的旅馆房间里私会，但对我来讲不是这样的。我丈夫和我这几天唯一的谈话主题是如何招待客人，同步我们的时间表，孩子们有什么问题。他给我买了玫瑰作为生日礼物，因为那是我们十五年前第一次见面时他给我买的。但我最喜欢的花是兰花，一直都是。埃蒙和我谈了书、电影和我们想去的地方，很真实，能做回我自己的感觉太好了。"她的嘴唇颤抖着，"虽然就那么一段时间。"

31

"你确定吗？"

南希看着镜子里的影子，她左右扭动，双臂张开。"你觉得呢？是不是太随意了？"

她身后的床上散落着一堆衣服。最后，她选择了宽松的牛仔裤和黑色 T 恤，把头发扎成了马尾辫。

"你看起来很好。"贝卡说。

南希面对着自己镜子里的影子沉思。"我不确定……"

"你不觉得你最好稍微消停一下吗？你们两个现在都处于震惊之中。"

南希靠在镜子前，轻抚着她的额头。她眼底上的瘀伤现在几乎看不见了，当然她涂了薄薄的一层粉底液。她退后，走向梳妆台，在最上面的抽屉里翻找，直到找到一条黑白相间的丝巾，然后又回到镜子前，把它松散地系在脖子上。“我觉得这样更好，不那么随便了。”

“你在听我说话吗？”

南希绕着她的朋友转圈。“奥黛丽电话里听起来还不错。我肯定如果她不想让我去的话，她早就说了。不管怎样，这对我们俩都有好处。”

“你是什么意思？”

“我们都跟埃文很亲近，我们可以互相帮助。”

贝卡深吸了一口气，呼气的时候说：“我不确定。”

南希带着恳求似的凝视着她的朋友。在昨天探长告诉她要她待在家里之后，她没办法让瑞安跟她一起去了，但她又需要去看埃文的母亲，而且就在今天。“我相信会没事的，我有好的预感。”

贝卡站着。“好吧，既然你这么肯定的话，只是一切要多加小心，我在楼下等你。”

南希等着她离开，然后飞奔到窗口。她看不到有任何鬼鬼祟祟的人在外面，有一辆停在路边的汽车在外面，但是是空的。她又看了一眼镜子。奥黛丽的名字听起来很好听，它让人联想到一个衣着光鲜的女人，有一所漂亮的房子，里面摆满了手工制作的柔软家具和刚出炉的维多利亚海绵蛋糕。她可能就像南希的祖母一样。

南希想到了自己的母亲，她都能烧煳一顿现成的饭菜，更别说烤蛋糕了。至于缝纫……沙发和窗帘唯一的共同点就是尼古丁污渍。

南希看了看表，上午刚过九点半。她把衣服推到一边，坐在床边，穿上鞋子。这一刻本应该是很特殊的一个时刻的，她想象着埃文和她来到他长大的家，沿着小路走过去，敲着一扇闪亮的白色的前门。他会给她一个微笑，把一只手放在她背上，让她安心。他母亲会出来迎接他们，张开双臂欢迎她，请他们进去喝一杯专门为这个场合准备的茶。他们围坐在桌子旁谈笑，而他母亲会回忆着说起埃文的童年。

在她的睫毛膏被弄花之前，她咽下眼泪。也许埃文的妈妈仍然会张开双臂欢迎她，也许她会觉得和她谈话很舒服。他们可以聊聊他对发动机的痴迷，他是多么喜欢把东西拆开看看它们到底是如何工作的。埃文是她唯一的儿子，他父亲年轻时去世了，她和奥黛丽可以互相扶持。当南希再看表的时候，她感到欣慰，他们该出发了。他们可能到得很早，但贝卡总是告诉她人们都喜欢早点，到得早会给人留下好印象，而这刚好是她今天打算做的。

* * *

杰克曼回到车站停车场时，电话铃响了。雨已经开始下了，敲打挡风玻璃，在柏油路面上形成了宽阔的水坑，溅到了汽车的侧面上。“该死的雨。”戴维斯说，“感觉更像是 4 月而不是 8 月。”她按下了接听键。

“早上好！”车里迎面而来的是霍金斯温暖的爱尔兰口音。

“早上好。”杰克曼说，“你有什么消息给我吗？”

“我也不知道，还有点儿不确定，但我还是说了吧。我们收到了一些关于北方人和沃里克郡贩毒团伙之间不和的情报，我们最近注意到有大量大麻的供应，价格降了下来，但无法确定大麻的来源。根据你案件的情况，我们在理查德·加勒特的同事杜鲁门身上做了一些工作，获得了新的情报。他最近似乎转移了大量大麻，与我们当地的供应商竞争。这里的人打听到了大麻的来历，跟一个叫尼克·安德森的有关系。你听说过这个名字吗？”

“我知道他，这里的一个当地帮派头目，和大多数人一样，他有合法的生意，而且也很私密。我们负责毒品的同事最近一直在跟踪他。”

“嗯，看来他把他们弄得很是心烦，所以他们留了那样一条信息。”

“大约三周前，安德森的车库被烧毁了，怀疑是当地的一些孩子做的，可能大概就是这样了。”

“听起来挺对的。不管发生什么，新的供应已经断了，所以还是有作用的。不过，他们似乎正准备做出什么回应。”

杰克曼回忆起了迈克·克拉克报告说在入室盗窃当晚尼克·安德森的车在农舍附近经过，还想起空的枪柜。“所以我们手上有一个地盘势力大战的案件？”

“有可能。这可能意味着安德森与你的谋杀有关，或者至少与大麻农场有关。看来，即使在理查德·加勒特死后，他还是有很多账没算完。”

“查理·杜鲁门怎么样？”

“就像从地球上消失了一样，但这倒也不奇怪。”

他们冲过停车场，穿过了瓢泼大雨。戴维斯在回去的路上跟杰克曼补充说明了她和阿曼达·格雷森的丈夫讨论的内容，但当他们爬警局后面的楼梯的时候，他们又提起来这件事了：“他真的不知道出轨这件事。”她说，“他经常外出，他的生活似乎被各种各样的账目和工作填满了。我敢打赌，他甚至不知道他的孩子们晚餐喜欢吃什么。”她在楼梯顶上停下来，向杰克曼转过身来。“你真的能对这么近的人保守这样的秘密吗？”

杰克曼耸了耸肩。“看来还是可以的。”

杰克曼和戴维斯进入事故室时，基恩站在那里。“克拉克想留住你。”他对杰克曼说，“说是很紧急。”

杰克曼走进办公室，把湿夹克从肩上扯下来，然后给迈克·克拉克回了电话。

“我们把你昨天发给我们的描述分发给了我们所有的信息来源处理人员。”迈克说，“我想我们认证了他的身份，他叫卢克·丹顿，不甚重要的一个人，有人提到他与几起袭击有关，被逮捕了几次，虽然没有人指控他。他正式的职业是个保镖，但我们认为他主要是做逼迫债务人还那些非法债务的工作的。”

“那他和安德森什么关系？”

“我们正在考虑这个问题。我们在安德森的斯诺克大厅见过他，他们使用相同的健身房，尽管你很少看到他们在一起。他食指旁边的文身是CCFC，意思是考文垂市足球俱乐部。看起来像是他最近的一个工作，因为文身没有出现在任何拘留记录上。”

杰克曼挠了挠脖子后面。“对于一个文身如此明显的男人来说，这么做是很奇怪的。”

“我们要处理的这个人脑子不太灵光，是个肌肉发达头脑简单的人，和一些高端人物接触。他对自己评价很高，但肯定没有足够的头脑去做任何大事情。我的猜测是安德森卖给了他一笔债务，就是他车库失事后重建的成本钱。也许这就是埃文被杀的原因，他要么拒绝付款，要么负担不起。后来他把希望放在了南希身上。‘债务传给下一个近亲’，纸条上是这么写的，不是吗？好吧，对这些人而言，近亲可以延伸成任何他们最亲近和最亲爱的人。”

“六千英镑对修车库来说不算贵。”

“这才只是第一期。”迈克说，“这就是这些人的工作方式，是他们‘规定’的一部分。开始的时候起点比较低，制造的恐慌就少一点儿，减少目标人物能接触这个圈子权威人物的机会，之后就会种植更多。不管是什么原因，如果你付不起，他们就会把债务转移到你下一个亲属身上。这包括女朋友、妻子……除了孩子以外的任何人。这引起了很大的关注，他可能认为南希参与其中了，接触到了埃文的不义之财，对自己的重要性有些忘乎所以。他可能电影看多了，才有什么纸条、录像带之类的。我敢肯定，如果安德森在他身边的话，他一定会管管他的。”

“我们在哪里能找到他？”

“我会把地址电邮给你，但我们的情报显示他星期五下午在德雷顿大街的松鼠酒吧和一群伙伴打台球。”

“太好了，我们先去那儿试试。”

“一点儿忠告，小心他。”迈克说，“虽然我们的情报上没有提到枪支，但他是个狡猾的主。”

32

贝卡绕过科斯格罗夫路的拐角，把车停了下来。“好了，就在上面左手边。”

南希目不转睛地盯着马路上一排排带露台的房子，她觉得有点儿口干。“我看起来还行吗？”

“你看起来很好，真的。”她感觉到贝卡的手放在她的手臂上，转过身来迎接她的目光。“你确定不想让我陪你过去吗？”

有那么一会儿，她的确被这个提议诱惑了，但她没有向埃文的母亲提起带朋友的事。她摇摇头，吐出一句：“不用，我可以的。”

“好吧，你完事儿了给我打电话。我开车到拐角处去听听音乐，距离这也就几分钟。”

南希从车里爬出来，整理了一下围巾，把包拉到肩上。那天早上路上空空的。她经过房子前面的花园的时候看了看，其中一个就是原始的草坪，另一个铺着石块，还有一个铺着鲜艳的木瓦。她在一所挂着一排三色堇的篮子和前面花园有一片草坪的房子前徘徊了一会儿，她瞥了一眼号码：112。隔壁的房子没有编号，前面的花园完全铺了起来，有些石板已经碎了，一些蒲公英和杂草从缝隙中钻了出来。南希停下了脚步。飘窗里面的样子被网帘遮住了。她接着换了下一个，一个黑色的熟铁标志上清楚地写着 116 号。

南希走在铺有路面的房子前面的车道上，侧面有一扇棕色木门，中间有一个金色的信箱，门框上有一个门铃。她按了门铃等着。几秒钟后，她又按了一下，仍然没有人应门，她看了看手表，也许早点儿到也不是个好主意。她用拳头敲了几下门，声音比预期的略大。

一声巨响从里面传来，接着是脚步声。

门被拉开，露出一个短小的女人，头发灰白，穿着一件藏青色开襟羊毛衫和一件奶油色 T 恤。她宽大的臀部松松地垂着一条浅蓝色的皱褶裙。那女人皱着眉头问：“什么事？”

南希从她身边看过去。“哦，对不起，我在找奥黛丽·加勒特。”

那女人交叉双臂放在胸前。“我就是。”

没有笑容，没有张开双臂欢迎她，只有一双尖利的乳灰色眼睛。南希努力掩饰脸上的失望。“我是南希。”

“哦。”她的嘴浅浅地笑了一下，笑意并没有触及她的眼睛。“你早到了。”

“是的，对不起。”她感到奥黛丽上下打量着她。

“没关系。”她的眼睛盯着南希的鞋子，“你得把鞋子脱掉。”

奥黛丽转过身来，把南希带到一个黑暗的走廊里，等着她脱下高跟鞋。墙上挂着一面金边的镜子，空气中弥漫着空气清新剂的花香。

令南希欣慰的是，前厅更明亮，而且色彩也更丰富，飘窗被长长的网帘覆盖，两旁系着奶油色窗帘。一张灰色的沙发和一把扶手椅放在了一个现代的电炉周围，上面塞满了错落的三角图案的桃花垫子。从玻璃门能看到远处的一个餐厅，一只猫蜷缩在沙发的末端，它抬起头来瞪着她。

奥黛丽坐在扶手椅上，示意南希坐下。她坐在沙发边上，离猫很远，不敢弄乱漂亮的垫子。

“谢谢您允许我过来。”南希说，“能终于见到您真好。”她笑着对奥黛丽说。

奥黛丽点点头，但没有用笑回应她。南希的脚相互缠绕着。

突然，奥黛丽站了起来。“我觉得你应该是喝茶的人，如果你了解理查德的话，他是靠这些东西长大的。你要加糖吗？”

“不了，谢谢你。”南希听到这个名字，心里一皱，理查德，感觉这么叫他不大对，对她来说，他永远是埃文。当奥黛丽身后的门关上时，她坐进椅子里。猫目不转睛地盯着她，让她很不安。也许贝卡是对的，现在来拜访，太快了点儿。

南希透过玻璃门望向那张擦得很亮的长木桌，它看起来好像从未使用过。他们应该坐在那里，吃三明治和新烤出来的蛋糕，喝茶，一起谈笑。南希可以讲商店的故事，主动提出为她整理她的花园。她回头看了一眼房间，墙壁是灰白色的，除了几幅印刷画外，光秃秃的。一组照片散落在壁炉上方的灯罩上，但她没能认出任何一张。

门推开了，奥黛丽拿着一个装着两杯茶的圆托盘走了进来。

南希微笑着接过一个杯子。“谢谢。”

他们静静地坐着，抱着杯子，等南希再也憋不住了。“真遗憾，我们不得不这样见面……”

奥黛丽抬起头来，不理会这番话，朝她头上的瘀伤扬了扬头。“警察说你头部挨了一拳，看起来很疼。”

南希用空手轻拂着遮住眼睛上方伤口的一缕刘海。“现在好多了，谢谢。我只是知道他在计划让我们见面而已。”

奥黛丽脸上闪过一种奇怪的表情。“是吗？”

南希歪着头。“是的……他是这么说的”。她开始有点儿反胃。

奥黛丽眨了眨眼，避开了她的目光。“警察告诉我可能会很快破案，这至少听起来简直是上天的恩赐，至少我认为。”她举起杯子，喝着茶。

“他是什么样子的？我的意思他还是一个男孩的时候？”

奥黛丽朝窗户望去。“顽固，坚定。”

南希尝试了另一种聊天策略，她想到了他在农场的工作，他跟她说过他以前是个电工。“他一直是个务实的人吗？”

“他从不知道自己想做什么。”

南希往前坐了坐，双脚平放在地板上。“对不起，也许现在不是个聊天好时机，我只是觉得我们能谈谈会很好。”

“为什么？”

南希的嘴唇颤抖着。“因为你是他的妈妈，我是他的女朋友。”

“他对你好吗？”

这个问题出乎意料地使南希打开了自己，她回话之前犹豫了一下。“他是一个可爱、体贴的人。”她的语气听起来很谨慎、小心，好像她也不确定自己的话。

两人之间被更多的沉默保卫。南希在座位上扭了扭身子：“您有他年轻时的照片吗？我很想看看他年轻时候的照片。”

“很好。”奥黛丽明显被激怒了。“为什么我要保留一个和我脱离关系的儿子的照片？”她说。

“什么？”

“哦，他从没告诉过你？”她不屑地哼了一声，“他已经四年没跟我说话了。”

33

当杰克曼推开松鼠酒吧的门时，它发出颤抖声。酒吧里挤满了一群人，有的人喝酒聊天，有的人挥舞着小票等待着自己点的东西。一男一女穿着西服，在角落里一起举起酒杯喝酒；旁边的一张大桌子上坐满了穿着仓库工装裤的人，他们喜欢在周五下午下班后喝一杯。杰克曼走进房间，他几乎立刻被高声叫喊包围了。他寻着声音走到酒吧尽头的一个缺口处，那里有一个房间，台球桌的一角从一堆身体中露了出来。

他想起了迈克·克拉克的警告，迈克的警告可能只是一种过度反应，但他不会冒险的。他转向戴维斯："给我几分钟，好吗？"

她转向他："你一定在开玩笑。"

"我没有。如果有问题，就打电话叫支援。"

他走出房间时没有回头看，穿过走廊进入另一个区域。那群人背对着他，在他走近时微微散开。其中一名男子斜靠在台球桌上，他们似乎在移动位置看打球。谈话声慢慢消逝了，杰克曼停在了那里，紧接着是一声低沉的吼叫和爆笑，打球的人往后退了退，喝了一大口啤酒，脸上露出笑容。

杰克曼立即认出了他是迈克·克拉克发来的电邮中照片上的人。

他等到群里的哄闹声平息后才开口。"卢克·丹顿。"

很多人的头转了过来。

丹顿的眼睛盯着他。"这要取决是谁在问我了。"他说。

杰克曼做了自我介绍。丹顿又喝了一大口酒："然后呢？"

"我需要你到警局来回答一些问题。"

丹顿放下啤酒，向前走去，斯诺克球杆还在手里。"你说什么？"

"我说，我需要你到警局来，就现在。"他被周围人包围了，都能感觉到他们的体温。

“我先完成我的比赛。”丹顿慢慢向前移动。他们的脸相距几英寸。

杰克曼站得很高，眼睛盯着他。他呼吸时能闻到啤酒的味道。“我觉得不行。”

几秒钟过去了，整个酒馆都安静了下来。杰克曼能听到脚在他周围烦躁不安地搓来搓去，但他没有退缩。丹顿来回嚼了两次口香糖。杰克曼可以侧视到他食指上的文身，他能想象到他抓住南希，吓坏她的样子。他身体都够是她两倍大的了。

突然丹顿走开了，咧嘴一笑，放下了球杆。“伙计们，你们可以把球留在桌上，我们稍后继续。”

“我怀疑还能不能继续。”戴维斯说，她推开身后的人，从口袋里拿出手铐。

*　　*　　*

南希没有听到她的高跟鞋敲击路面的声音，汽车引擎的隆隆声，甚至直升机从头顶飞过的声音。她所能听到的就是那天下午她在街上走路时，她血液一下子流到她耳后的声音。她动作很快，想要尽量远离奥黛丽家冰冷的气氛。

当她爬上贝卡的车时，她的身体在颤抖。当她一看到朋友的脸，她的眼泪像是海浪终于冲破了海岸线一样，涌了出来。

除了开始几句安慰的话，贝卡就这样抱着她的朋友，抚摸她的头发，什么也没说。眼泪变成了抽泣声，最后终于平静下来。随着南希呼吸变得正常，贝卡就问了出来：“真的那么糟糕吗？”

南希从包里拿出一张纸巾，擤了擤鼻子，坐在椅子上。“她很冷淡，很冷漠。我再怎么不被待见也不过如此了。”

“也许她还处在震惊之中？”贝卡满怀希望地问道。

“也许吧。”南希打开窗户，呼吸着新鲜空气。与奥黛丽的会面只是扩大她内心的空虚感。“我们能回家吗？”

贝卡启动了发动机，把车挂上挡，然后停了下来。她朝翼镜瞥了一眼。“真奇怪。”她说。

南希只听了一半，脑子里仍和奥黛丽在一起，拼命地从中寻找积极的信息。“怎么了？”

“那辆蓝色菲亚特。”贝卡转过身，朝停在路边的一辆车扬了扬头。“今天早上是在我们的街上，我记得我看了一下车牌，NN9，觉得它和妈妈的车牌很相似，停在双黄线上。”

南希记起前一天警察的话，她的脸涨红了，她一直沉浸在与埃文的妈妈见面的想象中，以至于把侦探的建议抛到脑后。“哦，天哪……”

贝卡没有听南希说话。南希还没来得及抓住她的胳膊，她就从车里爬出来朝菲亚特走去。南希的喉咙里胆汁都要冒出来了。当她赶上她的朋友时，贝卡已经到了乘客门的窗户边。她立刻喘了口气，“达瑞尔！”她说，“你在这里干什么？”

达瑞尔看上去很害羞，这种表情使他看起来比实际年龄年轻，是瑞安小时候就在一起的玩伴，他一直很害羞，尤其是在女孩周围的时候。“瑞安今天让我看着南希，他一直担心她。”他看着仪表板。“但没想到你们会来这里，我的车快没油了。”

贝卡转向南希。

“我有件事要告诉你。”南希说。她感激地向达瑞尔微笑，并带着贝卡回到她们的车上。南希深吸了一口气，才把过去几天发生的事情都说了一遍：纸条、跟踪她的男人、录像。她的描述让他们听起来更加阴险，尤其是在时间已经过了这么多天，但她仔细地按时间顺序尽可能多地描述出了细节。当她描述完之后，她感觉自己就像一个用过的气球，每一丝空气都从里面被挤了出来。

贝卡静静地坐着，脸上惊呆了。当南希向她复述警方的问话时，她转过身来。“天哪，南希，之前你为什么不告诉我？”

“我不能把你置于这种境地，你已经为我做了这么多。”

“那家伙现在在哪里？”

“谁？”

“跟踪你的人？”

南希耸了耸肩。

“你还不知道他为什么要那么多钱？”她摇了摇头。

“这就解释了瑞安发来的所有短信。”贝卡说，“我知道他很担心你，他今天给我发了几条信息，问我你有没有事。”

南希望着对面的朋友。“对不起，贝卡。”

“这不是你的错。我们赶紧为达瑞尔找点儿钱，这样他就能加油回家了。等到家了，我们都会感觉好一点儿。”

* * *

“你再也不能这么做了。”戴维斯一边说，一边迈着大步走向事故室。回警局的一路并不容易，戴维斯坚持和上了手铐的丹顿一起坐在后面。

直到他们登记后把他带到拘留室，杰克曼才腾出时间解释他的行为。现在他有点儿感到恼火了。“我告诉过你迈克·克拉克说过什么，必须把他抓起来好向他同事‘炫耀’一下，我们俩都没必要卷入骚乱，想象一下这样解释起来要多少书面工作。”他试图开一个玩笑却没有成功。

“那你呢？”她说。

“我没有孩子。”

“我们应该带着别人一起去。”

“没有其他人，他们都有任务在身。我不认为我们需要警队出动，否则我会给他们打电话的，而且事实证明我是对的。”基恩突然从他们前面的男厕所冲出来，正把衬衫掖在裤子里，打破了这种紧张的局面。他笑了笑，对他们的争论视而不见。“我刚好要来找你，你想要听好消息还是坏消息？”

杰克曼迅速地瞥了戴维斯一眼。“先说好的吧。”他说。

“我们有一些关于安德森的信息。”基恩看了看手表，“他现在正在搭飞机回家，不到一小时着陆。”

“他一定认为现在回来解除了自己的嫌疑，万事大吉了。”戴维斯说，“肯定有人给他通风报信了。”

“还有更多消息呢。”基恩一边说，一边领着他们走下走廊。“法医已经将发电机上的指纹与尼克·安德森、埃蒙·本威尔以及理查德·加勒特的指纹进行了比对。”

“这挺有意思的。”杰克曼说。他们已经到了事故室的入口。“坏消息是什么？”

“贾纳斯在这里已经快一个小时了，要见你，她不是很高兴。”

当他们进入事故室时，杰克曼感觉到自己的手机在震动，是卡米拉的消息。

“如果你还想喝咖啡的话，我下午有空。”

事故室的门砰的一声开了。

“她在你办公室里。”戴维斯低声说，“正在等你。”

“我就一分钟就好。”他迅速地回了条信息：“对不起，今天不行。案件上有新线索。”

杰克曼走进专案室，走到基恩和戴维斯身边。他立刻发现贾纳斯坐在他办公室的角落里，轻敲电脑。她抬起头，合上笔记本电脑，大步走出来迎接他们。

“我想我们需要召开一个临时会议，”她说，“我们来更新一些进度，看看我们处理到哪里了。”椅子吱吱作响，桌子被推到一边，所有人都聚集在房间前面。

“你可以开始了。”她对杰克曼说。

“我们抓到了丹顿，因为他向南希要钱而逮捕了他。他现在和他的律师在一起。我们有超市的闭路录像，还有南希对他文身的描述。很有意思的是接下来我们是否能在问话中从安德森身上找到任何别的联系。”

“安德森现在在飞机上。”基恩补充说，“下午五点到。”

“太好了。”贾纳斯说，“去伯明翰西区的迪沃伦，看看他们能不能去接他。如果有必要，就报上我的名字。如果他们能把他带到这里，我们就负责他们的押运费用。他一离开飞机，我就要在他有机会和任何人说话之前，把他的电话查封。我们知道他的车星期天在农场和谷仓附近，他的指纹证实他去过那里，北安普敦的情报证明了他有杀人动机，我们去搜查一下他的房子，看看还能找到什么。”

“毒品小组和给他们的预算怎么办？”戴维斯问。

“我不会被贩毒队呼来唤去的，这是一个谋杀案。”一声振奋士气的怒吼在房间里传来，贾纳斯笑了。“好的，这样就够了。”她等着咕哝声消失。“我们要把一切安排好，一切按章行事。”一波新的低语声响起。贾纳斯转向杰克曼：“我能跟你谈谈吗？”

杰克曼跟着她来到他的办公室，随手把门关上。“怎么了？”

“我需要你在一刻钟内和我们一起去楼上开会，助理警长和另外两支部队的代表在那里，毒品犯罪是这个区域新的重点警务工作，他们对你的谋杀案调查中的大麻种植表现出了浓厚的兴趣。”

“迈克·克拉克呢？他负责毒品案件。”

“哦，他拿着挂图和讲义来了，但我们可以利用您对现实情况的了解，即它如何与您正在进行的工作相联系。”

“我现在不能这么做，我们正要……”

“不，你可以。”贾纳斯打断了他的话，“我们将派一支警察顾问搜寻小组的队伍来搜查安德森的房子、汽车和企业。伯明翰刑事调查人员会在机场接他。”

“丹顿呢？”

“下派给别人，让你领导的小组去审讯他。基恩似乎很了解那些反对他的证据。”

“我们下次再这么做行吗？”

贾纳斯没有试图掩饰她的沮丧。“不，听着，威尔，你还是习惯吧，作为一名高级调查官，你的工作是制定战略，更新政策日志，分配预算，管理。天哪，我不知道有哪个上级和你一样亲力亲为的。如果你想从侦缉总督察升到管理层，你需要在事件中起指导作用，而不是去抓嫌疑人和审讯。贾斯汀·坎贝尔来自泰晤士河谷的重案组，他会对你有帮助的。”

杰克曼目瞪口呆地看着她，他对分配预算不感兴趣，他申请升职的唯一原因是，他可以自己进行调查，而不需要赖利这样的高级官员抓住每一个机会盯着自己搞警察政治。建立新的关系，讨论警务战略和预算，这些都是他现在最不需要的。

34

那天下午晚些时候，杰克曼坐在会议室的桌子边感到很不自在，他是唯一一个穿开领衬衫的人，而且他在贾纳斯的坚持下还穿了一件西装外套。

房间尽头的屏幕上挂着一张图表，来自泰晤士河谷的贾斯汀·坎贝尔正在研究他们犯罪数字的趋势。他是一个瘦削的人，看上去永远不会不带着笔记本离开办公室的，而且永远带着笔记本电脑。杰克曼瞥了一眼房间尽头的一张桌子，桌上摆满了杯子、碟子和饼干。迈克·克拉克情绪高昂地宣布会议开始，并说之后会有足够的时间聊天，然后“分享想法”。这让杰克曼内心暗自诅咒，迈克比以往任何时候都更适合即将到来的委员会的面试。

他的思绪又回到了这个案子上。他想知道基恩是否设法让丹顿在审讯中开口了，他们有没有收集到更多的证据。搜索小组将在斯诺克大厅和安德森塞顿大道的家中进行检查。

杰克曼偷偷地看了看表，安德森的飞机在大约十分钟前着陆了。

“威尔，也许你能跟我们分享一下厄普顿农场的大麻种植情况？”贾纳斯的声音使他回到了现在。他坐在前面，看着桌子周围冷冰冰的面孔，说明了大麻是如何储存的，他们是如何发现的，以及它是如何与跨境供应联系在一起的。

迈克·克拉克在杰克曼结束后，以他惯用的娴熟方式把话接了过来，并用 PPT 介绍了大麻农场的注意事项、如何尽早发现它们、这个过程涉及了哪些内容。杰克曼又看了一眼表，差不多一个小时又过去了。

当迈克坐下来的时候，助理警长发出了一声长长的叹息。“这会很有趣的，看看我们是如何处理所谓的罪犯头子的，他叫……”他低下头看了看笔记。

“安德森，长官。尼克·安德森，”杰克曼说，他假装看手表，“他随时都会被押送过来，他在决定如何推进这个案件上至关重要。”

贾纳斯皱着眉头看着杰克曼。他的上司从眼镜上方看了他一会儿。“是的，让我们看看我们和安德森怎么推进这件事。在我们知道后果有多严重之前，我不想在媒体上发布任何我们在厄普顿农庄的发现。我们将把这一切放在一起，制作一个新的公关介绍，展示我们是如何对沃里克郡毒品犯罪进行缉拿和打击的。”除了杰克曼，似乎没有人意识到这句话的双重含义，如果他们真的意识到了，他们肯定也没有表现出来。“一定要让你最好的警员参加这次行动。”他对杰克曼说，“你说他什么时候会到？”

“他现在随时都会到。如果您不介意的话，警官，我下去看看一切都安排得怎么样了。”

“当然，随时通知我们。”

杰克曼都不敢看贾纳斯一眼，竭力保持镇静，他起身离开了房间。他一关上身后的门，就沿着走廊跑下楼梯。

杰克曼进入事故室时第一个看到的是基恩。“审讯怎么样了？”他问。

“你没有错过太多，他一直没有说什么，也不谈论他和南希或尼克·安德森的关系。”

杰克曼用一只手划过前额。“他的律师是谁来着？”

“米兰达·福尔摩斯。”

“如果她不允许他提供不在场证明的话，她肯定是觉得他情况很糟糕。”

“文身把他和南希联系起来。罗素检查市中心的闭路录像和超市的录像时发现他就在那里，星期四的时候和南希搭话。目前还无法把他和视频联系起来，但我们的技术人员正在检查他的电话，即使他删除了，仍然会被显示出来。”

“不错。”

“还有，”基恩说，“我们从埃蒙·本威尔肇事逃逸时使用的汽车上找到了前照灯上的指纹。因为它们在里面，所以没有损坏。昨晚十点十八分到十点三十七分，检测到丹顿的电话信号是在斯特拉特福德市中心发出的。有了这张照片和阿曼达·格雷森的身份证明，我们也差不多可以针对埃蒙·本威尔的谋杀案对他提出指控了。”

“太好了。把他也逮捕起来，这样我们就万事俱备了。加勒特和安德森有什么关系呢？”

“目前还没什么消息。安德森和他的律师回来了。”

杰克曼觉得有人在他身后，转身发现戴维斯在他身后徘徊。“先生，我想你可能想看看这个。”

他们下了楼，进了警察接待处的后面的办公室。杰克曼从拐角处向等候区张望，那儿坐着一位漂亮的金发女郎，旁边站着一位年轻的姑娘，她有着同样的蓝眼睛，正在编结她母亲的几缕头发。一个男孩跪在地板上，摆弄着他的电话。他从迈克·克拉克的幻灯片中认出他们是安德森一家。“她来这儿多久了？”他问戴维斯。

“自从警队去她的家进行搜索之后就在这里了。一开始拒绝让他们进去，她似乎知道她丈夫被带到这里来，如果她丈夫不回去，她就拒绝离开这。”

“那她可能要等很长时间了。”杰克曼一边说，一边把头缩了回去。他想了一会儿说："她看起来有点眼熟，有记录吗？"

戴维斯摇了摇头。"什么都没有。安德森曾因持有大麻而受到警告，但除了您手下搜集到的和毒品有关的情报外，他自己似乎很干净，可能会让别人干他的脏活。"

杰克曼想起了上星期天毒品小组在农舍里给他的车放上了追踪器。"一定是重要的事情才会让他出现在那里，搜查那边有什么消息吗？"

"还没有。这也不奇怪，不管他怎样参与了进来，他一定都很好地掩盖了自己的行踪，否则他就不会回家了。"

"检查一下注册信息吧，看看有没有以他的名字登记的其他财产。我们要寻找一些很显而易见的东西：他的房子和生意。虽然可能性很小，但值得一试，那些枪肯定藏在某个地方。"

她点了点头。

"他被捕时身上带了什么？"

"只有他的手机。我们已经送去检查了，要求调出呼叫记录。他的行李里没有什么其他值得调查的东西了。"

"看看你能不能把他上个星期天晚上的电话记录也找出来。"

*　*　*

"你听说过卢克·丹顿这个名字吗？"一道阳光从公寓的窗户射进来，照在侦探的深色衬衫上。南希摇了摇头。

贝卡伸过手来，握住南希的手。

罗素说："我们觉得他就是那个把便条、视频给你的人，也是在你公寓外面等你的人。"

南希咽了咽口水。“他是谁？”

“他是本地人，做保安，大多数时间都在镇上的俱乐部守门，有时，他还强制那些债务人偿还那些非法债务。”

南希把目光投向了贝卡。“我不明白。”

“我们的调查还在进行中。”罗素说，“我们正在调查一切，包括与厄普顿农场的任何可能存在的联系。”

南希前额紧皱。“你是说与埃文的联系？”

“我们现在还不确定。”

“但纸条上说债务转移到了近亲身上。”

“在他们看来，近亲意味着任何与债务人关系密切的人，包括女朋友。”

“接下来怎么办？”贝卡问。

“丹顿会以勒索钱财的罪名整个周末被关押在警察局，并在周一出庭，我们也在调查他是否有其他罪行。鉴于指控的性质，他很可能会被拘留。”

“谢天谢地。”贝卡的声音中流露出一丝轻松。

南希目瞪口呆地看着侦探。“你是说埃文借了这笔钱吗？”

“不，我是说，我们必须尽一切可能确定到底发生了什么。我们目前没有排除任何可能性。”

南希重新瘫回到沙发里。她不知道这样的“惊喜”，她还能应付多少。

侦探站了起来。“不管怎样，我只是想让你们知道我们已经把他拘留了。”

“我们真的很感激，对吧，南希？”

南希抬头看着他们俩，无力地笑了笑。

侦探走后，贝卡下楼去看望她母亲，南希继续在沙发上，仔细分析侦探的话。

也许埃文在为钱发愁，她知道农场的收入不多，他以前说过几次。侦探一直很谨慎小心，从不透露更多细节。但六千英镑似乎是一笔很多的贷款，是用在了哪里呢？他如果还在，会告诉她吗？

不过……埃文不是完全诚实的，他对自己是谁撒了谎。

她头脑发热。真正的埃文·贝克到底是什么样子的？他知道有人使用了他的身份吗？这真的可能吗？

报纸上关于强奸案审判的文章突然出现在了她脑袋里，还有她和奥黛丽的会面。

她的生活就像一团乱七八糟的羊毛，她不知道自己怎么去解开。

她抓起电话，她需要离开这里。

35

杰克曼关掉了他前面的屏幕。在下班前最后一个小时看了基恩对尼克·安德森的第一次审讯后，他感到疲倦。安德森知道规则，甚至比他身边那个自以为是的律师还要清楚。除了他们知道他出现在那个地区之外，他们没有任何证据可以证明他与谋杀案有关，而且谷仓里有一些指纹可以证明他与大麻种植有关，其他的没有任何证据。

杰克曼用手背擦了擦眼睛，眼角不经意间看到了时钟：晚上七点半。他叹了口气，拿起手机打电话回家。西莉亚几乎立刻就接了电话。“嗨，爸爸。”

“嘿，今天过得怎么样？”

“我让阿德里安第一次领略了斯特拉特福德的风景。我们真是幸运的游客，去了玛丽·阿登的农场和安妮·海瑟薇的小屋。他甚至想看看我们能否买到去剧院的晚票，幸好没有票剩了。”

杰克曼笑了，西莉亚显然没有继承她母亲对莎士比亚的热爱。

“你什么时候回来？”她问，“我们刚好正在考虑晚餐的问题。”

“我不确定，可能会迟到。我们拘留了一名嫌犯，要搜索房子。”电话那头安静了下来。“你还在吗？”

“在，我只是……希望能多见见你。”

“对不起，亲爱的，我保证明天晚上我会补偿你们俩的，我们一起出去吃饭，我请客。”

“好吧，”她说，她的声音里夹杂着失望，“最好找个好地方，明天晚上是我在家里的最后一晚上了。”

她挂了电话后，杰克曼思考了一会儿她的反应。显然，对她来说，他在家多待些时间是很重要的，那是因为阿德里安也在这里。“她一定很喜欢他。”杰克曼想着。他不舒服地挠了挠脖子后面。

罗素敲了敲门，他招手叫她进来。“希望你给我带来了一些好消息。”他说，“外卖也行，我快饿死了。”

她笑了:“恐怕没有来自任何搜索团队的信息，他们今晚的工作都结束了。除了他妻子的生意外，没有其他财产登记在安德森名下。电话公司要到早上才能收到我们查询通话记录的申请，但是他的手机显示他周日在农舍附近。这就是说他在晚上十点五十一分到十一点零六分之间到达的那里。”

“谢天谢地，”杰克曼说，“至少这让我们有理由留住他。告诉基恩转告安德森的律师。”她转过身去刚要走，他想起了另一件事，“安德森夫人还在吗？”他问。

“据我所知是的，看来她打算来一次静坐。”

杰克曼走下楼梯去接待处，他能听到戴维斯身后的沉重呼吸声，她努力跟上他。“你为什么要和她谈话呢？”她问。

“我也不太确定。”杰克曼说。

当他们到达楼梯底部时，她转动着眼睛看着他，但什么也没说。

当杰克曼打开后门时，接待区几乎空无一人。那女人立刻抬起头来。杰克曼大步穿过铺着瓷砖的地板，介绍了自己和戴维斯。

“你什么时候放我丈夫走？”她问，她把头指向孩子们，“已经过了他们的睡觉时间了。”

“他只是在帮助我们进行一些调查。”杰克曼说，“你该回家了。他很快就会和你联系的。”

“我是不会动摇的。”

“我想上厕所。”小女孩拉着妈妈的前臂。

安德森夫人叹了口气。“好吧。”她看着对面的儿子，“你也来吧，凯尔。”

他没有抬头。“我不去女厕所。”

“哦，看在上帝的份上！别添乱了。”

“我和他在这待着，”杰克曼说，“直到你回来。”

她警惕地看着他，回头看着她的儿子。“过来坐在椅子上等我们，凯尔。我们就几分钟。”

男孩走过去，坐在杰克曼旁边的椅子上，从刘海下迅速地瞥了他一眼，然后继续用手机玩游戏。他看上去不到九岁，摩托车在屏幕上飞驰。

“你喜欢摩托车吗？”杰克曼问。

男孩点点头，但没有抬头。

“我也是，”杰克曼继续说，“我以前有一辆杜卡蒂。”

“什么颜色？”

“红色。”

男孩抬头看着他，眼睛睁得大大的。“我爸爸有一辆黄色的。”

“是吗？好棒。你骑在车上过吗？”

男孩警惕地点了点头，回头看了一眼厕所才开口。“只在车库外面的时候骑过。他也有哈雷·戴维森。”

“哇！”杰克曼说。他与戴维斯迅速对视了一眼，搜索小组没有提到过摩托车。“你上去过吗？”

他点了点头。他的眼睛像碟子那么大。“速度特别快。”

“是吗？你肯定在车道上加速时完成得很好。”

“不在我们的车道上。”

“哦？”

杰克曼又看了一眼厕所。“在大马路后面的蓝色车库里，爸爸有两个车库。”他点点头，好像在分享一个特别的秘密。“妈妈还不知道。”

厕所的门打开时砰的一声撞到了墙上。安德森太太拉着女儿的手，显然很激动。“你什么时候放我丈夫出去？”她说，“她把自己弄湿了，她很难过。”

“我需要上厕所！”女孩说，但她恳求的话被忽略了。

“我真的说不好，”杰克曼说，“他现在和他的律师在一起。我们能给你拿点儿什么处理一下吗？”

安德森太太气得脸色绷紧。

“听着，你为什么不回家呢？”戴维斯说，“他一获释我们就给你打电话。”

背后响起了一声哀号。“他捏了我一下。”女孩喊道。

卡莉·安德森红了脸，女孩扑在她母亲身上。戴维斯用她最温柔的语气，又做了些努力劝服她，最后卡莉·安德森同意了，走到了夜色里，直截了当地拒绝了把他们送回家的邀请。

门一关上，杰克曼就走上楼梯，戴维斯紧跟着。他们看着事故室的地图，在可能的地点摸索着查询。“有人知道镇上哪有车库是蓝色的门，靠近主干道的吗？”杰克曼问房间里的其他人。

“我把我的露营车停在离伯明翰路不远的地方。”基恩说，“地点不是很好，因为太隐蔽了，孩子们上下需要骑着摩托车，但是他们归市政所有，租金很低，所有的门都是蓝色的。”

“看看他们中是否有安德森或他的妻子租的，也试试她的娘家姓。”他抓起手机，“我会让另一个搜索团队待命。”

36

南希在装饰着钟面的鱼馆入口下漫步，穿过餐厅，进入酒吧区。这是她失去埃文后第一次来这里，对周围环境的熟悉使她不安。

瑞安听到她早先的消息松了一口气，他很高兴警察逮捕了骚扰她的人，他想出去喝一杯“庆祝”。当她向他建议那个鱼馆时，他犹豫了一下，尽管他也没有反对。“如果这能让你感觉好一点儿的话。”他只这么说了一句。

南希走近时，酒保冲她笑了笑。“南希，我们听到了消息，很抱歉。”她说，“你还好吗？”

南希突然想到她不知道酒保的名字。她一直和埃文在一起，从来没有费心去弄清楚。“我没事，谢谢。”

“你要点儿什么喝的？”

“我要伏特加和可乐。”南希说，她回头看着瑞安。

他说：“请给我来点儿啤酒。”

南希偷看了一眼酒吧，她的眼睛盯着埃文在酒吧尽头的座位。一部分的她希望在那里看到他，喝着他的酒。她的眼睛落在了瓷砖上的刮痕上，她过去常常把下一张凳子拉过去，他们坐在一起，沉浸在自己的小世界里。

“你没事吧，南希？”

瑞安的声音使她回到了现在。“当然。”他递给她一杯酒，然后往后退了一步刚要走开。“等等。”她抓住他的手臂，“我们坐在吧台旁边吧，坐在这里可以看到整个酒吧。”

瑞安转过头去看酒吧。与另一边餐厅里的桌子不同，餐厅里挤满了一起吃饭的家庭，周五的晚上，酒吧里却一片寂静：远处角落里坐着一桌小伙子，旁边坐着一对夫妇，一对老夫妇靠在旧壁炉旁。当他回头看她时，皱起了眉头。“今晚这里不怎么热闹啊。”他说。

南希不理他，坐在酒吧凳子上，擦去玻璃杯上的水珠。

瑞安笨拙地在她旁边徘徊着。“你现在感觉怎么样？”

“我没事。”她没有抬头，“谢谢……你知道的，谢谢你这么照顾我。”

“我这样做是为了让我自己安心，如果我可以不工作的话，我就会亲自跟着你了。不过，现在能把它抛到身后一定感觉很好。”瑞安说，“为了再次感到安全干杯。”他们喝了一会儿酒，南希突然意识到有背景音乐在演奏。她听出了凯蒂·佩里的声音，尽管她听不出是哪首歌。它模糊成了背景，和上周的其他事情一直萦绕在她脑袋里。

“不过倒是解释了一件事。”瑞安说着，把杯子放下。

“什么？”

“为什么谢丽尔这么心烦意乱，也许她说的是实话。”

南希思考了一会儿。自从指责谢丽尔又喝酒后，她就没有和她妈妈好好谈过话，也许她该给她打个电话。她伸手拿包，把手伸进去拿电话。尽管……她不能完全确定骚扰她的那个男人和谢丽尔没有关系，侦探说他们仍在调查事情，试图弄清发生了什么，这并不是谢丽尔第一次食言。她放下电话，又把身子撤回来了。

南希仰头将伏特加酒一饮而尽，把杯子砰的一声砸在吧台上，声音很大，太大了。

“南希，你还好吧？”瑞安问。

“当然，我再要一杯，酒精要双倍的。”

瑞安几乎还没碰他的饮料，他又点了一杯，把它递给了南希。她把杯子直接放在嘴唇上。“你慢点儿，南希。你知道你喝酒是什么样子的。”

她把杯子从嘴唇上取下来，歪着头。“什么意思？”

“你知道我的意思。”瑞安尴尬地瞥了一眼。

“什么？是我不像我妈妈，不能喝酒吗？”

“好啦，你知道我不是故意的。”

“好吧，那就别说别的了。”她厉声说道。她突然很生气，怒气如此快地包围了她，以至于她现在想要另一杯酒。

酒吧男招待把CD换了一下，小红莓乐队柔和的声音充满了酒吧区域，南希和瑞安默不作声地喝酒。

她喝完一杯，把杯子放在吧台上。“我要去洗手间。”她的声音不自觉地提高了一个分贝。

南希能感觉到脸上的热度，感到有眼睛盯着她看。她环顾四周，刚好赶上转角处的两个男人避开她的目光。酒吧尽头的一对夫妇正在深谈，他们迅速瞥了南希一眼，继续说话。她推开凳子，发现很多眼睛尴尬地向远处望去。酒吧区安静了下来，人们没有继续盯着她看，他们有意识地把目光移开，可这目光移开得太明显了。

一个想法穿过笼罩在她脑海中的迷雾，浮现了出来。这些人是认为瑞安填补了埃文的位置吗？她可以想象他们在回家的路上在车里肮脏的谈话：“他甚至都还尸骨未寒，她就已经和新的男孩子在一起了。”她的血液沸腾了。人们如此轻易就可以给别人下判断，对埃文也是，他们怎么敢这样？

南希站着，房间有点儿模糊，她挥了挥手，意识到她从早餐起就没吃过东西。在回来的路上，贝卡在高速公路上停了下来，点了一个三明治，但南希只喝了一杯拿铁。她内心还在回味与奥黛丽的会面，已经受够了，吃不下去东西。

“嘿，”瑞安用胳膊搂着她，“小心。”

她把他推开了。“我很好，只是需要吃点儿东西。”

“好的，我们去要点儿东西吧。”

南希点了点头。“我先去女厕所。”她过去沿着酒吧边上走到女厕所已经很多次了，但她从来没有需要这么专注过去做这件事。她努力保持走直线，一只脚移到另一只脚前面，保持头部抬高。

她一进门，就冲到水槽那儿，用冷水泼了脸，然后把额头贴在冰冷的大理石上。她站着的时候能觉得更平静。

但有一件事在她心里比以往任何时候都清楚。埃文可能用了别人的名字、身份，但他不是骗子。她所认识的埃文是一个善良、体贴的人，他永远不会伤害任何人。她对别人对他作出判断感到恶心至极。她把手伸进包里，在侧边的口袋里找了找，拿出一包口香糖和一包扑热息痛药。她挤出几片药片，把头发往后拢，这样她就可以喝到水龙头里的水，把它们吞下去，然后在舌头上放了一颗薄荷糖。当她把包放回原处时，她的手指碰到了什么东西的边缘，它从她的包里滑出来掉到了地上。南希弯腰捡起记者的名片。她站起来，盯着电话看了好一会儿，然后拿起电话，打出了几个号码。是时候让人们知道她的埃文·贝克是谁了。

* * *

“你要见我？”杰克曼说话时直接面对着米兰达·福尔摩斯，她同时代表卢克·丹顿和尼克·安德森的事实并没有让他感到迷惑。

“你以谋杀罪逮捕了我的委托人，但你没有证据证明他与犯罪有关。”

杰克曼向后仰身，看着她不耐烦地用修剪好的指甲尖抓着自己的脖子侧面。她在警局里因为总是穿着昂贵的西装，态度粗暴而出名。奇怪的是，尽管警方照片显示了米兰达的委托人是与案件有关的犯罪分子，但米兰达·福尔摩斯代表的嫌疑犯们却似乎像是有一种荣誉一样，仿佛是他们真的已经赢了官司。他想知道她晚上怎么能做到安然入睡的。“我们是在谈论安德森先生吗？”

“我们是在讨论他的案件。”

“我还有很多其他事情要追究他。”

“来吧，探长，你和我都知道这些都是间接的证据。”

“他付你多少钱让你在这里待这么久？”

“我真的不认为这有什么关系。”她开始把文件收起来，“他飞过来很累了，我建议你让他回家和家人团聚。”

有人敲门，罗素的头出现了，她要求和他说话时睁大了眼睛，杰克曼解释了一下出去了。

“他们已经找到了车库。”罗素确认他们已经处于听不见的范围时候才说。“是以卡莉·安德森的婚前姓租来的，这就是为什么他们以前没有注意到。其中一个车库后面很有迷惑性，搜索团队一开始就错过了，没有搜到，必须要专业的才能找到。在车库后面，他们发现了一些枪支和一堆不同的手机。”

“有没有厄普顿庄园里的枪支？”

“我们把三支火器的序列号与厄普顿农场劳顿先生登记的那些排列了起来。我们已经送了一台移动指纹机到那里，看看我们能不能找出任何东西。”

“太棒了。”杰克曼松了一口气，“我们终于可以推进一些东西了。”

“我们准备好让嫌疑犯再次接受审讯了吗？”

杰克曼回头看了一眼身后的门。“不，今晚不行。”他向她眨了眨眼，自己回到了房间里。

安德森的律师走近时撇了撇嘴。“接下来要怎么办？”

“你说得对，当然，安德森先生飞过来会很累。”她扬起眉毛。“但他可以在这里过夜，因为我现在有很多问题要问他。”

37

尼克·安德森目不转睛地盯着杰克曼，尽管他在警局拘留室里过夜，下巴上的印记是他昨晚被剥夺家庭舒适感的唯一线索，但他看起来精力非常充沛。

与此相反，杰克曼的肾上腺素激增。他昨晚熬夜到很晚，在一名他们特别打电话来帮忙的情报人员的帮助下，仔细查看车库里手机上的联系人和信息，几个小时就过去了。他们把一张闲置的 SIM 卡放进其中一部手机，当他几乎准备放弃时，看到一系列的信息发给了一个叫“埃文”的号码里。信息如下：“债务应该从你的份额里出。”还有“按照吩咐去做。”他们必须等待手机公司的报告来确定更多的细节，这肯定要周末之后了。从农舍埃文的手机上没有找到任何东西，但他们知道毒贩子通常会使用不同的手机和 SIM 卡来减少被发现的机会。杰克曼觉得他们终于挖到了一些东西了。他凌晨三点到家，头嗡嗡地响着，睡了几个小时，然后早上七点半又回到了警局。

米兰达·福尔摩斯往前探了探身。“探长，我们已经在这里待了将近半个小时了，我看了下手表，我的客户还剩五个小时的拘留时间了。你有什么新发现吗？如果没有，我建议是时候考虑释放了。”

杰克曼不理她，他专注于安德森。“我们知道你星期天晚上在农场。”

“并没有，你们只是追踪了我的手机。”安德森说，“我告诉过你，我手机丢了。”

“所以你根本就不在那里？”

“我在家，我的车停在车道上，我相信我妻子会证明的，你和她谈过了吗？”他把后背倚在椅子上，一种无聊的表情写满了脸上。

“我们谈过了，但你的车不在车道上，不是吗？它在谷仓里。”

米兰达坐直了。“你有证据吗，探长？”

杰克曼从一个人看向了另一个，协议要求他不能说出安装追踪器的事儿。

安德森嘲笑着，什么也没说。

杰克曼看了他一会儿。“你在伯明翰路附近租的车库多久了？”

尼克·安德森下巴的肌肉扭曲了。

杰克曼假装看自己的笔记。“我没记错的话，是 34 和 35 号。”

“我不知道你在说什么。”

“那是你和你儿子骑摩托车的地方，不是吗？”

“谁告诉你的？”

“在你对面的一个车库里有一个摄像头，几乎很难发现。”

安德森转过身去。

“这也是你存放从农舍偷来的枪的地方。”

“我从没见过枪。”

“那就奇怪了。”杰克曼说，“因为枪上有你的指纹，还有一堆手机和 SIM 卡，我们在那里也找到了。”

安德森怒视着杰克曼。

“你确定关于手机你不想说什么吗？上面的短信读起来很有趣呢。”

安德森向他的律师侧视了一眼。“无可奉告。”

* * *

一小时后，杰克曼深吸了一口气，把塑料杯放在前面的桌子上。“有些事情感觉不对劲。”

他们坐在一个备用的会议室里，等着拘留部门那边的人给他们打电话正式起诉安德森。贾纳斯虽然在休息，但打了电话过来说希望能参与其中。

戴维斯瞪着他。“你什么意思？”

他沉思着，避开了视线。“我们重新思考一下，丹顿的动机是什么？”

“我们知道他杀了埃蒙·本威尔。”戴维斯说，“闭路录像里有记录。”

“我不否认他杀人，但为什么呢？”

“把谷仓的谋杀案嫁祸给他，可能以为他在帮安德森一个忙，因为车辆的原因，埃蒙已经和谷仓脱不了干系了。”

“安德森可以用任何方式杀死埃文，他为什么要烧毁一个他可以接管并从中获得回报的大麻农场呢？”

“向北安普敦发送某种信号？结束他们之间的战斗？”

杰克曼挠了挠太阳穴的一角。“那为什么要把枪拿走呢？”

戴维斯耸了耸肩。“也许枪支只是他出于对自身的安全考虑呢？”

“我觉得这个理由太没有说服力了。”

“你想得太多了。”贾纳斯说，“我们已逮捕了他，他的指纹出现在谷仓里，星期天的时候他也出现在现场附近，一些SIM卡上有发给埃文的可疑信息，他有作案手段和动机。”

“我们知道受害者头部受到了撞击，他是如何把尸体从农舍运到谷仓的？”

“我们仍然需要确认这一点，他很可能得到了别人的帮助。”

“还是没法解释为什么他会烧了谷仓。”贾纳斯叹了口气，“皇家检察署已经同意谋杀的指控，等待进一步调查。”

“我们要到星期一才能收到通话记录等信息。”戴维斯说，“还有大量的短信和电话号码要筛选。”

“但今天的工作到此结束，”贾纳斯说，“这是一个很棒的结果，大家回家休息一下，跟媒体发布一个简短的公告说周末后我们会跟进，星期一你需要保持精力充沛，下周我们将会公布大麻农场的消息，这是沃里克郡打击毒品新运动的一部分，警察局长将亲自过来发布这个消息。”

杰克曼一想到贾纳斯如何在这个案子周旋，让警局公布这个案子结果，真是非同寻常。两个失去了生命的人在这个背景中显得多么苍白。他常常认为，她更适合做工厂制造一类的工作而不是这种为人服务的工作。

看守的警员的脸出现在门口。“正好，你起来了，上班了。”他说，“他在前台。”

* * *

杰克曼在正式起诉他们之后，拖着脚沉重地回到事故室，仍然努力在他脑海中思考安德森的动机。他回忆起那条短信：债务从你的份额中出。为什么安德森会烧掉埃文唯一偿还债务的收入来源呢？这没有道理。

当他走进房间时，一阵欢呼使他吃惊，迫使他把问题抛到脑后。他举起一只手。“干得好，各位。”他把手伸进口袋，拿出几张钞票。“出去吃比萨，好不好？”他对戴维斯说。

“你不一起吗？”

他摇了摇头。“带上基恩，他是当地的比萨专家。”他转过身来，从桌子上拿上钥匙。“我要去办个事儿，不会太久的。”

38

南希被透过窗帘上的缝隙射进来的阳光照醒了，她翻过身来，闭上眼睛。这一动作导致她喉咙里涌出一股胆汁，她冲进浴室，头悬在马桶上干吐。吐了好几次，却只吐出少量液体。

她蹲坐下来时，头上的热气慢慢凉了下来。她回忆起昨晚离开酒吧的厕所时，想起一堆人的眼睛看着她回到了吧台，为了再要一杯酒她和瑞安的争吵，还有停车场的有些凉的空气，然后就什么都不记得了，上星期天她也经历过类似的记忆空白，就是埃文死的那晚，恐惧的魔爪缠绕着她，上星期天的记忆丧失真的是脑震荡的结果，还是酒精蒙蔽了她的感官，阻塞了她的大脑？就像她母亲曾经那样。

他们在一起的时候瑞安常常嘲笑她。他叫她廉价约会对象，因为她只能喝一杯酒。她把手放在眼睛上。他今天早上不会打电话给她了。南希站着，走进厨房，抓起洗涤槽回到床上，以防自己再吐出来。

她头上的疼痛稍有缓解，脑子里涌出一连串的念头，把疼痛挤到了一边。据她所知，她一直避免喝酒来着。她从没喝酒喝到回家后大醉、生病和忘掉自己的所作所为。她倒是在贝卡宿醉的时候，照顾过她很多次。在她清醒的时候，瑞安会很放纵，所以他们出去时，她会来开车。埃文就相反，总是他开车而且鼓励她喝几杯酒，享受这种体验。“喝几杯不会让你上瘾。”他说。她仿佛被诅咒了，如果她上个星期没有喝醉，她就能记起发生了什么。

她看了看床头柜上他的照片，一个被逮捕并被指控强奸的人。每当她想到这个问题时，她的心就被提到了嗓子眼儿。强奸是一种令人发指的暴力犯罪。她的埃文并不完美，他沉迷于整洁，喜欢以某种方式做事，但她不敢相信他会有如此扭曲的行为。

罗素的来访在她脑海中徘徊，他们正在调查为了钱骚扰她的男人与农场的关系，埃文被杀是因为他卷入了非法事件吗？或者他过去的案底只是重复的判断错误？她不会再让这种事发生了，她不能。

南希爬起来冲了个澡，温水慢慢地使她的神经平静下来。当她出来穿好衣服时，她能听到下面商店的门开了。贝卡和凯伦已经结束了周末的花艺活动回来了，正在为周六的早班做准备。她看了看表，刚好有时间在门铃响之前用梳子梳梳头发。

门开了，一个穿着考究的女人站在门口，她戴着一副黑框眼镜，右手握着一个公文包。今天早上，伊莉丝·斯坦森的黑发被挽成了一个发髻，突出了她高高的颧骨。“你想让我坐在哪里？”她说。

*　　*　　*

杰克曼进入蒂丁顿路时，天空上简直是乌云密布。他可以看到水晶灯闪烁的灯光照亮了前厅，他从车里出来，穿过车道。他敲了敲门，接着是脚步声传来，砰砰的一阵敲着楼梯的声音。音乐打开了，一个沉重的节拍响了起来，音乐盘旋在屋顶的上空。

他等了一会儿，又敲了敲。最后，门打开了，阿曼达·格雷森出现了。她的打扮很随便，穿着一条黑色牛仔裤和白色长上衣，头发松松地绑在后面。她化着淡妆，但并没有掩盖住她的黑眼圈。

“对不起，”她说，当她让杰克曼进来时，眼睛向上抬起，“他们今天简直是小魔鬼，但我觉得是可以理解的，他们的爸爸今天早上搬走了。”

杰克曼阴沉地点头，跟着她进了一个长长的厨房。房间中央有一个超大的操作台，周围是配套的橱柜；远处有一张桌子，可以俯瞰整整一个长长的花园。

“我要不要给你拿杯饮料？”

“不用了，谢谢。我带来了一些消息，我们以谋杀埃蒙的罪名逮捕了一个人。”

阿曼达一动不动地站着。“是谁？”

“他的名字叫卢克·丹顿，他是斯特拉特福德当地人，他昨天被指控，将被拘留，等待审判。”

“你知道他杀埃蒙的动机吗？”

“现在还不知道，我们还在调查中。”房间里弥漫着一种不安的感觉。阿曼达·格雷森伸手摸到了附近的一张凳子，坐了上去。“这是一场不必要的悲剧。”她说。

杰克曼回想起他与埃蒙·本威尔的初次会面，当时他对仓库的尸体可能是埃文的消息表现出了一种真正的担忧。是的，他的银行账户和收入上都有问题，但也许他只是在账目上做了手脚不想交给妻子罢了，这也就解释了他公寓地板下的现金。发电机上有他的指纹，所以就把他和仓库联系到了一起，但他从未否认他曾在那里待过一段时间，他以为自己找到了一个安全的地方来存放自己的车，却在不知情的情况下卷入了贩毒团伙，最终导致他自己被谋杀。也许他唯一的罪过就是不配合警方，或者没有解释他在周日的行踪。这个想法虽然不讨人喜欢，却深深地印在杰克曼的脑海里。

阿曼达抬起眼睛。“谢谢。”她深吸了一口气，“我现在想一个人待着。”

39

当杰克曼驶进罗瑟街车站的停车场时，雨终于冲破了云层，敲打着挡风玻璃。他不得不开车兜圈试图停车，最后在路的尽头挤进了一个停车位。过了一会儿，他走到员工入口处，衬衫湿透了，头发平了，压在前额上。

他一进门就抖了抖肩，甩到了玻璃门上很多水。直到他抬起头，他才看到一个人在楼梯底部徘徊。

“卡米拉，我没想到会见到你。”

她向前走去，牛仔裤和雨衣丝毫没有减弱她自身的魅力。她光滑的头发从脸上往后梳了过去，一个塑料文件夹夹在她的右臂下面。“刚到。刚才去了你家，当没有人应答时，我就猜你会在这里。”她笑了，“你可以把看门狗解雇了，它一点儿声音也没有。”

杰克曼笑了。“它不在家。我上班时，我的邻居会照顾它。”

“我希望不是那个门坏了的邻居吧？”

他笑了。“不，另一个邻居。”

“有关于那件事的消息吗？”

“那女人还不在，警察联系到了她，她在威尔士度假。门现在很安全，她似乎不急于回来。”

“还好我们就在附近。”

杰克曼笑了笑，把一只手插进头发里然后松开了，更多的水珠滴了下来。“我以为你今天不工作。”

“我的确不工作。”她清了清喉咙，“但我为你找到了更多关于保护弱势群体的东西，这是泰晤士河谷警察目前优先的警务工作。”她向前走了一步，递了一份文件夹。

“谢谢。”杰克曼伸出手接了过来，感激地点了点头。

“你的案件怎么样了？”

“今天早上我们提出指控了。”

“这是个好消息。”

“我来这里只是为了扫扫尾。”

“好啊，我可以在这里闲逛会儿，如果你一会儿有时间一起喝杯咖啡的话。”

杰克曼看了看表，拉了张脸。“对不起，我不行，我打算一小时后见我女儿，我真的不想一直拒绝你。”

“不用担心。”她脸上神采奕奕的，但眼神却有点儿失望。

就在那一刻，基恩和戴维斯撞开了门，一片叽叽喳喳和笑声，好像他们之前在开什么玩笑。当他们看到卡米拉时，他们突然停了下来。

“你好，又见面了。”戴维斯说。

卡米拉向她点头。

戴维斯转向杰克曼。“准备好庆祝了吗？”基恩举起了四个比萨盒，“你要加入我们吗？”戴维斯对卡米拉说。

“今天不行，谢谢。”

“欢迎你加入。”杰克曼尴尬地说。

“也许下次吧。”

“好的。”戴维斯转向杰克曼，“一会儿见，别太久哦，不然就一个也不剩了。”他们跳着上楼，仍然咯咯地笑着。

杰克曼看着对面的卡米拉。“抱歉。你会错过这个机会的，你确定不想加入我们吗？”

卡米拉摇了摇头，笑了。“祝贺你们取得了这个不错的结果。”她向前走去，稍微碰了碰他的前臂。“记得让我知道星期一的状况如何。”

他看着她走进停车场，抓了抓他的后颈，深吸了一口气。

问题在于他喜欢卡米拉，而且喜欢得有点儿太多了。大雨已经停了，随之而来的是一阵柔和的阵雨。他等到她到了车上，转身爬上了楼梯。

当他进入专案室时，一声喊叫在周围荡漾，随后是几声开玩笑的口哨声。杰克曼苦笑了一下，走到办公室，换了件干衬衫。当他再出现的时候，大家已经分散在周围，四肢伸开躺在椅子上，坐在桌子边上，口里塞着比萨了。

戴维斯递给他一盒吃了一半的奶酪比萨。“之前不知道培训部周末也上班。”她一只眼睛眨了眨调皮地说，“他们的预算里一定还有不少钱。”

杰克曼不理她，向后靠在文件柜上，把一片比萨塞进嘴里。他从早餐起就没吃过东西，味道几乎和闻起来一样好，第二片比萨吃起来好像更容易了，杰克曼就是因为这个喜欢这个团队的。经过一周漫长的工作时间，他们互相团结，互相支持，经常以牺牲他们的个人生活和家庭为代价工作，看到这么多的微笑是件好事。还没有意识到，时间就已经过去了。他做了一个简短的发言，感谢他的团队在过去的一周里所做的贡献。甚至贾纳斯也打电话来祝贺，为她完成了任务单上两项引人注目的大案松了一口气。繁忙的工作在周一又要重新开始了：落实指控是其中一件事儿，为皇家检察机关建立一个令人信服的审理案件是又一件事儿。但就目前而言，庆祝活动正欢。年轻人正谈论着再去酒吧去继续庆祝活动，年长的员工要先行离队了，和家人一起度过剩下的周末时光。

杰克曼漫不经心地环顾四周，眼睛在房间里搜寻戴维斯。

他穿过人群，最后在办公室里看到了她。她用手指梳理着从发带上散开的松散的卷发，头发从脸上垂下来，她看了看他桌上的一些文件。

“你还好吗？”他边走进去边问。

她抬起头来，但她的眼神像是在深思。“还好。只是想到了，然后过来查看一个今天早上打到事故室的电话。”

“电话是怎么回事？”

“伦敦北部的一个女人，看到对全国发布的收集信息的新闻，她说她掌握了一些可能有用的关于受害者的信息。”

“什么样的信息？”

“不知道。指控确定后，这个信息就变得最无关紧要了。但有关它的一些事情整天困扰着我。”她把一张A4纸递给杰克曼，是一篇审判报道的副本。“她的女儿也被强奸了。”

杰克曼从文章中回过神来，看着戴维斯。“不是加勒特做的吗？”戴维斯摇了摇头。“不，但我记得媒体报道过，这起案件的审判过程中并没有定罪，就像加勒特一样。”她摇了摇头，好像要把内心的想法抛诸脑后。“哎呀，我什么也不知道了，有点儿奇怪，为什么现在打电话来？”

“我们现在把它当作优先任务处理，周一第一件事就是跟进这个电话。”

她从他手里拿过那张纸，把它放在一个文件托盘里，里面还有一堆其他的电话记录，这些记录都是从公众那里得来的，还等着被跟进。“我现在最好回去看看我的孩子那颗牙是否已经掉了。你呢？和你的新朋友有什么计划吗？”她眉毛一挑，戏谑着说。

杰克曼摇了摇头。

“得了吧，你要是不知道她喜欢你，那你才叫糊涂呢。”

“她只是在帮我处理一件事儿。”

“你只是这么说而已。”

杰克曼把她带出办公室，回到事故室，在那里他向她和最后几个警官道别。当他清理掉最后一个比萨盒时，他自己笑了，没什么能和一群警察狼吞虎咽地吃外卖一样迅速。

他的手机嗡嗡响着，他惊讶地看到屏幕上闪现着贾纳斯的名字。

“威尔，你看过斯特拉特福德邮报的最新报道了吗？”她的声音很急促。

“还没有，我……”

“你最好看看，就现在。”

* * *

“哦，南希，你看，你那篇文章已经登了。”贝卡坐在桌旁，一边拿起一个热香肠卷，一边用空闲的手翻看她的 iPad。

南希把最后一个杯子放在排水器上，把洗好的碗倒空，擦了擦手。“这么快。”

“嗯，我想她是做了些工作的。”贝卡满口食物地说，“否则可能要等到星期一了。”

南希斜靠在屏风上。

丧身火灾的男子背后的故事

8月10日星期一凌晨，一名男子的尸体在沃里克郡乡村一个烧毁的谷仓中被发现，该谷仓位于阿登·格拉夫顿和埃弗尔两个村庄之间。警方认为这起死亡案很可疑，并展开了谋杀案调查。埃文·贝克，来自附近的厄普顿农庄农场，之前被报道失踪，警方呼吁在谋杀当晚可能看到过他的证人前来作证。

上周四，警方确认了这具尸体的身份，他是理查德·加勒特，但他已经以埃文·贝克的名义生活了一段时间。

理查德·加勒特，原籍北安普敦，四年前被指控强奸，被拘留等待审判，但后来被宣告无罪。

埃文，也被称为理查德，周日晚上和他的女朋友南希·法拉第出去庆祝他们在一起三个月的纪念日。南希目前正在为失去男朋友而悲痛，她说："这是一场悲剧。埃文是一个亲和的人，别人对他的死很伤心，很怀念他。"

当被问及改变身份的问题时，南希说："人们要抓他，没有调查真相就已经做出了自己的判断。由于人们的偏见，理查德改名为埃文。"

警方从星期一开始就派出挖掘工人和挖掘机械对农场进行检查。

沃里克郡警方发言人拒绝对挖掘机的使用进行回答。他们只回应说："警方正在调查……如果您有任何有关事件的信息，请联系沃里克郡警方……”

附上的照片是从南希的手机上获取的一张埃文的照片，有点儿模糊。

“天哪，太可怕了。”南希说，“我告诉她的关于他的一切呢？她一点儿也没写进去，只是关注了受审和改变身份的事儿。”

贝卡把手放在南希肩膀上。“对不起，南希。你才是了解真正埃文的人，这才是最重要的。我今晚要取消我的安排吗？鉴于刚才发生的一切……”

南希望着对面的朋友，她完全忘了今天是贝卡父亲去世的纪念日，贝卡和她母亲原计划去伦敦的剧院。他们每年都把日期标注出来，只有他们两个去，要求他们取消行程似乎听起来糟糕极了。“当然不要。”她说，“今年是第几年？”

“第七年”。贝卡说，“我真不敢相信时间过得这么快。”

“不，你走吧，”南希说，“我在这没事的，就在这里度过一个安静的夜晚吧。”

“好吧，或许可以让瑞安过来？”

“或许吧。”

贝卡看了看时钟。“好了，我得回去工作了。如果今天我们不把工作做完的话，今晚我们哪儿也去不了。”

*　　*　　*

那天下午晚些时候，杰克曼疲惫地走进办公室，电话铃响了。他拿起电话，介绍了自己。

“大家都在哪儿呢？”贾纳斯的声音从电话的另一端传来。

“今天早上确认了指控之后，你让他们回去过周末了。”

电话另一端“啧啧”了一声。“我刚在新闻上看到你的声明。”

杰克曼沉重地坐在椅子上。在报纸公布了一些猜测之后，他被迫立即向媒体作了一个声明。他把措辞进行了适当的模糊处理，避免提及谷仓的工作，侧重突出他们的逮捕以及谋杀调查的进展。他说：“希望下周会发表一份完整声明的承诺能让这头野兽远离我们。”

“我不确定有什么能让伊莉丝·斯坦森止步的，我们越早公布大麻种植的细节越好，好好享受周末剩下的时光。同时，如果你听到什么，请告诉我。”

他把听筒放回去，抓起外套，朝门口走去。在最后一分钟的时候，他想起了早先的湿衬衫，折回办公室，从椅子后面把它拿了下来。他的眼睛同时注视到戴维斯所说的电话记录，跟他之前的判断相左，他拿起这位女士的联系方式和打印件，把它们放在卡米拉早些时候给他的塑料文件夹的后面，大步走出办公室，把门关上。

40

那天下午晚些时候，当杰克曼走进布鲁姆山爱丽丝的房间时，西莉亚正在给她母亲梳头。

“嗨，爸爸。”她笑了笑。

他弯下腰吻了她的额头，然后对妻子做了同样的事。“你什么时候到的？”他问。

“一小时前。之前觉得我们需要等你一起。”

“我有事耽误了一会儿。”他抱歉地耸了耸肩。

阿德里安端着几杯咖啡走了过来，微笑着打招呼。“要不要咖啡？”他问，举起一个硬纸杯。

杰克曼摇了摇头。“不用了，谢谢。”

“你还有多长时间？”西莉亚问。

“我周末的工作结束了。”

她朝他微笑着：“太好了，阿德里安和我今晚有特别的计划。”

她明显开心了起来，这使杰克曼感到温暖。杰克曼听着西莉亚和母亲聊起大学的事，阿德里安不时插嘴。杰克曼看着他，觉得他非常棒。他们的许多朋友和家人在爱丽丝面前都很尴尬，不知道该说什么，也不知道该怎么做。然而，阿德里安似乎没有受到影响。

杰克曼决定在他们离开后再待一段时间，把当天报纸上的精彩内容读给他的妻子听。他快速浏览了一下，每篇文章都给她用一行片段总结了一下，然后转向体育版。爱丽丝喜欢运动。当他回忆起阿德里安在大学打篮球时，他正在读一篇关于女子足球的文章。他看了看他的妻子，正要和她分享埃里克弄脏阿德里安的鞋子的笑话。但她看上去很累，脸色苍白。他觉得时机不太对。

杰克曼把报纸折起来，探身，按下床上的按钮，让她平躺在床上。电气设备的嗡嗡声充满了整个房间。当他坐回去时，他的手机在口袋里嗡嗡响，是卡米拉的一条信息："希望早前给你的信息有用，你一定要读第二章的文章。"

他口袋里的文件夹紧贴着他的胸部，他把它抽了出来，翻了几页然后到了第二章，它的标题是《保护弱势群体》。他想起了那天早上卡米拉的脸。她在休假的时候，特意开车过来告诉他信息。他悠闲地浏览着她以前的短信，那天晚上的回忆使他唇边露出了笑容。

他渴望地抬起眼睛望着爱丽丝。她的头侧着，眼睑下垂。他看了妻子几分钟，肩膀才松了下来。他关掉手机，把资料塞回文件夹，再塞进口袋里，向她道别，然后离开了房间。

* * *

敲门声惊醒了南希。之前摇摇晃晃地放在她腿上的书落在了地上。她眨了眨眼，看了看钟，差不多是差一刻七点。她从地板上拿起了书，翻了翻找她之前阅读的位置，这一章只有几页。她一定是在贝卡离开后马上睡着了。门又砰的一声关上了。她跳了起来，抱怨着自己大惊小怪的，走向走廊。玻璃后面有一个影子。“是谁？”

“南希，是我，开门。”

她把门拉开，瑞安笑着，双臂张开。他一只手拿着一瓶灰比诺，另一只手拿着一盒吉百利的牛奶盘，都是她最喜欢的。“我想你可能会喜欢有个人来陪着你。”

“我为昨晚的事感到抱歉。”她说。

“我已经忘了。”他举起手，眨了眨眼。

“哎呀，”这个举动太感人了，她无法抗拒，“我不想喝酒，但巧克力我就收下了。”

“我就知道你会收下的。”

她站在一边让他进来，紧紧地锁上他身后的门。“你想要来一杯吗？”她问，朝瓶子扬了扬头。

“我宁愿喝杯茶。”他说，“一个人喝酒没意思。”

她走进厨房，但他已经跳着走到了她前面，她捕捉到了他剃须膏的味道。“我来泡茶吧，你去坐下吧。”

南希不需要被劝第二次了，她全身的肌肉都因疲劳而抽搐。她回到休息室，躺在沙发上，快速浏览着电视频道。当瑞安端着两杯茶回来的时候，正在播《老友记》。

“太好了。”他说，“我喜欢这个。”他把自己塞进她座位旁边的夹缝里，他的皮肤柔软而温暖。

南希的眼皮越来越重了。“瑞安，我不确定我还能撑多久，我可能很快就要睡觉了。”

“没问题，你想睡了就把我赶出去。”他从巧克力上撕下玻璃纸，扣上盒子，把巧克力放在她的膝盖上。“它会让你清醒的。”

他们看了一会儿电视，吃着巧克力，喝着茶，时间很容易就过去了。

“我要喝酒。”瑞安最后说，“你确定你不想一起喝点儿吗？”

她抬头看着他。“嗯，或许来一点儿吧。”

瑞安退到厨房，几乎立刻带着打开的瓶子和两个杯子回来了。他举了一杯酒递了过去。清丽的柑橘味，很容易酒喝完了。另一集的主题曲在屏幕上响起，她举起酒杯想要再斟一杯。

“你确定吗？”他笑着说。

南希犹豫了一下，她想起了她母亲，昨晚的酗酒，模糊的回忆……“不，实际上我要喝点儿水，让我清醒一下。”

当瑞安带着水回来时，在墙角灯光的照射下，他的眼睛闪闪发光，他又给自己倒了一杯酒。

屏幕上充满了聚会的气氛，人们挤在一个狭小的空间里，说话，大笑。瑞安转向南希：“你还记得那次我父母离开后，我们在我家开派对吗？”

南希笑了。“因为那次派对，我们成了学校里最受欢迎的孩子，整整一个星期。”

“还不是因为你在脸书上公布了消息。”

她用肩膀轻推他。“你父母早回了家，我永远不会忘记你妈妈的脸，我以为他们会杀了我们。”

他们都咯咯笑了。水在玻璃杯里摇曳，南希动了动手腕，以防溅出。她的头感到温暖而沉重。“但很值得的，不是吗？我们藏起来的啤酒够让你之后喝好久了。”他们都笑了起来。瑞安把头歪向她那边，轻轻地敲着她的头。她能闻到他的洗发水味，运动型的，闻起来很甜美。她闭上了眼睛。他的嘴唇碰上了她的嘴唇，温柔而诱人。

南希很快把身子撤了回来，非常快。“你在做什么？”

“我……我不知道。”他看起来真的很惊讶。南希使劲晃了晃脑袋。“我想你最好还是离开吧。”

瑞安站了起来。“南希，我很抱歉。我不知道我怎么了，我想我们在讨论……”

南希也站了起来。“你该走了，瑞安。”

他跟着她走到走廊里。“我真的很抱歉，南希。”

她关上他身后的门，检查门锁后，从休息室里把玻璃杯撤了出来，清洗着。她的眼睛发热，和瑞安坐在一起很舒服，就像过去一样，但一切都太早了，埃文怎么办呢？

那天晚上，尽管身体疲乏到筋疲力尽，南希仍有一段时间醒着睡不着。当最终睡意袭来，睡得却很破碎，断断续续做了很多梦，旧的记忆重新翻涌上来。她醒了好几次，直到阳光透过窗帘的缝隙散开，她才终于进入了深度睡眠。

* * *

当晚杰克曼下车时，空气中弥漫着烤肉的味道。他走过前门，走到侧门，大声地打着招呼。

敏捷的埃里克跳跃着迎接他，尾巴摇来摇去的。杰克曼轻拍了它一下，从它身边溜进后花园。

“嗨！”西莉亚从烤肉架后面拿着钳子向他挥舞着。她美丽的头发凌乱地绑在背后，苗条的身材，看上去就像她的母亲。爱丽丝也喜欢做饭，从很小的时候起，西莉亚就觉得要和她母亲一起做。

“嘿，”他喊道，“我本来打算带我们出去吃晚饭的，因为这是你最后一晚待在家了。”

“我做了汉堡。”西莉亚说，“自己做的，饿了吗？”

“我现在就饿了。”他穿过草坪来到院子里，在女儿的脸上吻了一下。“那个温柔的家伙呢？”

“爸爸，别说了。”尽管她这样说道，声音最后化成了微笑。“他去给我们弄些啤酒。”

就在这时，阿德里安从房子后面出来，拿着两瓶酒。他把其中的一瓶给杰克曼。“嗨！不知道你已经回来了，要来一瓶吗？”

西莉亚说：“冰箱底部有一些矿泉水是给爸爸喝的。”

阿德里安把啤酒放在桌上。“我去给你拿。”

“我为你做了一些特别辣的辣椒汉堡。”西莉亚说。阿德里安消失在视线里。

“太好了。”他坐在椅子上。

“嗯，我说过啊，我们有特别的计划。”“谢谢，你们今天还干了什么？”当西莉亚开始把食物放进面包里时，他问道。

“我们和萨姆和米奇一起吃了午餐。”

“听起来不错。”

阿德里安带着杰克曼的矿泉水出现了。晚餐摆好了，他们边吃边聊，阿德里安甚至开了个关于鞋子的玩笑，让他们都笑了。

埃里克耐心地坐在桌子下面，等着食物碎屑掉下来，然后跑开，拿了一个网球回来。阿德里安拿着球，把它扔到花园里。埃里克立刻把它捡了回来。

“看来你在这儿交了个新朋友。”杰克曼说。

西莉亚向他投去感激的微笑，杰克曼放松地坐在椅子上。汉堡很快就被吃光了，随着时间的推移，他能感觉到眼睛越来越重。

“你看起来很累。”西莉亚说，“熬夜了？”

“可以这么说。”他站着，伸展着双臂，“我觉得我该进去了。”

“你确定你明天可以去机场吗？”

“当然。”他说，抑制着声音中的悲伤。

41

杰克曼把最后一个箱子从车里拉出来，关上了行李箱。“你确定你什么都带好了？”他问西莉亚。

她低头看了看行李。“应该带好了，但是瑞典也有商店，爸爸，又不是世界末日。”

他紧紧地拥抱着她。至少要过六个星期，他才能再次见到她，虽然他已经习惯了因为她上大学很久不见她，但一想到她在另一个国家就感觉一切要完了似的，令人感到奇怪的不安。

杰克曼往后撤回身子，和阿德里安握了握手。“你确定你在这没事吧？”他想看西莉亚上飞机，但这不公平，阿德里安也会想念她，他们需要时间独处。

“是的，西莉亚的飞机起飞后，我就去赶火车。”

杰克曼点了点头，看着他们把箱子推向门口。门打开了，西莉亚突然停了下来，冲回来，用胳膊搂着他。这一刻仿佛时光倒流，让杰克曼胸口郁结。“我会想你的。”她说，抬起脸亲吻着他的脸颊。“替我照顾妈妈。”

杰克曼挥了挥手，直到门在他们身后关上。回到车上，他坐了一会儿，凝视着车前的空地，直到想起了什么。他打开座位侧面的应用盒，卡米拉的文件夹还在里面，前天的时候放在那儿的。他翻阅着资料，直到看到了打电话给事故室的那个女人的详细信息。他看了看仪表板上的时间，下午十二点半，他拿出电话拨了个号码。

*　　*　　*

杰克曼从 M1 路上掉头，穿过伦敦北部郊区。这儿散布着现代的建筑和古老的教堂，街道两旁的商店排成一排，中间点缀着一排排住宅。他在这里住了这么多年，以至于他已经忘记了生活在一个枢纽中心是什么感觉，背景里永远车流不断，人们聊天的声音也喋喋不休。当他驱车穿过汉普斯特德时，房子变得更大了，在车道上有闪亮的豪车，然后露台上的每一点儿空间都被占用了。他在红绿灯前放慢了速度，一辆红色法拉利停在了他旁边，他笑了笑，这不是他在斯特拉特福德大街上能看到的。

灯变了，他又继续开了十分钟，在车流中穿梭，直到他从主干道转入霍洛威路。塔夫内尔公园路两边有一排排露台，俯瞰着被金属栏杆环绕的公园。他靠左停车，下了车。挂满红色天竺葵的篮子在午后的微风中摇晃着，他走近一扇白色的前门。小门廊里有两个门铃，他按响了上面一个标记 822A 的门铃。

脚步顺着楼梯往下走的声音传来。一个棕色短发的女人开了门，她穿着一件宽松的奶油色上衣，外面是黑色的牛仔布，脖子上挂着一条金项链，双脚被金色的拖鞋包裹着。

杰克曼递上他的名片。“我找凯莉·肖太太，我之前打过电话。”

那女人慈祥地笑了笑，眼睛周围有很多皱纹，这个是杰克曼对她这个年龄段的人没想到的。“请叫我凯莉吧。”她说，“进来吧。”

她移到一边让杰克曼进来，并挥手示意他上了陡峭的楼梯。“厨房就在前面。”

杰克曼走过复合木地板，走进一个整齐地安装着松木橱柜的方形厨房。

“坐下吧。”她朝着窗扇下面的一张小桌子指了指，“茶，咖啡，还是冷饮？”

“茶听起来不错，谢谢。加牛奶，不放糖。”

当凯莉忙着准备喝的东西的时候，杰克曼从窗口瞥了一眼下面的花园。花园铺满了草坪，草坪边缘修剪得很好，上面种了很多常年灌木和夏季凤仙花，色彩斑斓。

凯莉把一个茶壶放在垫子上，然后把茶倒进杯子里，这让杰克曼想起他小时候去看外祖母的事。

“你说你有关于埃文·贝克的信息吗？”他问。这个名字让凯莉停顿了一下，茶壶盖有点儿嘎嘎作响。“还是说理查德·加勒特？”他补充道。

凯莉等着倒完茶，坐到了杰克曼对面的座位上，她说话时脸都绷紧了。“我猜你已经知道了我们的故事？”

杰克曼点点头。“我知道你女儿报了强奸案，她所指控的袭击者在审判中被无罪释放。”

凯莉咽了咽口水，立刻闭上了眼睛。“贾森·安德斯。那个男人的脸将永远刻在我的脑子里。”凯莉深吸了一口气，睁开眼睛。“你可能想知道我为什么打电话给你，可能是我疑神疑鬼，但是……审判后大约一个月，我在上网，找到了一个当地的家庭支持小组，他们的女儿都遭到了强奸。支持小组是由一个叫妮可·沃利斯的女人经营的，来自拉格比。她的女儿遭到强奸，强奸她的人在2011年被无罪释放，当时我还住在沃里克郡。”

杰克曼点了点头。

“我那天心情不好，所以我给她发了一封电子邮件，她把下次会议的细节发给了我。”她停下来，喝了一口茶。“但当她回信时，我放弃了这个想法。我女儿萨米一团糟，我既没有精力也没有能力思考其他事情，所以我谢绝了。但是几个月过去了，萨米似乎没有改善……”凯莉的声音有点儿破裂。“我实在没办法了，我当时真是疯了。我们找过医生和咨询师，但似乎并没有什么改善。”

她凝视着窗外。

杰克曼把嘴唇紧闭，只说了一句：“慢慢说，不着急。”

“你知道看着你爱的人一点一点地崩溃是什么感觉吗？她停止了工作，不再独自外出了，最后彻底不外出了。我吓死了，我以为要失去她了，以为有一天回家，她会……”她清了清喉咙，“咨询师说她会克服的，这只是暂时的，但当我看不到任何改善时，我就开始找寻其他办法，然后我想起了妮可发来的电子邮件，邮件末尾有一个电话号码，我打电话给她，她很好，很支持我，第一个电话，她就听我说了一个多小时，我同意去参加他们的一个见面会。”

“这一切并不容易，我不得不安排萨米的哥哥马克过来，他是另一个让她感到安全的人。但当时我还是犹豫不决，不管怎样，我们最后在妮可家见了面。我们一共有四个人，都是有被强奸的妇女的家庭。我发现第一次见面很难，听他们讲那些故事。我当时不确定我还会去，但第二次见面更有帮助。他们提出一些建议来帮助萨米，一些小方法，比如带她去公园，一次只去几分钟。这花了一段时间，但我确实看到了一些改善，所以我继续坚持了一段。”

“你为什么不继续了呢？”杰克曼问。

“很多原因。萨米当时有了改善，恢复了自信，但她还是不会一个人出去，她总是担心她会看到他，碰到他，他会再次伤害她。我们去度假，和我哥哥住在巴塞罗那。她在那里变得不一样了，更自信了，更像她以前的样子。当我们回来的时候，我可以看到她的变化。她还是在那里过得开心，因为没人知道她出了什么事。不管怎样，她最终搬去了那里。她现在仍然和我哥哥的家人住在一起，只不过她现在工作了，似乎重新变得独立了。我一年去两到三次，当我能买到便宜的机票时。我来这里照顾我的母亲，她去世后，我决定继续留着这个公寓。”

“支持小组呢？”

“去年 3 月左右我就不去了。它当然有帮助，但也有不好的一面。”

“你什么意思？”

“一种悲伤苦涩的感觉。我想我们经历了那些事情，这也是可以理解的。但是，小组并没有讨论如何帮助彼此应对的战略，而是讨论了社会如何不公平以及法律如何让他们失望的。上次会议结束后，我回到家里，觉得自己被所有的消极情绪感染了。”

“什么样的消极情绪呢？”

“哦，你知道的，就是那种他们开始在想如果他们能把正义掌握在自己的手中，他们会怎么做。白日梦，真的，我看不出它有什么帮助。”

他们静静地坐了一会儿，杰克曼终于开口了。“其他人从哪里来的？”

“我记得安吉来自考文垂，乔尼来自斯特拉特福德的某个地方，妮可是唯一一个来自拉格比的，和我一样。”

“从那以后你就再也没有收到他们的消息了？”

“妮可在我没有参加下一次会议时联系了我，我说我很忙，我从来没有给他们一个我离开的理由，我猜是因为我不想伤害任何人的感情吧，只是慢慢消失的。”

“那为什么现在联系我们？”

凯莉挠了挠鼻子的侧面。“也可能没什么是我多想了，但是上个月我和萨米一起去了西班牙，我儿子仍然住在沃里克郡。我周四晚上回来时，他给我打电话，告诉我谷仓里的火灾和尸体。理查德·加勒特的名字听起来很熟悉，它让我想起了支持小组。我不能确定，但我觉得他的名字在支持小组里被提到过。”

杰克曼记得艾丽西娅·温赖特的家人住在北安普敦，他没意识到与沃里克郡有任何联系。

“然后当他告诉我安吉死了……”

“对不起，打断一下，你说什么？”

“安吉·弗雷泽，她自杀了，四周前从厄斯金大桥上跳下来了。据新闻报道说，在那几天前就已经失踪了。”泪水涌上了凯莉的眼睛，“这么可爱的女人，她过去常来和乔尼开会。安吉是三个人中较为温和的一个，这真是个巧合，我想我应该告诉别人这件事。”

“你还记得乔尼的姓吗？”杰克曼问。

凯莉盯着桌子看了一会儿，才抬起眼睛。“记不得了，对不起。我只知道安吉的姓，因为在谈话中提到过一次，我们的母亲都在格拉斯哥长大。妮可会知道的，她是联系我们的人，也是组织会议的人。”

42

杰克曼回到车里，一动不动地坐了一会儿，思考着现在的情况。周六早上，罗素度假回来后，去看望了艾丽西娅·温赖特的家人。理查德·加勒特被杀的那晚，他们都有不在场证明。他曾要求她把这件事扩大范围，并与他们接触过的任何一个大家族成员进行核实，但什么都没有发现。

他伸手去拿电话，尝试着打给罗素，当被转到语音信箱时，他尝试打给了戴维斯，她几乎立刻接听了电话，听杰克曼转述着凯莉的故事。

“这就解释了为什么我找不到记录。”她回答。

“什么？”

“我在工作，让约翰和孩子在家里午睡，想要来看看关于伦敦那个电话的信息。你已经早我一步了。”

“这些名字里面有没有是艾丽西娅大家庭的？”

他听到背景中传来了文件的沙沙声。短暂的犹豫之后，“我没看到。”戴维斯说，“罗素的报告和从北安普敦寄来的详细资料中没有提到。”

“这有点儿奇怪，”他说，“我们有妮可·沃利斯的地址，派个警员去见见她吧，查一下她上星期天晚上的行踪。系统上有什么关于安吉·弗雷泽的消息吗？”

他听见戴维斯猛地向前一拉椅子的声音，接着就是敲击电脑键盘的声音。“据报道，一个多月前，她在拉格比失踪。几天后，她的尸体从克莱德河畔被发现。记录上写的是自杀，好像她是从厄斯金桥上跳下来的。”

“对，警察一定问询过她的朋友和家人，看看你能挖到什么，我们还需要这个叫乔尼的女人的详细联系方式。我会尽快赶到的。”

* * *

南希醒来时惊讶地盯着她旁边时钟上的红色数字，已经是下午 3 点了。她伸手去拿电话，看到了贝卡的一条信息："在想你怎么样了，醒了给我发信息。"

她快速地回复了消息，然后向下滚动看到了来自瑞安的短信："昨天晚上很抱歉，希望你没事。吻。"

前一天晚上的记忆涌入了她的脑袋，与扰乱她夜晚的破碎的梦融合在一起，她的头胀胀的。但有件事她需要做。南希犹豫了。好像发生了什么事促使她打电话给谢丽尔，理清楚到底发生了什么，但她没按呼叫按钮就停在了那里。

南希刚到客厅，门铃响时，咖啡杯里的蒸汽还在冒出来。她把头靠在沙发后面，不理它。它又响了。她咬紧牙关不去开门。当声音第三次响起时，她大步走向走廊，扭开了门。

看到面前的女人，南希先说了话。她清了清喉咙。"哦，对不起，我以为是别人。"她抬起头来，看到这个居高临下的女人对她笑了笑，但眼里却没有笑意。

当她说话时，她的声音低得出奇。"我认识理查德 · 加勒特的一个女朋友，我在报纸上看到了你的文章。"

"哦。"接着是尴尬的沉默。访客是南希现在最不想见的，陌生人更是如此，但她还是往旁边一站。"你想进来吗，太太……"

那女人对这个问题不予理睬，直接大步走进公寓。客厅的门是开着的，她径直走了过去，好像她是一个来访的老朋友似的。南希跟着她，走到客厅的时候，那个女人已经坐在沙发上了。

南希目瞪口呆地看着她。"呃……我要给你泡点儿茶吗？"

“白糖两块儿，不要搅拌。”

她身上有些东西让南希紧张，当她回到厨房时，她感到异常平静。她的手机在旁边，水壶烧开的时候，她拿起电话，给贝卡发了短信：“希望你现在过得正开心。”

她的手指悬在那里一会儿，她在考虑是否要跟贝卡说来访者的消息，但她决定不说了，反正也不会有什么好处，只会让贝卡给她打电话。她不想做任何事来浪费贝卡的时间。她匆匆瞥了一眼警铃，拿起了杯子。

南希回到客厅时，那个女人正站着，看着壁炉上的照片。她把茶递过来。“那么，你能跟我讲讲他吗？”

那女人看了她一眼。“你说什么？”

“你说你是理查德一个女朋友的朋友，你一定在某个阶段见过他，我想这就是你来这里的原因吧？”

那个女人没有回答，她转过身来，有一瞬间南希以为她是在照镜子。房间里一片寂静，让人很不舒服。她立即转过身去。

一拳上来，南希的头部遭到了袭击，人被打到了一边，与此同时，热气腾腾的茶也被洒在了沙发上。她的脸触碰到了尼龙地面，过了一会儿她才意识到发生了什么。就在她的大脑刚要开始运转时，她又被打了，这次是脚，整个世界一片漆黑。

*　　*　　*

她脸上沾满了水，非常冷。南希眯着眼睛，畏缩着，更多的水滴了下来。水沿着她的脸颊，进入她的耳朵，沿着她脖子的线条流了下来。

她张开嘴想要大叫，却感到舌头上有从布上掉下来的线头。南希把眼睛睁开一条小缝，就在这时，一股冰冷的水淋到了眼睛里。她眨了眨眼，把头摇向一边。她努力向前拉动自己的身体，试图抬起手，但失败了，手被紧紧地绑在了她背后。

恐惧涌上心头。

她扫视了一下房间。她躺在沙发上，双手绑在背后，双腿被脚踝上的电缆绑到了一起，绑在她身上的电缆扎在她的皮肤上。

那女人居高临下地看着她，脸上显出一种轻蔑的表情。

南希张开嘴，试图恳求她，但封口布把她的话变成了低沉的呜呜声。

“你知道我是谁吗？”那女人咆哮着。

南希摇了摇头。

“我叫希拉·巴克顿，你的男朋友强奸了我的外孙女。”当她弯腰向前时，都能看到她的眼白部分。“你还没意识到你做了什么吗？”

南希又摇了摇头，但与其说是摇，还不如说是颤抖。

“你就是不肯放弃，是吗？就是要和报纸说他是怎么被污蔑的。‘人们到处抓他。’这不是你用的台词吗？你知不知道……”她咬紧牙关。“五个月。”她咆哮着，“他和我们的艾丽西娅在一起五个月了。他一开始当然对她很好，给她买东西，让她觉得自己很特别。然后，当她陷进去了的时候，他开始捅刀子了，慢慢地把她消磨殆尽。他从她身上带走一切，直到她没有朋友，也几乎看不到自己的家人。那天晚上他强奸了她，我敢肯定，他知道即使她有力量逃跑，去报警，她也永远没法向陪审团提供证据。这就是他为什么要和她在一起的原因，因为他知道她最后会拿不出证据。他们在一起大约三个月后，他变了，露出他的本色。”她停了下来，眼睛眯在了一起。“你还不明白，是吗？我在救你。我的外孙女在被强奸之后再也没有康复过来，十九岁时上吊自杀，浪费了自己的生命。我看到你和他在一起，我不忍心让历史重演。”她快速说出了这些话，向南希吐了口口水。

“但你就是不能放手，是吗？你就是要去报社，把他变成穿着闪亮盔甲的骑士，而他唯一的所谓的盔甲是你的想象。”她指着她的胸部。“你怎么能做出这种事儿。”

南希能感觉到她的四肢在颤抖，嘴里有股胃酸的味道。

有人敲门。

希拉的头突然抬了起来。南希抓住这个时机，深吸一口气，含着封口布用力喊了出来，即使是被用布堵住了嘴，发出的声音还是让人很惊讶的。

希拉回头看了看门。砰砰的声音越来越大，越来越紧急。她回头看了南希一眼，走到了走廊里。

南希听到一个熟悉的声音，是瑞安，他来看她，他的头出现在门边。南希看着他的眼睛。他奋力挣扎着想要过来，来救她。

直到他的头晃晃悠悠的，身体向前蜷缩到了一起。

南希试图再一次尖叫，但惊慌失措下，她发不出声音了。她看着希拉·巴克顿踢开他的腿，这个动作让他整个身体在扶手椅旁以一个尴尬的姿势躺着。然后她把手伸进口袋，拿出一个小盒子。

意识更清醒了些，南希的身体开始蠕动。

希拉盯着她，直勾勾地看着她的眼睛。她划着火柴，把它放到了火炉旁边的椅子上，然后又划了一根，扔到了地毯上。接着又划了两根。南希看见椅子着火了，小火苗在扩大、蔓延。

接着，希拉走出了房间，砰地关上了身后的门。

她周围的空气都冒着烟。在绝望中，南希爬着，扭动着，直到她弄倒了沙发。远处的电话响了。电话答录机上贝卡的声音和火焰混在一起，让人觉得很离奇，好像她在看新年的烟火似的。她向前挪动着，直到动作慢慢减弱了。她的视力慢慢变得模糊，直到慢慢地，几乎平静地，什么都看不到了。一切都变得安静了。

43

杰克曼越境进入沃里克郡时，有一种越来越感到不祥的预感包围着他。对凯莉的拜访使他感到不安。他又拨通了戴维斯的电话，没有浪费时间在彼此打趣上。“警队那边怎么样了？”

“他们询问了妮可·沃利斯，她声称上星期天晚上她和丈夫在家。凯莉离开后不久，支持小组就解散了。她说后来联系减少了，她几个月没收到其他人的消息了，似乎也不知道安吉·弗雷泽自杀的事。”

“我已经查看了这些案例陈述和资料，安吉在社区心理健康小组注册了，并接受了抑郁症治疗，几天前她失踪了，据说她开车到苏格兰去了她出生的地方，她的车在附近被发现，留下了两个孩子，被强奸的女儿和一个儿子。两个人看起来糟糕透了，没什么能说明这不是自杀。”

他听到远处有电话铃响。“抱歉，我先离开会儿，长官。”戴维斯说，通话安静了下来。他能听到背景中文件的沙沙声，激动的谈话声，但听不清在说什么。过了一会儿，戴维斯才回来继续通话。“有点儿意思，乔尼是希拉·巴克顿的绰号，很明显她年轻时就迷恋上了乔尼·米切尔。”

“是那个报案的希拉·巴克顿吗？”

他能听到他在说话时戴维斯的电脑在咔嗒作响。“我觉得只能是这样，而且看起来只有一个希拉·巴克顿在斯特拉特福德地区注册。不过，找不到她和温赖特家族有任何联系。北安普敦寄出的家族联系人名单中也没提到她，不过她确实与艾丽西娅的母亲同姓，她有可能是这个大家族里的什么人。我要去她那边看看她会说什么。”

杰克曼想到了希拉·巴克顿，她离谷仓那么近，她对这个案子又很感兴趣。如果她和艾丽西娅有任何关系，她就有了杀人动机和手段。“一定要带上别人。我们有南希的消息吗？”

“我给她打过电话，发过短信。”戴维斯回应着说，“然后在座机上留言了，她不接电话，要我派警员过去吗？”

“不用了，我离她不远，我自己打电话吧。”

杰克曼开到斯特拉特福德郊区的时候，松了油门，朝南希的公寓开了过去。直到他下车向上看了一眼，才注意到花店上方公寓的窗户上的火焰。

他跑过侧门，绕到后面，烟从楼上窗户的缝隙中渗出。他的脚重重地踩在金属台阶上，一步两层地跑上去。

“南希！”

除了屋内火焰的噼啪声外，一切都静悄悄的。杰克曼毫不犹豫地用肩膀撞门，重复了好几次。锁掉了，他向前猛地一摔，立刻就被冒出来的浓烟包围了，因为有更多的氧气进来，这股浓烟势头更旺了。

杰克曼举起衬衫捂住嘴，挣扎着进去了。他踢开厨房的门，每个卧室的门，然后推开了休息室的门。

火焰立刻猛烈地涌了过来，迫使他后退。他用闲着的手保护着自己的脸，透过火焰看到了一个女人的身体。他在浓烟热浪中往前移动着，试图保护着自己的脸。

南希已经不省人事了，身体蜷缩成胎儿的姿势，躺在沙发旁边的地板上，她在房间比较低的地方，使她稍微躲过房间里的火焰。杰克曼弯腰把她拉了起来，但这意味着他要把手从鼻子上放下来。

一股浓烟立刻使他咳嗽起来，他强迫自己屏住呼吸，抓住她，把她抱在怀里。直到他走进走廊，他才看见另一个人笨拙地蜷缩在扶手椅旁边，没办法看清脸。他把南希抬出去，把她放小阳台上。回头看屋里，现在火势更大了，走廊里烟雾弥漫。他抓起一条挂在阳台边缘的棉布床单，让自己的皮肤感到潮湿。他把它包在自己身上，跑回火里。

杰克曼的视力模糊了，他必须摸索着穿过休息室门口，走到另一个人那里，他用力拉，没有生命的迹象，他用尽全力拉着他，把他拉起来，朝出口走去。

杰克曼不记得是怎么撤退到阳台上的了，他刚把自己胳膊上的火拍掉，火苗就掉到了他腿上。他倒下的时候甚至没有听到远处的警报声，热浪太强，制服住了他，直到他没法呼吸。

* * *

高跟鞋敲击油毡地板的声音让戴维斯抬起头来。贾纳斯微微一笑，擦身过去，坐在她旁边。“有什么消息吗？”

戴维斯摇了摇头。“他们现在正在做检查，也不知道其他人的状况。”她盯着前方，不敢闭上眼睛。因为每次闭上眼，她都能看到她之前赶到南希那儿的时候街上的情景，到处都是消防员，像蚂蚁一样，医护人员把人抬上救护车。“我应该早点……去南希那里的。”

贾纳斯把眼镜推到鼻子上。“你也不知道会发生这些……”

“我应该让他等着我和我一起去。”

护士们从他们身边走过，搬运工拉着手推车，轮子在地板上嘎吱作响。有一阵他俩都没说话。“他知道安德森的谋杀指控有问题。”戴维斯说，“他是对的。”

“我们只是分析了摆在我们面前的证据而已。”贾纳斯说。

戴维斯的手机铃声响彻了整个走廊，她从口袋里拿出手机，听了一会儿，然后说：“我马上就到。”

贾纳斯站着看着她。“我让警员定期开车去希拉·巴克顿的家巡视，并报告是否有人在场。”戴维斯说，“他们刚刚发现外面停了一辆车，之前这辆车不在那里的。这边一有消息你就给我打电话。”

*　*　*

那天下午晚些时候，一个衣冠不整、面色苍白、眼皮低垂，看上去一个星期没睡过觉的男人在希拉·巴克顿家开了门。

戴维斯证明了自己的身份，介绍了她自己，以及她从西区值班室调来陪着她的便衣警官。“我找希拉·巴克顿。”她说。

他垂下头。“你最好还是进来吧。”

当马克·巴克顿介绍自己是希拉的儿子时，他们已经到了厨房。差不多一周前戴维斯和希拉在同一个地方听希拉对火灾的陈述。“你知道你妈妈在哪儿吗？”戴维斯问。

马克·巴克顿坐在桌子旁，把手放在脸上，搓了搓自己的脸，他说话时声音沙哑。“我知道你们来这里是为了什么。”他点了点头说，“上星期天晚上我在农场附近散步。”

“是吗？”

戴维斯看向她旁边的警官，他从口袋里取出一本笔记本。

“你住在这里吗？”

“不，我在斯特拉特福德有一套公寓，离我的工作地很近。但我偶尔会来这里打猎，来这边的时候我会过来待在这里，陪我妈妈。”

“上星期天你是自己出去散步的吗？”戴维斯说。

马克点点头。

“你经常深夜在田野里散步吗？”

“当我睡不着的时候，是的。”

“你去农场了吗？”

“没有，我步行去了对面的田边。妈妈刚搬来的时候，我常常带着我的狗去那儿，它已经去世了。树篱上有个缺口，你可以从那里进入农舍的花园。”

“他们的狗呢？”

“狗舍在房子的后面，在主屋的另一边。如果你安静的话，一般是不会惊扰到它们的。但是那天晚上他们在叫，发动机的声音惊扰到它们了。我看到一辆车从车道上驶到厄普顿农场，在黑暗中看不到它的牌子，但肯定不是农场的路虎。两个男人下了车，我听到玻璃破碎的声音，过了一会儿，他们走了，好像带了什么东西离开的。”

“你看到是什么了吗？”

“并没有，当时一片漆黑。”他回答，“哪儿都没有什么光。我以为这可能是非法闯入，就躲在旁边的灌木丛里。我本来打算只要安全了就离开，但就在一分钟左右之后，我听到了另一个引擎的声音，认出了是路虎。我听见他们穿过砾石向门口走去。即便是有狗的吠叫声，我还是听到了她的喘息声。他们没有立刻进屋。我差不多可以把谈话复述个大概。她想报警，他不让。他们进去时，有一会儿比较安静，我猜是他在检查房子。

吠声平息了，我听到了他们的争论，他们互相大喊大叫，然后是砰的一声。我走到房子的边上，看见她躺到了地板上。”

“接下来发生了什么？”

“我觉得我必须介入了。我进去时她还在地板上，独自一人。我正试图帮那个女孩，这时我听到他从休息室走过来，他怒吼着。我从架子上抓起一个平底锅，一个很重的铜底锅，然后躲在门后，在他走过的时候，我冲着他打了过去。我只是为了保护我自己。他转过身来，盯着我看了一会儿才双膝跪下。我就是在那时才认出来的，很相似，我母亲是对的，他就是那个强奸我外甥女的人。”

“你知道你妈妈现在在哪里吗？我们真的需要和她谈谈。”

他用手梳理头发，手肘悬空。“我想她只可能去一个地方。”

*　　*　　*

当警察把教堂大门推开时，教堂大门嘎吱作响。他扫了一眼这片区域，绝望地从墓碑中一排排看过去。远处传来一声尖叫，仿佛划破了天空。

他寻着声音，在教堂后面跑着，匆匆忙忙地避开了墓碑。当他在半明半暗的光线下瞥见她时，他已经跑得喘不过气来了。“巴克顿夫人。”

她跪在坟墓前。

她转过身来。她的头发乱蓬蓬的，衣服破烂不堪，眼睛睁得大大的。他看到刀子，刀尖指向她的胃窝。他向背后追赶过来的同事挥了挥手，脚步声立刻变轻了。“巴克顿太太，请放下刀。”

有一会儿什么事也没发生，一阵微风吹过教堂的一侧，他听到他的同事上前走了一步，感觉到她的手臂拂过他的身体，他声音柔和地说:“巴克顿夫人？”

希拉·巴克顿抬头看着女警官。但她突然脸一皱，双手把刀高举到空中。

他冲上前去，正好看到刀子被打到地上。

44

“我到的时候玻璃已经碎了，看来我不是唯一一个想那天晚上折磨他的人。”

戴维斯凝视着希拉·巴克顿的眼睛。在过去的一个小时里，他们一直坐在审讯室里听她讲述星期天晚上发生的事情。抓捕她的警官说，有一个女人拿着刀，四肢摊开躺在一块墓碑上。她的哭声渐渐平息，变成了混乱的抽泣声，责怪自己没有勇气和她心爱的外孙女一起去死。但是开车去沃里克郡的路上她似乎平静了下来。给她做检查的医生允许她接受审讯。戴维斯刚一开始作介绍，希拉就开了腔而且一直没停下来。基恩在她旁边草草地写着，几乎跟不上她。

“你是说有人在你到达之前已经闯入了农舍吗？”戴维斯问。

“是的。”希拉斜视了一眼她的律师，“后门半开着，像是发生了一场打斗似的，理查德和那个女孩都躺在厨房的地板上，他们看起来像是被打昏了。我进去的时候，他动了动，但仍然是晕晕沉沉的。”

戴维斯眯起了眼睛。“肯定很方便。”

“什么？”

“你到的时候，就已经有人把他们打昏了。”

“你原本的计划是什么？”

“我观察他的行踪已经有一段时间了。那天晚上我听到他的卡车经过，猜想他是从酒吧回来的。大约二十分钟后，我开车去了农舍。他的卡车停在外面，厨房的灯亮了，我原以为他一个人在家。”

“你打算怎么说服他和你一起走呢？”

“我有……”她清了清喉咙，“一支枪，两发子弹，只是以防万一。”

“你从哪儿弄来的？”

希拉低头看着她紧握的双手。“别人给我的。”

“谁？”

“我不打算说。”

“接下来发生了什么？”

“我让他开车。”

“我记得你说他晕晕沉沉的。”

“他似乎后来可以了。”

戴维斯停顿了一下，她已经习惯嫌犯含糊其辞，编造故事，但令她惊讶的是，希拉是如此真诚地说出来的，似乎一点儿也不后悔。“从艾丽西娅死的那一刻起，我就一直在找他。我发誓如果他回来……”

“为什么选择谷仓呢？”戴维斯说。

希拉抬头看着她。“我不想让他轻易死了，他对艾丽西娅做了那一切之后，他不配得到这样的待遇，我想折磨他。”

“但是为什么要叫消防队？”

“为什么不呢？那时他早已经死了。”

戴维斯故意沉默了一会儿。基恩的笔在她旁边的纸上划掉了一些笔记。戴维斯最后说：“把他带进谷仓一定很困难。”

“你什么意思？”

“你已经六十多岁了，你是让我相信……”

希拉哼了一声。“我比我看起来强壮。”

“但确实有人帮你，不是吗？”

希拉的脸黑了下来。

“帮你的人和你关系非常亲近，是吗？和你一样，能从嫌疑人的死得到好处的人。”

“我自己做的，我做成了。”

“得了，你还要我相信他没有挣扎？完全没有？”戴维斯往前坐了坐，“我们知道，在火灾发生之前，当受害者被留在谷仓时，他就已经被打昏了。我们知道你儿子马克那天晚上和你在一起，他帮你把受害者抬进车里，带他去谷仓。”

“你没法证明什么。”希拉不屑地说。

“马克已经向我们认罪了，你再也无法保护他了。”

一片死一般的寂静。“你有孩子吗，警官？”希拉问。

戴维斯盯着她，什么也没说。

希拉转过身来，瞬间沉迷在自己的小世界里。“我丈夫不是个好人。但是，他在我父母面前很可爱，是个完美的绅士，但当我们独处的时候……我还没准备好，他就想拿走他认为是他的东西。我怀孕了，然后我们结婚了，我的父母很守旧，这就是当时的情况。”

“我们能……”

“从我女儿克里斯蒂娜出生的那一刻起，她就一直是爸爸的好女儿。”希拉继续说，打断了她的话。“她坐在他的膝盖上才会满足，或者坐在他旁边的沙发上，从窗户看着等他回家。即使在她十几岁的时候，大多数女孩都会跟母亲开始亲近……”她摇了摇头，“她也从不这样，什么都是找她父亲。当他离开时，他带着她走了，她十五岁。”希拉迎上了戴维斯的目光，“我永远不会忘记他脸上的表情，他得到了他漂亮的女儿。在那之后我很少见到我女儿，他还是继续挑拨我和我女儿的关系，把我们离婚归咎到我头上，直到我女儿再也不和我联系。他过分关注她。我的儿子，也是他唯一会对联系我产生兴趣的原因，也总是因为我女儿被冷落。”基恩移动身体的时候，旁边的椅子吱吱作响。但戴维斯不理他，愿意让她继续。

“我女儿的婚礼没有邀请我，但我确实听说她父亲去世后，她搬进了他在北安普敦郡哈莱斯顿村的房子，离这里只有一小时的路程。我过去常常开车到那里，在村子里走走，坐在教堂里，在孩子小的时候希望能在教堂里遇到他们。我一想到这件事就难过。我一直躲在太阳镜后面，她并没有看我一眼就认出我来。艾丽西娅十八岁生日刚过，就和我联系上了，显然她在网上找过我，在沃里克郡联系了很多姓巴克顿的，直到她找到了对的人。”

“她是怎么联系你的？”戴维斯问。

“开始的时候是电话，我永远不会忘记我们见面的那天。除了棕色的螺旋卷发外，她一点儿都不像克里斯蒂娜。她很娇小，有一双温和的棕色眼睛和一张漂亮的脸。她很敏感，显然不是继承的她母亲。起初很尴尬，她带着无数的问题来到这里：为什么我和她妈妈不见面，为什么我没有试图找她，我们之间发生了什么。事实上，是我的儿子让我们走到了一起。她的舅舅，她第二次来这里的时候他在这。他们很相似，都对动物很感兴趣。他带着他的狗过来，他们真的很合得来。之后，她每个月都会开车到沃里克郡看我们。我们都没有提到她的父母。我们的关系是刚建立起来的，还很脆弱，我们不想破坏它。我确实问过她妹妹的事，但她不想谈论她。我们过去有时在马路对面的田里骑马，她总是去那里看看。我想这才是她真正想做的，做和马有关的工作。她正处于间隔年，据说她在看大学课程。”希拉的脸色一黑，“事发后我们没见到她。事实上，我们直到后来才知道这件事。她取消了我们的见面，接连两次，不回复我的信息。马克心烦意乱的，他从未结婚，几乎把她当作女儿看待。有一天，她突然出现，告诉我发生了什么事，当时真的是糟糕极了。”她泪流满面，“她坐在我的餐桌旁，一直在发抖。她就像一个空壳一样，一点儿生命力都没有的样子。”

希拉从脸上擦去眼泪。“我们尽可能帮助她为审判做准备。当然，我们不可能去她家，我每天都发短信让她知道我们在想她。嫌犯被拘留了，我认为审判只是一个流程而已，我在网上一直跟进着这个案件。”她闭上眼睛，“当无罪判决出来时，我被击倒了。我简直不敢相信。”

“在那之后我们有一段时间没见她了，我想大概四个月吧。马克要疯了，但在某种程度上我觉得我们都是。我猜她需要一些时间，她的家人都在她身边。她来的时候看起来像是生病了，像幽灵一样，那是我们最后一次见到她。我一直没听到自杀的消息，直到……”她的脸变硬了，“所以你也看到了，我必须得做点儿什么。我们谁也不想埋葬我们的孩子，更何况我们的孙子？这是不可想象的。马克那时候就想把他抓过来，然后把他撕碎，但这是震惊之后的妄言，那样做有什么好处？”

“我不确定我到底什么时候改变主意了。”她继续说，“随着时间的推移，我无法忍受他还在外面逍遥自在的想法，他还笑着，生活着，而艾丽西娅……仇恨吞噬了我，但我想计划一下，折磨他，就像我们受到的折磨一样，像艾丽西娅受到的折磨一样。所以我决定尽可能多地了解他。我在网上查了他的名字，搜了他住在哪里。我去看望他的母亲，虽然她拒绝见我。我从脸书、推特和 INS 上找到他所有的照片，然后都复制到我的硬盘上，花了好几个小时去浏览。我去了北安普敦，坐在咖啡馆外面看我是否能找到他，仔细盯着他网上的行踪。他居然还大胆地在同一家酒吧喝酒！”她抬起头来，看起来很难以置信的样子。“我越来越接近他了。突然，几乎一夜之间，一切都停止了，社交媒体也不再更新了。我去了北安普敦，去了那家酒吧，询问他的消息。就在那时候我听说他走了，去了国外的某个地方。这就是他们知道的所有消息了。”

“我一方面松了一口气，另一方面心烦意乱。如果他强奸了另一个无辜的女孩，一个像我们的艾丽西娅一样可爱年轻的女孩呢？我无法忍受他毁了别人的生活。尽管我试着往前看，但还是摆脱不了过去，过去还在我脑子里时不时出现。他毁了她的生活，毁了她的家人和朋友，但他却是自由的，还可以继续做这种事情。我甚至加入了一个由其他妇女组成的支持小组，他们也遇到了类似的情况。我觉得对我儿子也有帮助，虽然他最后没去。他们非常好，有一段时间对我很有帮助。”

“你什么时候发现他回来的？”戴维斯问。

希拉凝视了她一会儿。“我记得我第一天见到他时在斯特拉特福德镇 A46 公路上行驶着，然后一阵似曾相识的感觉，尽管我以前从未亲眼见过他，但我研究过很多他的照片。我记得我回到家里，仔细查看照片，说服自己我一定看错了。几周后，我看见他从一辆拖拉机上爬出来，车停在厄普顿庄园的门口。他和另一个人在一起。我听到他说话，马上听出了他的口音。艾丽西娅说他有北安普敦口音，他说话拖拖拉拉的。艾丽西娅跟我说的时候我还不太明白什么意思，直到我真的听到了他说话。我记得我开车到农舍去看珍妮，假装没牛奶了，想了解更多关于他的情况。她很开心地跟我聊着，告诉我他一年多前就给他们工作了，很惊讶我以前居然没见过他。是她告诉我他的名字叫埃文·贝克，然后她说到他之前去国外了。”

“我跑回家，在谷歌上搜索埃文·贝克。在斯特拉特福德地区没有什么关于他的消息。我以为我的眼睛在戏弄我，我当时快疯了。”

“我下一次见到他是大约一个月后，我才确定的。他正关上牛场的大门，偷偷摸摸地看着我，那双狡猾的眼睛。一定是他。”

“我简直不敢相信他在当地工作。他不会知道我和艾丽西娅的关系的，我和她母亲那么疏远，所以他从未见过我。我敢打赌，他以为他已经安全地远离了她在北安普敦的家人的那些窥视，在那里人们可能会认出他来。但世界真是小啊，不是吗？”

戴维斯跳过她的问题。“你接下来干了什么？”

“我观察了他一段时间。在这条寂静无人的乡村道路上做这件事不容易，我必须小心。他似乎所有时间都待在谷仓里，所以我觉得他应该死在那里。”希拉直视戴维斯，“他强奸了我的外孙女，夺走了她的生命，他活该死。”

“他被判无罪。”戴维斯说。

“这并不意味着他真的无罪。”

“他女朋友呢？”

“起初我为她感到难过。从某种意义上来说，我以为我帮了她一个忙，因为她可能是他的下一个受害者，就像艾丽西娅一样。但当她接受报纸采访，谈论他的时候，就好像他是一个被冤枉的圣人，我不能这样饶了她。”

“所以你去了她的公寓。”

希拉点点头。

“她的朋友呢？”

“又不是我叫他过来的。”

“一名警察因为试图救他们而受伤。”

“我做了我必须做的，为了艾丽西娅。”希拉回答，“只是希望有机会的时候我有勇气去找她。”

45

杰克曼把手伸到床头柜前。他感觉到他肱三头肌上的绷带碰到了木头边儿，疼得倒吸了一口气。他又伸出胳膊，抓住表，拿了过来。上午十点半，8 月 17 日星期一。此刻，他本应该坐在一个面试小组前，回答着关于他的管理能力的问题，谈着他对当前警务政策的看法以及他对推动组织前进的想法。相反，他却躺在医院的病床上紧咬着牙。“所有的准备，都白费了。”

他查看了昨天发给他的信息，一条来自西莉亚，说她安全到了。另一封来自卡米拉，祝他面试好运。她显然还不知道那场火灾。

杰克曼对过去二十四小时的记忆很少，他最后的记忆就是右臂周围的火焰，一种燃烧的感觉，然后火焰落到了他的膝盖上。南希，他走进房子是去救南希。他回忆起她虚弱的身体，他是已经去得太迟了吗?

他记得他去伦敦的采访，以及支持小组的事情。也许他应该直接派一个小组去看看南希，也许他不应该等着看这其中有什么联系。如果他那样做了，如果警察早几分钟到达……

门开了，一个护士走了进来，眼神看向他时，脸上挂了灿烂的微笑。“很高兴看到你醒了。”她说，露出了一排洁白的牙齿。

杰克曼坐了起来。“我来这儿多久了? ”他说话时声音沙哑，嘴巴干涩。

“你不记得了? 昨晚你和一男一女被送过来了。手臂上部严重烧伤，吸入了大量烟雾，但你会好起来的。”

“其他人呢? ”他现在坐着，焦急地盯着她。

“有个人，瑞安，已经被转移到烧伤科。他现在很稳定。”

思绪倒回：从公寓里出来，他背着瑞安的身体的重量把他拽了下来，热浪侵袭，他透过浓烟什么都看不见…

杰克曼觉得有什么东西缠在他那只没有受伤的胳膊上，一瞬间被拉回到了现在。护士按了一下按钮，看了眼手表。

杰克曼咳嗽了一声，他的喉咙发涩。“那个女孩子呢? ”

“老实说，我不确定。”她只听了一半，看着她面前的血压显示器。“血压很好。”她说。魔术贴被从他胳膊上取下时发出很大的撕扯声。

“你能帮我看一下吗? ”杰克曼问，“这对我来讲很重要，她叫南希·法拉第。”

“南希。”她重复道，“好吧，我去问问。”

杰克曼按摩着他的太阳穴。星期四，他还在事故室看到南希恳求的眼神，感觉到她虚弱的身体瘫在他的手臂上。

门开了，年轻的护士的脸露了出来。“南希已经被转移到一个病房。”她说，“腿上有些轻微的烧伤和瘀伤，但她会好起来的。”她看到了他松了一口气的表情再次微笑了一下。“恐怕我们现在病房床位有点儿紧。一有空，我们就把你也调过去，应该不用太久了。你的同事几乎一上午都在这里，她现在走了，但我答应她你醒来后给她打电话，你没意见吧？”

“别担心，我自己给她打电话吧。”他脸上挂着微笑，等着她走开。

杰克曼在那儿坐了一会儿，听着自己的呼吸。“谢天谢地，南希还活着。”他终于感觉如释重负。他把脚晃来晃去，把它们耷拉在床边，轻轻晃着。这是个好的开始。如果他还在急诊室，那就离出口不远，附近肯定有出租车，医院附近总是有出租车的，他最不想做的就是等着被送到一个满是病人的病房。

* * *

南希推开门，愣在了那里。瑞安的眼睛闭着，左臂和左腿用绷带包扎着并被抬高了起来。他的右臂在进行静脉注射。房间里充满了呼吸机里传来的低声呼吸。当她扫视他的身体的时候，她能感觉到空气一点点从肺中渗出，仿佛自己在生死的边缘。

她的眼睛最终落在了坐在瑞安床边的玛格丽特身上，她是瑞安的母亲。他的父亲约翰站在她身后，将一只抚慰的手放在他妻子的肩上。“我很抱歉。”南希对她说。她那脆弱仿佛不合时宜的话语一直卡在她的喉咙里。

玛格丽特摇了摇头。“这不是你的错。”

南希认识瑞安的父母将近六年了。她和瑞安在中学就认识了，两个孩子会一起出去玩。以前玛格丽特会把他们送到电影院，送他们到镇上，送他们去游泳池，邀请南希去他们家。玛格丽特是一位年轻的母亲，才三十八九，不过在过去的二十四小时里她仿佛已经老了十岁了。今天，当她悲伤地看着她唯一的儿子时，她显得苍白而憔悴。

南希记得的最后一件事是瑞安在公寓门口的震惊的脸，看着他蹒跚向前，然后笨拙地倒在扶手椅旁。那个老妇人点燃了火柴。

应该是她躺在这里，像现在的瑞安一样。

南希在医院醒来时，罗素警探来看她，并告诉她杰克曼救了她，然后他是如何回去救瑞安的。那时火已经被控制了，但他们却被火焰包围了。对瑞安来说，这造成了他的左臂和左腿的二度烧伤。他当时已经不省人事了，一到医院他就休克了。

一滴眼泪从她下巴的边缘滴落下来。

“好了，亲爱的，他会没事的。”玛格丽特说，“他们只是想要控制他的疼痛，所以让他保持昏迷。”

南希感激地点头，说不出话来，她的眼睛移回到床上，她突然想到瑞安是左撇子，烧伤影响的是他的左侧身体，他要花很长时间才能从这件事中恢复过来，才能像以前那样回去工作、开车，像以前那样生活，但还是会留下疤痕……

一个护士进了房间，她说：“很抱歉，我们只能同时有两个人在这里。”她的语气很柔和，习惯于在这种困难的环境中与含泪的亲戚和家人打交道。

“那我……”瑞安的父亲朝门口走去。

“别，您别走。”南希后退了一步，“我晚点儿再过来。”

南希漫步到等候区时，四周的墙都堵上了，眼前一切都是模糊的，她不知道这是怎么回事，她以为自己身体已经没大碍了。

她从桌上的盒子里拿了一张纸巾，轻轻地擦了擦眼睛，回忆起那个女人的故事。她的外孙女死了，自杀，因为被强奸。南希在过去三个月里一直在努力寻找线索，寻找可能表明暴力倾向的细微的迹象。她武断地以为埃文是被错误地指控了，但也许这更像是一个错误地宣判无罪的案件。

门开了，凯伦和贝卡进来了，贝卡冲到她身边。

几秒钟之内，她就被两人的怀抱包围了，过了一会儿他们才松开。

“我很抱歉发生了火灾。”南希说，“花店损坏严重吗？”

“花店可以修好。”凯伦不以为然地说，“你们两个还好好的在这里，这才是最重要的。”

“这可是你的生意啊。”

“南希，有个疯女人发疯不是你的错。”贝卡说，“保险公司会解决的。”

“花店本来就需要装修了。”凯伦说着，微笑着，“好几年没重新装修过了。”

南希被他们的好意包围了，这一刻她意识到她从来没有真正了解埃文，她只能根据她所知道的做出判断。他在审判中被无罪释放，他把谷仓租了出去，他对她很好。也许她错了，他身上发生的一切都是自找的，也将她和别人的生命弃之不顾。但他现在已经死了，她永远不知道真相到底是什么，折磨自己没有好处，现在她需要专注于更重要的事情上，她周围的人，比如瑞安。当她真的需要他时，他就在那里，他因为对自己的忠诚最终变成了这个样子，她必须设法报答，她想确保自己参与到他的康复中去，她知道这是个漫长而艰难的过程。

“你看起来很疲惫。”贝卡说，“我们带你回家。”

南希想到了漂亮的市中心的商店，店面都是仿照都铎风格的。近三年来，上面的那套公寓就是他们的家。她感到一阵悲伤。“我们没有家了。”

“你和我在一起就一定会有家的。”凯伦说。

南希跟着他们走向出口。当她穿过门的时候，一个人影在另一边等着，正要推门进来，他们撞了个满怀。南希把身子撤出来之前闻到了尼古丁的味道。

“嗨。”谢丽尔说，“我听说了火灾的事儿，来看看你怎么样。”

“我们在楼下等你。”凯伦说。她拍了拍谢丽尔的胳膊，小跑下楼去。贝卡下楼的时候还回头看了她们两次。

南希凝视着她母亲的眼睛，是时候补偿了。她知道他们永远不会有普通的母女关系，而且缺乏太多共同的记忆了。但如果过去几天的事件教会了南希一些东西，那就是接受生活在你周围的人展现给你的那一面，并继续生活下去。

46

杰克曼被敲门声吵醒，接着是一声粗哑的吠声。他猛地向前一跳，一时神志不清，扫视了一下房间。他在前厅的沙发上，埃里克坐在门边。他把头发从额头上移开，眨了几下眼睛，看了一眼时间，下午四点十分。他隐约记得一辆出租车把他从医院带回家，他从邻居那里把埃里克接回来，他一定是在这里就断片了，睡过去了。

他咽了咽口水，疼得抽搐了一下。当他从沙发上滑下来站起来的时候，他的喉咙感觉好像吞下了一口沙子。他没顾上敲门声，走进了厨房，倒了一杯水，一口气喝了下去，又倒了一杯。

又一阵敲门声传来，这次是用拳头敲的玻璃。他走回到休息室，发现戴维斯的脸贴在窗口。

当他走到走廊拉开门时，右臂一阵剧痛。

“晚上好。”戴维斯说。在他还没来得及开口之前，她就从他身边走了过去，进了房子。埃里克热情地迎接她，从休息室冲了出来，在周围蹦蹦跳跳的。“你也晚上好！”戴维斯笑着说，她弯腰拍拍它的背。她回头看了看杰克曼：“你今天感觉怎么样？”

“还好吧。”他说，尽管当他推开戴维斯并把埃里克带出走廊时，他感到很沉重和费力。

“你看起来糟透了。”她说，跟着他进了厨房。

“谢谢。”

她对着他胳膊上的绷带做了个疼痛的表情。一股血和水的混合物渗出来。“绷带需要换了。”

“我会解决的。你来干什么？”

“我来喝杯咖啡。”她说，“然后我带你回急诊室去换绷带。”

他咳嗽了一声。“天哪，你太专横了。”

“好吧，你自己决定的出院，你还指望我有什么反应？”

“我很好。你不是要上班吗？”

“他们能应付。”她忙着往水壶里倒水，打开橱柜翻来翻去的，一个接一个地打开。

每一声碰撞声都在他的头上回响。“杯子在那个橱柜里。”杰克曼最后指着厨房的另一边说，他看着她忙来忙去的。“警局情况怎么样了？”

这时他的电话在桌上嗡嗡响，戴维斯说：“看来有人需要你。”

杰克曼抓起手机，是卡米拉发来的信息：“今天怎么样？在想你。”